後學衡

第四辑

主　编◎王本朝
副主编◎寇鹏程　张春泉　肖伟胜

巴蜀书社

后学衡

目　录

·吴宓研究·

吴宓申请加入民盟史实考释①

□刘明华

【摘要】 新近发现的资料将改写关于吴宓先生对于是否加入党派的各种说法。在20世纪50年代的许多场合发誓宁死不入民盟的吴宓其实是写过加入民盟的申请书的，且得到基层的批准，但最后未通过重庆市级组织的审查。吴宓申请加入民盟的经历，反映了中华人民共和国成立之初对知识分子的统战工作，基层组织和上级组织之间发展成员时的热情与把关的矛盾。吴宓最后的不加入表态，是他对组织“关门”的反应，实是无奈的选择。

【关键词】 吴宓；党派；民盟

吴宓发誓不入盟，是在未被批准之后

众所周知，吴宓先生不喜政治，且多次表示不愿加入任何党派组织。1956年3月四川省政协一届二次会议期间，中共四川省委组织部部长安法孝做了关于吸收知识分子入党的大会发言，与会者学习讨论部长讲话，且就此问题人人表态。吴宓在3月10日日记中表达了他对加入党派的态度：“宓不愿入党，且不愿作民主党派人员，可举以上之理由：（一）宓不承认党章、党纲，不知‘八条’之内容，且主张‘心物同在’，反对马列主义；（二）宓不愿也不能参加任何政治工作；

---

① 民盟重庆市委李朝林同志对本文研究与写作有重要贡献，特致谢忱。

（三）宓仍残存地主（封建）与资产阶级（唯心论）思想作风；（四）宓抱有敌对之思想——宓望毛主席卫护汉字与文言。今文字改革行，宓极愤恨，几欲造反或自杀；（五）宓极轻视个人利益——若党许不入党、不入民盟，我生虽减少待遇，亦不怨；惟蒙强迫我入党入盟，我决投入嘉陵江而死；（六）我能但极不愿服从并遵守党之纪律。总之，他人求入党，宓求不入党、不入盟：许我生则生，不许我生则乐死。”① 其态度之决绝，可见一斑。论者亦据此认为吴先生不加入党派是“遵依所谓‘人类之公性’‘惟是为归，惟善是从’‘无偏无党，不激不随’‘超党派’‘超阶级’”②。这种论调看上去似乎很有道理，然而笔者在查阅民盟相关资料时发现吴宓 1953 年曾在西南师范学院填写过入盟申请书，他的申请得到基层组织同意并上报民盟重庆市委。吴宓后来发誓，宁“死”不入盟，是在申请入盟三年之后。

吴宓为何提出入盟申请？其申请为何在基层组织同意之后，最终却未能得到上级组织批准？个中情节，笔者结合《吴宓日记续编》及相关资料试做分析。

吴宓的入盟申请书

吴宓的入盟申请书③，为吴宓手书，均为毛笔书写、繁体。封面有“入盟申请书”和姓名“吴宓”。第二页为姓名：吴宓。别名：（字）雨僧。性别：男。籍贯：陕西泾阳。年龄：五十九。家庭出身：地主。个人成分：教师。现在职业及通讯处：西南师范学院（重庆北碚）外文系教授。学历：北京清华学校，美国哈佛大学文学士、硕士，英国牛津大学研究员。经历：南京国立东南大学西洋文学系教授、北京国立清华大学、昆明西南联合大学外国语文学系教授、武昌国立武汉大学外国语文学系教授兼主任。未参加任何党团。社会关系：（学友）张奚若

① 吴宓：《吴宓日记续编》，生活·读书·新知三联书店，2006 年。文本中均注明日记时间，故不再出注。

② 吴学昭：《吴宓与陈寅恪（增补本）》，生活·读书·新知三联书店，2014 年，第 345 页。

③ 申请书现藏于民盟重庆市委。

中央教育部部长、（学友）汤用彤 北京大学副校长 、（女）吴学昭＝萧光：共产党员、新闻总署《中国少年儿童》编辑。“其他”：附呈1952年7月8日重庆《新华日报》刊载吴宓所撰《改造思想，站稳立场，勉为人民教师》一文。

第三页内容为“对民盟的认识及入盟的动机”，具体如下：

解放前，我对民盟的认识：民盟为全国各地开明进步的知识分子（尤其大学教授）所组成之政党，为中国争取真正的民主政治，主持正义与真理，争取进步和自由，反对专制，反对内战，反对贪污，反对特务组织；盟员中之著名人士，不惜以流血牺牲（遭受逮捕暗杀）证明其人格，实现其理想，树立其目标，扩大其宣传与实力。

现今，我对民盟的认识：民盟为中国人民民主统一战线之一组员，为中国共产党领导下之一政党。民盟暂以小资产阶级知识分子为主要成分，但正吸收各阶级、阶层之知识分子，故为一阶级联盟之政党。民盟遵守《共同纲领》，为实现新民主主义社会政策，并趋向共产主义社会而奋斗。民盟接受无产阶级思想领导，以马列主义、毛泽东思想锻炼教育其盟员，并结合实际生活及各种运动，用批评及自我批评之武器，不断提高巩固盟员之纪律与品质，俾大有助于国家各种政令之推行，摧毁帝国资本主义之势力与基础，而使全世界人民得早享共产社会之和平与幸福。

我请求入盟的动机：1. 加强学习马列主义、毛泽东思想，以推进并完成我的思想改造，期能成为一合格之人民教师。2. 随同盟员同志，积极学习革命理论和政策，以提高我的政治认识和工作能力。3. 我以盟员的身分平日参加组织生活，服从纪律，执行盟所派给我的工作，这样可使我受到很好的锻炼，切实为人民服务。4. 利用盟员群众给我的批评和教育，我可以时时改正我不良的生活习惯，及落后陈腐的思想作风。

第四页内容包括“介绍人意见”“小组意见”和“组委会意见”三栏。其中，介绍人方敬和赵维藩意见为：

他在解放初期，封建思想很浓厚，在政治上毫无认识，对新事物有些抗拒。经过“三反”运动和“批判资产阶级思想”的学习，认识提高了些，但还是不够，因为虽然他在口里说愿意接受新思想，但内心里仍是依恋旧的一套。看问题常从个人感情出发，没有原则性。他没有参加过任何反动党团，据了解历史清楚。他申请入盟，虽然自觉性不够，但总表示了愿意求进步。我们介绍他入盟，是想在入盟后，更进一步地去启发他，帮助他改造。

方敬，中共党员，1951 年入盟，时任西南师范学院教务长、民盟重庆市支部委员。赵维藩，1952 年入盟，时任外文系主任。方敬、赵维藩均为吴宓在外文系的同事。

小组意见：“同意介绍人的意见，希望组织加强对他教育。”落款是第三小组，时间是 1 月 11 日。组委会（民盟重庆市委）意见是空白。1952 年 9 月，高校大调整，西南师范学院从沙坪坝迁址北碚。当时，北碚建立有民盟小组，“第三小组”为民盟西师小组。

吴宓的入盟申请书，还附有自传以及刊载其所撰文章的重庆《新华日报》。

吴宓的自传共两页六部分，竖排，均为繁体，填写时间为“1953 年元月五日”。

第一部分为其基本情况，包括姓名、字号、年龄、籍贯、成分及工作单位等，结尾处有“最近评薪，定为七级，月薪 156 元”。

第二部分为其求学从教经历，较申请书更为详细，增加了沈阳东北大学、长沙国立临时大学、国立四川大学、私立燕京大学、相辉学院、勉仁学院、四川省立教育学院任教，以及在北京大学、北京师范大学、北平大学、重庆大学兼任教授等经历。此外，还有任《学衡杂志》月刊总编辑、天津《大公报》和《武汉日报》副刊编辑等情况。

第三部分为政治历史及社会关系。这一部分吴宓除了自证历史清白，还列举了自己在“忠诚老实运动”中交代的父亲、弟弟、私交等情况，特别就拟与邹兰芳再婚一事做说明，表示自己虽与前妻陈心一离婚，但婚后继续予以资助，且力尽父职，三个女儿“对宓感情皆好，并不反对宓再结婚”。结尾有“以上张奚若、汤用彤先生皆可证明”。

第四部分为其思想认识，除特别注明详见《新华日报》所载文章外，还提及自己通过半年来的学习，对共产党、人民政府“益增其认识与崇仰”，并表示荆江分洪及导淮工程完成、成渝铁路通车、人民志愿军在朝鲜的胜利、和平会议召开、中苏友谊实现等，“更足壮我等之志气，而坚我等之信仰”。

第五部分为自我鉴定，优点为“愧对人民，实不敢说。必欲说出，则真诚、简朴、勤劳、精细、负责诸端”；缺点为“（一）马列主义毛泽东思想革命理论学习不深，政治认识未清；（二）我之感情作用强，太主观，未能冷静地结合实际刻苦实践；（三）犹爱好旧知识旧文学，存有不少之小资产阶级文人之习惯心情”；努力方向为“（一）用心用力于政治学习；（二）多用理智分析眼观现实；（三）以新思想、新观点配合业务材料；（四）努力学习俄文”。

第六部分是关于张奚若等有关证明人的说明。

附件重庆《新华日报》出版日期为1952年7月8日。吴宓所撰《改造思想，站稳立场，勉为人民教师》一文刊载于第三版，全文8000多字，采用竖排、繁体，白话文。全文除导语外，分三部分，分别从生活、职业和著作“细心检查”“过去的生活”，以造成思想、感情、行为、习惯所要有的由“旧”到“新”的转变，“以勉为中华人民共和国之一人民教师”。从行文的规范、措辞的考究、认识的深刻来看，这篇文章堪称当时知识分子思想改造的范文，故《新华日报》全文刊登后，全国多家报刊转载。

吴宓为何申请加入民盟

从自传及申请书中民盟小组意见来看，吴宓提出入盟申请的时间是1953年1月上旬。吴宓在这个时期提出入盟申请，主要有两方面原因：一是政治气候使然，二是与民盟的关系特殊。

吴宓晚年定居重庆，有多种原因。政局动荡的1949年前后，吴宓本有机会出国或到香港任教授，均被他谢却之，而决定留在大陆。1949年4月29日，吴宓由武昌飞四川，准备到成都王恩洋所办东方文教学院、北碚梁漱溟所办勉仁文学院讲学。后因交通阻断而停留在勉仁文学院讲学，又在私立相辉学院兼课。中华人民共和国成立后不久，勉仁文学院、东方文教学院相继停办。这是当时的教育大背景：一切私立学校均被停办，或撤销，或合并，相关人员亦做相应调整。公办高校则学苏联模式，进行了院系大调整。1950 年 4 月，吴宓改任四川省立教育学院教授，8 月，省教院与重庆国立女子师范学院合并为西南师范学院。

20 世纪 50 年代初期，吴宓亦有多种可能入京，如回清华大学任教，亦是《毛泽东选集》英译组重要人选等。但吴宓最终决定隐居西南。其各种考虑，在其日记中有详细记载。很显然，僻居西南可，置身事外难。西南师范学院的运动并不比任何地区和单位少，相反，这个偏僻之地的人们，似乎更热衷各类斗争。2016 年出版的《西南大学史》载，1957 年西南师院的反“右”运动，竟有超过 10%的师生被打成右派①，其比例超过全国一倍。吴宓从任职西南师院始，各种全国性运动纷至沓来。1950 年冬，土改运动开始；1951 年底，“三反”“五反”运动又至。吴宓深感难以适应新社会新形势，耳闻目见各种运动之烈，常常让他忧惧不已。

1952 年在全院开展的思想改造运动，让他亲身经历了“过关”的“艰苦”。当时，学习改造要求人人自我检讨，分组评议过关。为此，连吴宓的检讨发言大纲，都有人“索阅”并命吴宓修改和用白话文撰写。吴宓担心被作为旧文人、旧学者的顽固典型，怕大会发言受群众叱责凌辱，于是几易其稿，按照大纲检讨，得以一次通过。检讨文章除被重庆《新华日报》刊布外，上海《大公报》、北京《光明日报》也很快全文转载，有些高校还印发为学习参考材料，有人告诉吴宓“当局已将宓之思想改造文，译成英文，对美国广播宣传，以作招降胡适等之用”。为此，众人皆以为贺，然而吴宓内心却“悲郁不胜”。“此事使宓极不快，宓今愧若人矣。”其《壬辰中秋》五首之一的三四句专写此事：“心死身为赘，名残节已亏。逼来诅楚状，巧作绝秦资。恋旧从新法，逢人效鬼辞。儒宗与佛教，深信自不疑。”②

① 黄蓉生、许增纮主编：《西南大学史》（第二卷），西南师范大学出版社，2016 年，第 39 页。
② 1952 年 10 月 3 日吴宓日记。

检讨虽然过关，改造尚未结束。学院组织学习建党文件，“以劝人入党”；外文系整党建党学习中，要求老师必须明确表态，当年是否准备申请入共产党。吴宓在10月29日发言：“宓直言宓不愿入党。盖（1）宓极信托共产党，故敢如此说，而不惧祸嫌。（2）宓对共产主义信仰未深，不如宓昔信佛教之深。（3）宓缺乏斗争心，至今犹不许友家杀鸡以款待我。（4）愿在党外努力尽责。夫宓既能本其平昔之善良习性，尽力执行共产党所指示之工作，则身在党外何妨？况有三女代我为党效力乎？综上四者，故宓此次不申请入党。云云。晓又私询宓是否愿入民盟？宓答，不愿入。因宓素不喜政治及社交，为之亦不宜。故宁始终远避此类团体活动，而独行自乐耳，云云。”这是吴宓第一次公开表态不加入共产党。值得注意的是，当吴宓表达不愿入党的态度后，立即有民盟成员张东晓问其有无入盟的愿望。共产党和民主党派的政治定性，向有先进性和进步性之别。而吴宓当时的态度也非常明确：不加入。

但此后一段时间，发展吴宓入盟显然成了民盟西南师院支部的一项重要工作。吴宓与民盟也可谓渊源有自。他任教的西南联大、勉仁学院、相辉学院等，都是民盟的一些重要基层组织所在地。勉仁文学院的创办人梁漱溟，还是民盟的创始人之一。从吴宓日记看，学校民盟组织和一些盟员教授与他关系较为密切。在西南师院，与吴宓交往颇深的李源澄、叶麐等均加入了民盟，外文系的同事中，除了方敬、赵维藩，还有张东晓、李峻岳等也是盟员。1951年5月，梁漱溟来渝，曾在李源澄家里与吴宓相晤。民盟支部方面多次邀请他参加活动，早在1951年2月25日，“民盟柬邀在重大理学院作留美学生反美座谈会”，吴宓未参加；10月23日，“下午民盟约座谈会，检查爱国主义。辞未赴”。1952年12月7日，应邀参加民盟重庆支部主办的学习苏联文化科学教育座谈会。不断邀请一个未入盟的教授参加民盟的活动，显然是民盟基层组织对一个发展对象展示其友好热情姿态。其意图十分明显，是想让吴宓参加基层组织的一些活动，了解党派的性质，并与盟员增进友谊和信任。吴宓参加了不少民盟基层组织的活动，在申请书中谈到的对民盟的认识是很全面的。

1952年12月，应是吴宓在党派选择上的重要时期。自张东晓询问之后，

12月的几次朋友聚会和访谈均与此有关。

吴宓在12月13日日记载："宓与涛、梓……同在式宅坐谈，至中夜12：00始散归。多谈校中逼勒倾轧之事，及全身免祸之方式。式力劝梓即从命加入民盟，而宓亦从命加入民革，切勿迟疑违拒，以自取咎戾云云。"

12月16日："午饭后，藩来，久坐。意在说宓入民盟而吞吐其辞。宓答，甚不愿参加政治、入任何党派，是否为免祸全身计，必须如此，请指示云云。藩言，目前实无此必要，仅以私意相商云云。"

12月23日："晚，访凌道新，力劝宓自请入民盟云云。"凌道新给吴宓的建议还是"自请"，即要表现主动一些。

12月28日，星期日。"晨藩来，再劝宓入民盟，谓宓名足以动人，是盟所重。当不至多派给宓工作或干涉宓之私生活或婚姻问题云云。宓未作答。"

赵维藩的上门劝说，堪比三顾茅庐。赵维藩是外文系主任，吴宓的直接领导。第一次上门动员，虽说是"私意相商"，但他的身份决定他一定是代表基层组织在动员吴宓加入民盟。对加入党派一直不积极的吴宓，此时似乎真的到了需要认真考虑做出抉择的时候了。而如果必须加入某一党派，吴宓最能接受的是民盟，而不是校方希望他加入的民革。这一思想斗争，在其日记中多有记载，此不赘。就在赵维藩与吴宓谈话一周之后，吴宓即填写了入盟申请书。而赵维藩正是吴宓的入盟介绍人之一。

吴宓最终未被批准入盟

吴宓的日记，以其详尽闻名，细至"晨食二鸡卵一馒"，大则世界风云国家要事。吴宓要申请加入民盟这样的重大决定，不可能无记。由于《吴宓日记续编》1953年1月1日至2月1日整整一月缺失，吴宓提出申请时的详细情况无从得知。但吴宓未被批准加入民盟，却可以从1953年3月的日记中找到依据：

3月1日，中国民主同盟北碚分部成立并入盟盟员宣誓大会在北碚餐厅楼上举行，"宓以来宾被邀观礼"。又如，3月23日，吴宓与张东晓的交谈，"晓述黎涤玄托询民盟二次收入盟员，不知宓是否欲入盟？宓答不拟加入”。

吴宓以来宾身份被邀参加活动，有人再次托询入盟事宜，均可证明吴宓此时不是民盟盟员。今查民盟重庆市组织处档案之1953年入盟名单，其中也没有吴宓。值得注意的是“黎涤玄托询民盟二次收入盟员”的表述，这说明此前已有一次。前一次，即1月5日填表的那一次，吴宓同意，并写了申请。因未被批准，故有二次之说。

吴宓提出入盟申请又未能入盟的原因，因为日记残缺而成谜。笔者认为，组织和个人两方面原因都有一些。

从组织来看，1951年民盟重庆市组织发展盟员达262人，民盟确立“三个为主”（即发展成员以文教界、中上层、大中城市为主）的组织路线后，1952年降为133人，1953年仅发展87人。吴宓本应是符合这一组织发展原则的发展对象。“自觉性不够”的吴宓，虽不是优先发展对象，但介绍人和基层小组有“帮助他改造”“加强对他教育”的意图，但“组委会意见”却是空白。这其中反映出基层组织和上级组织在掌握标准时存在宽严之别。

由于担任民盟重庆市支部的领导，均已辞世，且相关知情人，亦不能回忆此事。1953年入盟的教育系李林静教授已百岁高龄，卧病在床，对当年事记忆不清。但所幸的是，当年与吴宓同时申请加入民盟并获批准的西南师院外语系青年教师，后来曾任西南师院民盟主委的93岁高龄的徐炳旸先生，对这一事情记忆犹新。他于2016年12月22日口述此事：“吴先生有脑筋，有政治头脑。”“从耿（耿振华，曾任民盟西南师院主委）处了解到，当时从学生、群众来讲，对吴先生是拥护的。领导层不一样。方敬老盟员，对吴先生恭敬。市委的情况（我）不了解。”“组织需要有声望的学术地位高的。吴先生是（学校）文科第一人。他不热衷国民党的政治。国民党要他走，他未走。但他坚持学术观点，孔孟哲学，包括英美作家，如莎士比亚。”“1949年下半年到重庆，在几所大学教学。重大外语系，教过我‘英美文学选读’和‘世界文学’，旁听的人多。学生五六十。教学认真，极其佩服。优点是上课不谈政治，课外还到学生室交谈。”“表现进步，对党的方针政策拥护。”“学生群众对吴先生是拥护多，崇拜的多，恨之入骨的极少。

领导层不完全。”“他没入盟的关键是（民盟）重庆市委。”从徐先生的谈话中，可以知道，对吴宓入盟的发展，基层组织是有积极性的。对《吴宓日记》的缺失，徐先生则认为许多缺失是“有人有意为之”。

吴宓对加入党派组织本无兴趣，其提出申请主要缘于外在压力。在填写申请书社会关系人时，除了被政府重用的张奚若和汤用彤外，三个女儿中，他单单选列了中共党员吴学昭，这显然是为了证明自己“历史清楚”。随着思想改造运动的结束，加入民盟以完成“思想改造”甚至“免祸全身”的必要性也自然减弱。

在此后较长一段时间里，民盟组织还继续把吴宓作为发展对象：1956 年 5 月 19 日，时任民盟西师支部副主委的李源澄询问吴宓是否已申请入民盟；1957 年 2 月 15 日，李源澄再次劝吴宓加入民盟。吴宓虽然多次应邀参加民盟召开的欢迎罗隆基等会议，但他不入党、不入盟的态度并无变化。反“右”派斗争开始后，重庆民盟组织发展基本陷于停顿。1958 年 5 月 4 日，“右派骨干分子”李源澄在家郁郁而终。此后，不再有人邀请吴宓加入民盟。

原因待考　史实尚存

吴宓未能加入民盟的原因不详。但史实是：吴宓是非常认真地填写了入盟申请书的，西南师范学院民盟支部是批准了吴宓的入盟申请并上报市级组织。但上级组织为何没有批准？从吴宓的影响力看，这样一位重量级的学者，能够加入民盟，是民盟组织发展中的大事。可以肯定地讲，发展吴宓入盟，是基层组织的一项重要工作，而且一定得到了中共西南师范学院党委的同意，根据民主党派发展成员的程序看，未经基层党委的协商同意，吴宓是不可能由某一民主党派自主发展为其成员的。而大凡这样重量级的人物，经单位中共党委同意发展，并由民主党派基层组织讨论通过，再上报到民主党派上级组织后，一般不会被搁置和否决。因此，吴宓的入盟申请被搁置，且在《吴宓日记》中再无相关记载，本身就是一件不可思议的事。吴宓在后来反复申明，他无意加入共产党或民主党派的。然而实际上，如无新发现的这一重要材料证明，我们都以为吴宓是始终坚持不加入任何党派。事实是，吴宓在时代大潮的裹胁下，身不由己或半推半就地填写了申请表，而最终竟未得批准。这或许是让吴宓颇为不快的事。因为，如果把加入民主党派视为至少是进步的要求，那么，这个争取进步的愿望，也被各种无法言明的外部因素，形成对其觉悟或思想等等的审查而被否定。不批准和不加入是完全不同的感受。申请了，未批准，这对吴宓的打击是巨大的。加入党派，对吴宓而言，本非发自内心的愿望，而是时代的要求和统战工作的需要。吴宓在各种外部因素的影响下，最后慎重地做出了加入民盟的决定，这应该是一个艰难的重大的决定，但最后却泥牛入海，杳无音讯。这对吴先生的自尊应是严重的伤害。从后期民盟西南师院支部还在邀请他参加活动可以见出，民盟基层组织并未放弃其发展愿望。结合《吴宓日记》所载，不排除这样的可能：上级组织决定对吴宓的入盟采取慎重的态度，即再考察一个时期。一个重要的原因，或是吴宓 1951 年 12 月曾因邮寄《送女生土改诗》，信件被相关部门检阅，认为有讥讽土改之嫌，上报至西南最高当局，发交文教扩大会议研究，后虽获宽恕，但被责以“思想改造”①。此事是西南地区之重大事件。故不能排除此事对民盟组织的审批意见会产生影响。而对吴宓本人来说，填写申请表，应是“一已为甚，岂可再乎！”这样的待遇或考验，是他不能接受或不能忍受的。这或许是吴先生自此以后，就反复表达不再加入或宁死不入民盟的一个重要原因吧。

饶有意味的是，直到 1956—1957 年间，民盟西南师院支部的教师，仍未放弃动员吴宓加入，但他们似乎均不知吴宓在三年前就递交了申请而未获批准这一重大隐情，吴宓也从不向人提及他早已申请而未获批准的事实，在日记也看不到任何相关记载。这与吴宓事无巨细必书的习惯和他对史实看重的观念，形成重大反差。他只是一再申明，无意加入党派，在其内心深处，一定有着无法言喻的伤痛。

关键时期的日记缺失，亦意味深长。《吴宓日记》在多次运动中被查抄，其间会有丢失。但可以想象，重要时刻的日记“失语”，无非这几种可能：吴宓对某一事件的忌讳，因而自己在整理日记时有所修改或调整，包括删除。二是他人对

---

① 参见吴学昭整理：《吴宓书信集》，生活・读书・新知三联书店，2011 年。

其相关材料的“处理”。三是作者对此事深感勉强，不愿下笔实录。但对具有史家意识的作者来讲，这种可能性极小。所以《吴宓日记》的“失语”现象，也是吴宓研究中一个值得关注的话题。历史的真相，还有待史料的揭示，如缺失的日记重见天日，以及在另一个系统的文献或口述历史中发现或还原相关事实。现在只能想象，吴宓先生当时一笔一画在表格上填写数千言的申请时，灵魂经历着何等的挣扎，以及后来提及加入党派之事时内心难以消弥的隐痛。

［作者单位：西南大学文学院］

吴宓与徐志摩的交往考察①

□肖太云

【摘要】吴宓一生反对白话新诗，但对徐志摩却是例外。徐志摩可谓吴宓惺惺相惜的友人。吴宓同徐志摩的交谊是跟两人率真的心性和对但丁、雪莱的喜爱有关，这是两人沟通的心灵桥梁。吴宓对徐志摩怀有好感并加以纪念。因徐志摩诗歌讲究韵律、节奏和辞藻，吴宓对徐志摩的部分白话新诗也有较好评价。但他对徐志摩新诗的好感和欣赏并不代表对白话新诗的整体观感有所变化。吴宓和徐志摩的关系构成中国现代文学史的一个独特存在。通过探讨吴宓和徐志摩的交往和关系，可以揭秘吴宓对徐志摩“惺惺相惜”的原因，还原民国文人间的日常生活图景和交际生态。

【关键词】吴宓；徐志摩；交往；吴宓日记

吴宓一生反对白话新诗，对胡适的白话诗恨之入骨，对胡适也恨之入骨。但对“新月社”的两位诗人——徐志摩和方玮德却是例外。如果说方玮德是吴宓的忘年交，那么，徐志摩可谓吴宓惺惺相惜的友人。吴宓对徐志摩其人印象不错，评价颇高，对其诗也有较佳印象。在徐志摩去世后，吴宓亲自写诗写文悼念，并组织他人写诗写文悼念。吴宓和徐志摩的关系构成中国现代文学史的一个独特存

① 基金项目：本文系2018年国家社科基金项目“吴宓年谱长编”（项目编号：18BZW167）和2017年教育部人文社会科学一般项目“‘后期吴宓’研究（1949—1978）”（项目编号：17YJA751029）阶段性研究成果。

在。通过探讨吴宓和徐志摩的交往和关系，可以揭秘吴宓对徐志摩“惺惺相惜”的原因，还原民国文人间的日常生活图景和交际生态。

一、两人的交往和交情

（一）留学时期两人的交往

吴宓与徐志摩的相识始于1918年。1918年8月，时年22岁的徐志摩自上海启程前往美国留学，一起同船赴美的有李济、查良铮等人。9月，抵达马萨诸塞州的克拉克大学，入历史系学习。

处于内忧外患的20世纪初期，徐志摩也是一个热血青年。在赴美的南京轮上，徐志摩曾作致亲友的公开文，表达挽救祖国危亡、振兴民族的抱负①。在克拉克大学求学时，与李济、董时、张道宏同一个宿舍，共同订立“激发耻心”的协定章程②。

1918年的吴宓住在哈佛大学宿舍Thayer Hall第35号室，与“国防会”副会长尹寰枢同住一室，住室便是“国防会”办公和职员会议的地方。“我那时十分爱国，日夕劳忙，和郑莱陈宏振等一般朋友，帮助尹君办理会务。”因与哈佛大学同处马萨诸塞州，1918年12月23日，徐志摩、李济自克拉克大学赴哈佛听民国外交官王正廷的演说，两人相约加入中国留美学生爱国组织“国防会”③。吴宓回忆：“就在那时，我初和志摩认识”，“一日，有克拉克大学的两位中国学生，来加入国防会；其中一位李济（济之）；另一位便是徐章垿，字志摩。照例签名注册

① 赵遐秋：《新编徐志摩年谱》，《曾庆瑞赵遐秋文集》（第11卷），中国传媒大学出版社，2007年，第319页。

② 赵遐秋：《新编徐志摩年谱》，《曾庆瑞赵遐秋文集》（第11卷），中国传媒大学出版社，2007年，第320页。

③ 赵遐秋：《新编徐志摩年谱》，《曾庆瑞赵遐秋文集》（第11卷），中国传媒大学出版社，2007年，第320页。

之后，大家便畅谈国事和外交政策等。”①

1919 年 6 月，徐志摩自克拉克大学毕业，9 月进入纽约哥伦比亚大学经济系攻读硕士学位，1920 年 10 月转入英国伦敦大学政治经济学院攻读博士学位，1921 年春，经狄更生介绍，以随意旁听的特别生身份入剑桥大学国王学院，1922 年转为剑桥正式研究生。在第一次见面之后，吴宓和徐志摩“以后还会见过几次，所谈仍不出此范围。不久，就听说志摩到欧洲去了”②。徐志摩去英国之后，两人中断了交往和联系。

（二）民国时期两人的交往

吴宓 1921 年回国，徐志摩 1922 年归国。徐志摩在 1922 年 10 月 28 日曾陪同其父徐申如到南京成贤学舍参加欧阳竟无讲学，并游览玄武湖。11 月 7 日又到南京成贤学舍做演讲③。吴宓在东南大学任教期间，与主持南京支那学院的欧阳竟无多有请益和交往。根据吴宓的回忆：“回到中国之后，在南京，在北京，在清华，也曾会见过志摩，但是次数不多。在我与志摩中间作联锁的公共朋友，当时是张歆海君。”④ 南京时期，吴宓和徐志摩有过互动和交往，但现存吴宓日记中不见记载。吴宓日记出现徐志摩的名字是在 1925 年的北京时期。

1925 年 2 月 7 日，吴宓入城，访张歆海于其宅中，未遇。至新月社，二次，乃遇之，并见胡适、徐志摩。在其处午饭。下午张歆海来，同赴灯市买灯，送新月社（灯会）。又同游厂甸，观百货市。夕，再至新月社。这是吴宓日记第一次出现徐志摩的名字。新月社是胡适、徐志摩根据泰戈尔《新月集》而命名，是在聚餐会的基础上组成的文学社团。聚餐会是由徐志摩之父徐申如和银行家黄子美共同出资。新月社每年有固定活动，新年办舞会，元宵节办灯谜会，中秋节办赏月

---

① 吴宓：《徐志摩与雪莱》，《宇宙风》1936 年 3 月 1 日第 12 期。

② 吴宓：《徐志摩与雪莱》，《宇宙风》1936 年 3 月 1 日第 12 期。

③ 赵遐秋：《新编徐志摩年谱》，《曾庆瑞赵遐秋文集》（第 11 卷），中国传媒大学出版社，2007 年，第 332、333 页。

④ 吴宓：《徐志摩与雪莱》，《宇宙风》1936 年 3 月 1 日第 12 期。

会，还办古琴会、书画会、读书会、朗诵诗会等①。2 月 7 日正值农历正月十五，吴宓与张歆海同访胡适、徐志摩，不仅一起午饭，而且参加新月社举办的元宵灯会。

不同于吴宓，徐志摩生性豁达，交游更广，在南京、北京、上海等地到处演讲。吴宓日记记载了一次徐志摩在清华的演讲活动，可以弥补徐志摩年谱之阙失。1926 年 1 月 18 日下午 5—6 时，吴宓访钱端升及张歆海于清华北院。6：30 至 7：30，吴宓在工字庁（厅）陪徐志摩晚宴。后又与众人至礼堂听徐志摩演说《文学与艺术》。演讲结束之后，徐志摩 9 时别去。

李济是吴宓的同事，也是徐志摩的好友。李济生病时，吴宓曾同徐志摩同往探望。1926 年 5 月 7 日，"午饭后，吴宓访张歆海于其宅，以晨所作诗示之，令转致诸君。旋同歆海乘汽车至徐志摩宅中。又同至协和医院探李济病，见其状甚危"。

徐志摩与原配张幼仪离婚之后，追求林徽因未果，终在 1926 年与京城名媛陆小曼结婚。婚礼 10 月 3 日在北海公园的画舫斋举行，由胡适充当媒人，由梁启超做证婚人。婚礼排场不算大，前来道贺的宾客主要是北京文化界、教育界和新闻界的名流。吴宓与徐志摩交情不深，但作为徐志摩的故交，也应邀出席婚礼。吴宓日记记载："下午二时半，至北海公园门口，立待久之，Winter 乃与楼君至。遂同入，至董事会，祝徐志摩与陆小曼结婚之礼。梁任公主婚，致训辞。晤相识人士极多。又得读钱稻孙所译但丁《新生》二曲 Dante's '*Vita Nuova*' 以为贺礼者。"徐志摩曾拜梁启超为师，但梁启超对这个学生不留情面，在婚礼现场的致辞中当众批评徐志摩和陆小曼。梁启超严厉的主婚辞已被反复报道、渲染。当日的吴宓日记只是简单提及梁启超"致训辞"，对"训辞"内容没作记载，但对钱稻孙以个人所译之但丁《新生》（*Vita Nuova*）一部作为婚礼的贺礼却特意做了记载，体现了民国文化人之间交往的风度和趣尚，是难能可贵的一笔记载。

---

① 林杉：《凌书华・中国的曼殊斐儿》，中国言实出版社，2014 年，第 94—95 页。

二、吴宓对徐志摩逝世的记载和悼念

(一)《挽徐志摩君》诗歌及诗序对徐志摩逝世的叙述和悼念

徐志摩于1931年11月19日因飞机失事身亡。12月6日，在京友人在北京大学第二院礼堂为徐志摩举行追悼会。是晨，吴宓从清华园出发，乘车过金鳌玉蝀桥，赴北大参加追悼会，“于是在会场中便作成挽诗一首。会散后，赶忙到对门的景山书社，借用他们的纸笔和地方，将诗写出，投寄北平晨报”①。此诗即《挽徐志摩君》：“牛津花园几经巡，檀德雪莱仰素因。殉道殉情完世业，依新依旧共诗神。曾逢琼岛鸳鸯社，忍忆开山火焰尘。万古云霄留片影，欢愉潇洒性灵真。”

吴宓这首挽是真性情之作，也是吴宓诗集中的好诗。吴宓认为两人都是“殉道殉情”之人。但吴宓所殉是新人文主义之道，徐志摩所殉是唯美诗神之道。吴宓所殉是毛彦文之爱情，徐志摩所殉是林徽因和陆小曼之爱情。吴宓同时认为两人的联结还在于“共诗神”，尽管一个是传统旧体诗，一个是白话新诗。但吴宓更认为两个人共通的心灵密码在于雪莱。吴宓自述“我少时最喜读浪漫诗人的作品”，“少读雪莱诗，一往心向慕”，在哈佛期间，“沉酣于雪莱诗集中”，“便和雪莱结了甚深的因缘”②。而“凡是志摩的相识友人，亦莫不将志摩认做雪莱”③，如梁实秋称徐志摩的死也是拜伦式的，“确实死得不平凡”④。吴宓也认为“以志摩比拟雪莱，最为确当”，自述“志摩与我中间的关键枢纽，也可以说介绍人，正是雪莱”⑤。如前所述，吴宓和徐志摩的初识是因爱国热情，是因“国防会”。但两人随后交往的性情基础却在于雪莱，在于两人的生性浪漫率真，不然很难想象

---

① 吴宓:《徐志摩和雪莱》,《宇宙风》1936年3月1日第12期。
② 吴宓:《徐志摩与雪莱》,《宇宙风》1936年3月1日第12期。
③ 吴宓:《徐志摩与雪莱》,《宇宙风》1936年3月1日第12期。
④ 梁实秋:《谈徐志摩》,《梁实秋文集》,鹭江出版社，2002年，第318页。
⑤ 吴宓:《徐志摩与雪莱》,《宇宙风》1936年3月1日第12期。

在20世纪一二十年代对白话新诗"恨之入骨"的吴宓能保持与新诗的代表诗人徐志摩的日常交往，能维持对徐志摩的称许。相比心灵的共鸣而言，诗歌的不同见解可以搁置一边，正如挽诗末句所云"欢愉潇洒性灵真"，"性灵真"既是对徐志摩恰如其分的评价，也是吴宓的夫子自道。因此，吴宓认为他与徐志摩对雪莱、但丁（檀德）的敬仰是两人往来的"素因"。

《挽徐志摩君》初刊于《北平晨报·学园》。1931年12月14日，吴宓又将之重载于当日的《大公报·文学副刊》，而且在诗歌之前加写了一个长序，对自己与徐志摩的相识经过做了一个详尽的描述。因已发表的关于吴宓及徐志摩的相关论著对该长序均是摘录引用，不免挂一漏万，不能窥全貌。笔者找到该日的《大公报·文学副刊》，将该序的原文呈录如下：

> 叙曰。徐志摩君于民国二十年十一月十九日乘济南号飞机在山东开山触岭遇难。本刊第二百零二期叶公超君悼徐君开端所谓"我不忍细想那猛击的震动，那暴烈的毁焰，和那最后的知觉"，忆已。十二月六日，其友人在北平者，为开追悼会于北京大学第二院礼堂。是晨，予将赴会，乘车过金鳌玉蝀桥，念民国十五年十月徐君与陆小曼女士结婚于北海，一时名流咸集。不胜悲感。邀为此诗挽之。予始识徐君，在民国八年春美国哈佛大学。但与徐君交谊甚浅。徐君以新诗鸣当代，予则专作旧体诗，顾念徐君之作新诗，盖取法于英国浪漫人，而予常拟以新材料（感情思想事实典故）入旧格律，其所取与徐君实同。虽彼此途径有殊，体裁各别，且予愧无所成就，然诗之根本精神及艺术原理，当无有二。此应为凡写诗者所共信。又予与徐君思想性情境遇阅历显然不同。然论生涯末迹，鸿爪云泥，亦不无一二相合之处。如（1）世共以徐君拟雪莱（Shelley），徐君亦以此自许。而予昔亦尝喜慕雪莱之为人及其诗。牛津为徐君旧游地。而去年此日予居牛津，见雪莱像及遗物，曾作三诗凭吊，且自述所感，载登本刊第百五十五期。雪莱生平流寓之地，如英国之Keswick，瑞士之日内瓦，意大利之那波里等，予皆亲访其宅址。又昔一八二一年英国诗人济慈（Keats）既死，雪莱作*Adonais*长诗挽之，中有句云Life，like a dome of many—coloured glass，Stains the white radiance of

eternity。予民国十七年作“解说”诗，用其意，成二句云：“万古遗痕污白壁，诸天色态染纯丝。”今挽徐君诗第七句“万古云霄留片影”，仍用雪莱斯句之意，以著人生真相，且状飞机之行过云层。（2）钱稻孙君译但丁(Dante)神曲五篇，登本刊第百三十一期。又转登学衡杂志第七十二期。钱君又译但丁《新生》(*Vita Nuova*)之一部，为徐君结婚贺仪，予得于婚筵中读之，今其稿竟佚。钱君译但丁之名曰檀德，今用之。檀德。即但丁也。但丁之故乡翡冷翠（Pirenze）城，盛云花园。予于今春百花盛开时游之。而徐君诗集《翡冷翠之一夜》即作于斯地。按但丁亦富热情，其性则较雪莱为严正深刻。但丁亦言爱。然非如雪莱之止于人间，失望悲哀。而更融合天人，归纳宇宙，使爱化为至善至美之理想，救己救人之福音。使雪莱而得永年，使徐君而今不死，二人者必将笃志毅力上企乎但丁，可知也。呜呼，徐君品性之真挚纯洁，及其所经历之隐微苦痛，诚如其知友所述。予自审为能窥见并极同情之一人。今兹作诗哀挽，惟抒予怀。词之工拙，所不计矣。

该长序透露出更多信息。不仅交代了参加徐志摩追悼会之经过，弥补了吴宓日记的缺失，而且详解“殉道殉情完世业”在于“予与徐君思想性情境遇阅历显然不同。然论生涯末迹，鸿爪云泥，亦不无一二相合之处”，并解释“依新依旧共诗神”的根据在于“虽彼此途径有殊，体裁各别……然诗之根本精神及艺术原理，当无有二。此应为凡写诗者所共信”。吴宓更言“檀德雪莱仰素因”的用意在于“使雪莱而得永年，使徐君而今不死，二人者必将笃志毅力上企乎但丁，可知也”。可以看出，吴宓虽然素仰雪莱，但将但丁的地位看得更高。吴宓是雪莱的生性，企望但丁的成就，希图“融合天人，归纳宇宙，使爱化为至善至美之理想，救己救人之福音”，这也是他的新人文主义的诉求。

（二）吴宓在《大公报·文学副刊》开辟纪念徐志摩的版面

徐志摩遭遇空难之时，吴宓正负责编辑天津《大公报·文学副刊》。他除了自己操刀写诗歌悼念徐志摩，而且邀请一干好友同事写文纪念徐志摩，并发表在《大公报·文学副刊》。

作为一份北方大报，《大公报》在11月21日，即徐志摩去世后第三天，在第二版以《济南号触岭，徐志摩遇难，航空界之大不幸！文学界之大损失！》为标题报道了徐志摩遇难的消息，但不是最先报道此事的媒体。清华大学教授张奚若在12月6日的《大公报》第3版发表《我所认识的徐志摩》，并附“记者撰”：“右载一文，是奚若应允我的请求，特别给本报作的。”① 中央民族大学博士靳书刚在《吴宓与徐志摩》一文中认为是吴宓出面邀请张奚若所撰②，查无实据，有溢美之嫌。

实际上，关于徐志摩纪念之事，吴宓走在《大公报》公开报道的前头。在徐志摩殁后第二日，即1931年11月20日，吴宓立即邀请清华好友叶公超撰写《志摩的风趣》，吴宓写“编者识”：“此文系本刊特约其知友叶公超君撰作，以志哀悼。”③ 对此，吴宓有明确的自述：“志摩遇难时，我正担任着天津大公报文学副刊（不是文艺副刊）编辑，便立即请叶公超君（崇智）撰一哀悼文，题为志摩的风趣。”④ 但该文直到11月30日《大公报·文学副刊》第202期才得以发表出来。此文开启了《大公报·文学副刊》纪念徐志摩的序幕。

12月14日，《大公报·文学副刊》第205期发表悼念徐志摩的两首诗歌，一首是胡适的《狮子》，“是征求来的”⑤，一首便是吴宓的挽诗《挽徐志摩君》。1932年1月11日，《大公报·文学副刊》第209期发表杨丙辰《大诗人——天才——徐志摩和他的朋友们》一文，认为徐志摩的朋友把他“称赞的太过了”，徐志摩“无一种真挚坚贞的性格，高尚伟大的思想”为他一生追求的“爱、美、自由”做基础，难免不是一种“轻薄的爱”“虚浮的美”“假的自由”⑥。作为一个编者，吴宓认为该文是“好文章”，“内容思想确是充实”，属“精到之论”⑦，爱

① 张奚若：《我所认识的徐志摩》，《大公报》1931年12月6日。

② 靳书刚：《吴宓与徐志摩》，《兰台世界》2014年5月第13期。

③ 吴宓：《叶公超〈志摩的风趣〉“编者识”》，《大公报·文学副刊》1931年11月30日。

④ 吴宓：《徐志摩与雪莱》，《宇宙风》1936年3月1日第12期。

⑤ 吴宓：《徐志摩与雪莱》，《宇宙风》1936年3月1日第12期。

⑥ 杨丙辰：《大诗人——天才——徐志摩和他的朋友们》，《大公报·文学副刊》1932年1月11日。

⑦ 吴宓：《徐志摩与雪莱》，《宇宙风》1936年3月1日第12期。

不释手，急于刊登。但吴宓担心爱护徐志摩的朋友和读者有意见，特意在同期副刊上刊登了方玮德《再谈志摩——并质吴宓先生》。方玮德该文留下一段佳话，开启了吴宓同他的一段珍贵友谊。

吴宓自认为处理得比较慎重、均衡。但杨丙辰认为徐志摩“一生好玩”，他的离婚、交友、写文章、作诗都是“好玩”。该言论引起徐志摩的喜好者强烈不满。吴宓回忆：“有一位韩文佑君，是清华我班上的学生，其人多情多感，看见杨君那篇文章之后，立即跑到我的房中，泪落声嘶的，责问我何忍心登出杨君之文。”吴宓赶紧安慰韩文佑，并请他尽快写一篇为徐志摩辩护的文章。该文就是《读杨丙辰文先生在百科学会演讲辞》，发表于 1932 年 1 月 25 日《大公报·文学副刊》第 211 期。韩文佑认为徐志摩“真纯与肫挚”，他“沉着而深刻的剖示他自己”，决不是“好玩”①。吴宓叙述：“韩君的文章，还有二三位的文章，大都是赞美志摩的，在以下数期的文学副刊中接连登出了。”②《文学副刊》第 211 期还刊载《徐志摩与德国之表现派》一文。

吴宓将这场围绕徐志摩纪念的文字之争称为“笔战”③。紧随韩文佑的辩护文章，《文学副刊》第 212 期又刊出唐诚《我对于徐志摩的认识》一文，支持杨丙辰的观点，称杨丙辰为徐志摩的“知己”④。这场“笔战”直至 1932 年 2 月 22 日才被编者强行终止。该日《文学副刊》第 215 期发表张露薇《论诗人徐志摩》一文，副标题为“对于杨韩吴唐诸君的文章之批评并敬告大公报文学副刊编辑先生”。该文看似持中正立场，其实为杨丙辰辩护。该文宣称不能望文生义，拘于感情意气，认为杨丙辰文将徐志摩“真价值显露于人间”，韩吴唐诸人皆“误会此旨，徒事辩驳，流于感情意气”。对此，吴宓加“编者识”：“嗣后本刊收到关于此题之来稿甚多。今选登张露薇君一篇，本问题就此结束。其余诸君之作，以限于篇幅，

① 韩文佑：《读杨丙辰文先生在百科学会演讲辞》，《大公报·文学副刊》1932 年 1 月 25 日。
② 吴宓：《徐志摩与雪莱》，《宇宙风》1936 年 3 月 1 日第 12 期。
③ 吴宓：《徐志摩与雪莱》，《宇宙风》1936 年 3 月 1 日第 12 期。
④ 唐诚：《我对于徐志摩的认识》，《大公报·文学副刊》1932 年 2 月 2 日。

概从割爱，分别退还。”① 张露薇所提的“杨韩吴唐诸君的文章”，其中的“吴”指的是吴世昌在《北平晨报·学园》1932 年 1 月 28、29 日发表的《哭志摩》一文。

此后，在《大公报·文学副刊》1933 年 5 月 8 日第 279 期的评《宴池诗录甲集》中，就诗集中凌宴池《志摩乘飞机罹祸赋此吊之》诗歌，吴宓就此发挥，不仅重温悼念徐志摩，而且就凌宴池“冰霜不返过墙蝶，风雨难防毁屋鸱”的诗句做点评，认为是“以新材料入旧格律”的典范，“此诗事境虽新，情韵不匮。‘冰霜不返过墙蝶’一句，尤惋叹缠绵低徊深往”②。

此处不妨说一点关于凌宴池的题外话。凌宴池，名宵凤，不仅是金融家，还以画名于时，兼工诗善书。吴宓“先读宴池之诗而后为友”，《吴宓诗话》有专节推崇，赞其诗歌“语语自我心中爬剔而出”，“凌君善能以新材料入旧格律”③。凌宴池与新月派文人关系密切。20 世纪 20 年代中期，凌宴池和徐志摩已经熟稔。徐志摩遇难后，凌宴池创作《挽志摩》诗歌，发表于《晨报·北晨学园》1931 年 11 月 26 日第 205 号的“哀悼志摩专号”。该“专号”曾连出多期。后来，《晨报》编辑瞿冰森将这些悼念文章结集为《北晨学园·哀悼志摩专号》，由胡适题写书名，北平晨报社于 1931 年 12 月 20 日印行。收录凌宴池诗歌的《宴池诗录甲集》刊于 1932 年。

三、20 世纪 30 年代中期以后吴宓对徐志摩的记载和纪念

（一）1934 年的《再挽徐志摩》诗及 1936 年的《徐志摩与雪莱》文

尽管徐志摩不是吴宓的知交，尽管徐志摩已经去世经年，但吴宓却没有忘记他这个文学界的朋友，在 20 世纪 30 年代中期及之后的岁月中，仍时不时提及徐

① 张露薇：《论诗人徐志摩》，《大公报·文学副刊》1932 年 2 月 22 日。

② 吴宓：《评〈宴池诗录甲集〉》，《大公报·文学副刊》1933 年 5 月 8 日。

③ 吴宓著、吴学昭编：《吴宓诗话》，商务印书馆，2005 年，第 221、171 页。

志摩，加以纪念，吴宓日记和诗集均有相关记载。

1934年，徐志摩去世三周年之际，吴宓再次操刀，创作《再挽徐志摩》诗："君亡三载我犹存，异道同悲付世论。碎骨红颜知己泪，呕心诗卷爪泥痕。名山路险轻孤注，情海冤深甚覆盆。离合是非都不省，明星灿烂远天繁。"吴宓1929年同妻子陈心一离婚，追求毛彦文，引发道德谴责，而且吴宓的"尊孔"主张也遭世人嘲笑，故有"异道同悲付世论"的感慨。吴宓在原诗中自注："末句用雪莱诗意。"① 化用吴宓最爱的雪莱长诗 *Revoltof Islam* 中的诗句"羡彼众星光，拨云照寰宇"来纪念具有雪莱气质的徐志摩，最恰当不过。此诗由方玮德转交给《北平晨报》，在1934年11月19日徐志摩遇难纪念日刊出。

1935年吴宓创作《忏情诗》38首，发表于当年2月25日至3月6日的《北平晨报》。陈寅恪评曰："直抒胸臆，自成一家。自忏即所以自解，正不必别求解人也。"《忏情诗》第五首云："卓志奇情慕雪莱，鸳湖艳侣未同陪。"② 吴宓自解："至于这诗的第二句，仍是说志摩：说志摩在北海结婚之后，享了五年的艳福，方才遇难，而我始终未曾得到我的Mary……我在成功与享受上，又焉能比得上志摩呢?"③ 吴宓的第二句诗"鸳湖艳侣"还牵涉一个与徐志摩、陆小曼和王赓的新奇典故。

王赓是陆小曼的前夫，美国西点军校毕业，国民党军官。与陆小曼离婚后，率部参加1932年"一·二八"淞沪抗战，任国军88师独立旅旅长。当时，民间盛传王赓旧情未断，与陆小曼藕断丝连，在徐志摩去世后，利用淞沪抗战的间隙去租界与陆小曼私会，被跟踪的日本特务活捉，随身携带的军用地图泄密，导致战事失利。媒体大肆渲染"王赓献地图"之说，将之与1931年"张学良伴舞失东北"相比，闹得满城风雨，成为文人雅士和上海市民之间的新传说。为此，北平燕京大学教授邓之诚以"五石"的笔名，模仿吴梅村《圆圆曲》《鸳湖曲》，创作了一首长诗《后鸳湖曲》，发表于1932年3月12日的北平《新晨报》，将陆小曼

---

① 吴宓著、吴学昭编：《吴宓诗集》，商务印书馆，2004年，第287页。
② 吴宓著、吴学昭编：《吴宓诗集》，商务印书馆，2004年，第293、291页。
③ 吴宓：《徐志摩与雪莱》，《宇宙风》1936年3月1日第12期。

描绘为红颜祸水，极力讽刺王赓和陆小曼幽会而失地图之事。

邓之诚是燕京大学史学教授，著名历史学家，代表著作有《中国通史讲义》。《中国通史讲义叙录》发表于《大公报·文学副刊》，吴宓曾为之作论评①。吴宓称邓之诚为“博雅之士”，但对于《后鸳湖曲》对徐志摩、陆小曼和王赓的讽刺，有不同意见，在《空轩诗话》第42则《邓之诚后鸳湖曲》中加以辩解。首先，吴宓在录入邓之诚《后鸳湖曲》全诗之前，以一段文字说明背景：

> 沪战方终，三月十二日《北平新晨报》刊载五石君所作之《后鸳湖曲》盖咏陆小曼、徐志摩、王赓事也。吴梅村有《鸳湖曲》，故名《后鸳湖曲》。陆小曼与徐志摩，皆浙江嘉兴人，故以鸳湖名曲。若论其作诗之本意，则毋宁与梅村之圆圆曲为近。②

其次，在录入《后鸳湖曲》全诗之后，加以辩解：

> 宓按末韵乃作诗本意。诗人旨在爱国教忠、励群尚志，借事与题以抒写之耳。至若离婚未为失德，琐事无关大局。（沪战全局胜败，决不系此。）即诗人所见，或亦同于吾侪。予有先后挽徐志摩君二诗，深为徐君同情悲慨，亦所以自伤也。③

吴宓却为邓之诚《后鸳湖曲》提供新解，认为邓之诚只是“借事与题以抒写”，诗之本意不在讽刺徐志摩、陆小曼和王赓，而在“爱国教忠、励群尚志”。吴宓有自己离婚而备受苛责的切身体会，故认为离婚乃人生之常事，人事之常情，不为“失德”，认为王赓私会陆小曼即使为真，也是“琐事”，无关乎“沪战全局胜败”。吴宓对王赓没有任何恶感。抗战爆发后，王赓担任军政部兵工署驻昆明办事处处长。1940年9月16日，吴宓陪伴兵工署署长俞大维郊游，跟王赓见面。吴宓评价其“犹似辛亥年少时面容”，并记载王赓近况：“李方桂夫人貌甚似黎宪初，甚可爱。王赓亦已续娶，夫人年甚少。有一孩。赓且奉吃斋之老母同游。”

---

① 邓之诚：《中国通史讲义叙录》，《大公报·文学副刊》1933年10月23日。
② 吴宓著、吴学昭编：《吴宓诗话》，商务印书馆，2005年，第242页。
③ 吴宓著、吴学昭编：《吴宓诗话》，商务印书馆，2005年，第243页。

1936年3月1日，吴宓在《宇宙风》发表《徐志摩与雪莱》一文。该文悼念徐志摩，也叙及与方玮德相识相交相知的经过，旁带悼念方玮德。落脚点在于“我哭志摩便是哭我自己”，“大家哀悼志摩，我便更要哀悼我自己!”《宇宙风》杂志的主编林语堂为吴宓的赤诚坦白所感动，特意在文末写了一个“语堂按”，为吴宓“悼志摩亦所以自悼”的真诚之言辩解。该文连同林语堂的按语在《宇宙风》发表之后，吴宓随之致函林语堂，言称“《徐志摩与雪莱》一文，本嫌过于自赞，引诗句太多，乃承登出，而尊作按语尤极通妥，甚感甚感”①，表示感谢。

（二）1937年之后的吴宓日记对徐志摩的记载与评述

吴宓对徐志摩“念念不忘”，在1937年及随后的日记中多处记载到与徐志摩或与徐志摩相关的人与事。

1937年11月19日南下途中，吴宓在长沙大四方塘青年会，邀青年会干事杨昌藩晤谈。杨昌藩言称昔在北平师大肄业，常住黎锦熙先生家中，从黎宪初小姐处，得知吴宓之一切，并读《吴宓诗集》与吴宓所批点之徐志摩《爱眉小札》，故初见即能识吴宓。1939年9月22日，吴宓至好友滕固处，读诗小聚。滕固诵读吴宓作《海伦曲》及李白诗。滕固女友徐芳诵徐志摩诗及其自作之新诗，吴宓评为“均佳”。

吴宓看重日记的价值，不仅坚持每日写日记，对他人的日记也颇看重，并急于阅读。插图本《志摩日记》出版之后，吴宓想一睹为快。1947年4月25日，应吴宓“所指索”，他钟爱的学生周煦良赠他插图《志摩日记》一册。日记到手，吴宓即投入阅读之中。4月27日上午，吴宓在家读《志摩日记》，但因顾缓昌、周辅成、程会昌先后来访，阅读进程被打断。吴宓也推荐他人阅读《志摩日记》。1948年2月29日，时在武大任教的吴宓将自己的诗集、黄节《蒹葭楼诗集》吴宓笺注本及《顾亭林诗集》吴宓笺注本等借给诗友金月波阅读，同时将“煦赠《志摩日记》”也借给金月波。

1949年之后，因吴宓与徐志摩的交往，颇引起吴宓任教之重庆大学学子的兴

① 桑农：《关于吴宓致林语堂的一封信》，《博览群书》2007年第8期。

趣。1951年4月6日上午，吴宓从磁器口西师至沙坪坝重大，为重大外文系学生上小说课。中华人民共和国成立初期，上课形式比较率意随性。吴宓借鉴联大同事刘文典在校园草地为联大学子讲《红楼梦》的经验，将此次小说课放在室外。中午11时至下午1时，吴宓与外文系三年级诸生，共坐理学院旁草地木料上，应男生王世恒、女生刘玉玲等之请，为述徐志摩之情史甚详。

吴宓日记中最后一次出现徐志摩的名字是在1960年8月16日。此日，吴宓终日在舍读《海外缤纷录》，至晚8时毕全书。吴宓认为“其书中所叙事实，约自1921至1926春（徐志摩离婚签约）止”，并认为“其书中人物事实，多有所本，如陈箓、郑毓秀、王宠惠、吴稚晖、徐志摩等，一见而知之”。“其书之体例，甚似《儒林外史》，但写恋爱及淫荡生活，则是二十世纪西洋之实况。作者确有描写及讽刺之才力，惟所写留学生之生活及经验，偏而不全，故须待陈登恪之《留西外史》1928出而补其缺也。”

结　语

俗话说，“道不同，不相为谋”，但吴宓和徐志摩却是“道不同，相与谋”。吴宓视胡适为“死敌”，徐志摩却是胡适的“死党”，两人看似对立，但无论是哈佛留学期间还是民国初中期，两人都有着交往甚至是私谊。尤其是徐志摩遇难之后，吴宓对徐志摩怀着敬意和惺惺相惜之情。两人的交往和关系反映着民国知识分子之间平和、淡然的交际心态及自由、开放的交际生态。当然，吴宓同徐志摩的交谊是跟两人率真的心性和对但丁、雪莱的喜爱有关，这是两人沟通的心灵桥梁。吴宓对徐志摩怀有好感并加以纪念。因徐志摩诗歌讲究韵律、节奏和辞藻，吴宓对徐志摩的部分白话新诗也有较好评价。但他对徐志摩新诗的好感和欣赏并不代表对白话新诗的整体观感有所变化。纵览吴宓一生，他对白话新诗的不接受态度一直未曾真正改变。

［作者单位：长江师范学院文学院　重庆当代作家研究中心］

· 鲁迅研究 ·

早期鲁迅与周作人的中国传统文化选择论考[①]

□关　峰

【摘要】 鲁迅查考中华文明的源头，探察西方文化，也在历史性叙事和意义上进行论证。早期鲁迅具备民族和个人的双重自觉，为他后来的文明批判和社会批判打下了基础。非正统的选择出于纠偏和制衡，对追随鲁迅前往南京求学的周作人赋有极大的吸引力。新文化运动包含了鲁迅对新生运动的总结与反思。晚清社会的“笃古”和“蔑古”两种思潮都有亟待清算的硬伤。从“精神”出发，周氏兄弟特别注重对于民族源头的考察。鲁迅融通过去、现在和未来关系的认知体系，为他从革命的高度认识启蒙运动奠定了基础。周氏兄弟往来于中西学术之间，致力于嫁接与融通，实现文化并置和文明再造，并以“西学为体，中学为用”的反向思维来调整策略和范式选择。

【关键词】 鲁迅；周作人；新生运动；中国传统文化

受主编《民报》时章太炎的影响，早期（青年）周氏兄弟虽然致力于开发“新源”，但对“旧泽”和“本根”的开掘并不轻视。章氏“用国粹激励种性”的

① 基金项目：本文为陕西省社会科学基金一般项目“日常生活视域下陕西长篇小说的精神谱系研究”（项目编号：2016J033）；国家社科基金重大项目“中国当代文艺审美共同体研究”（项目编号：18ZDA277）阶段性成果。

策略和对“不晓得中国人的长处，见得别无可爱”的“欧化主义”的批评①，用到了他们在《河南》杂志——《新生》甲编中的论文写作和《域外小说集》——《新生》乙编的“迻译”中。鲁迅笔下“屹然出中央而无校雠”（《文化偏至论》）、“文明先进，四邻莫之与伦”（《摩罗诗力说》）的中国和“气禀未失之农人”形象（《破恶声论》）；周作人对“种人之特色（立国精神）”的推重（《论文章之意义暨其使命因及中国近时论文之失》，以下简称“《论文章》”）等意都在回溯中国历史的“上游”，查考中华文明的“来龙”。即便是探察西方文明（文化），他们也在历史性叙事和意义上予以论证，绝非生吞活剥和断章取义。诸如鲁迅对人（人间）之历史的缕述、对科学史的梳理、对西方个人主义和物质主义的论断、对摩罗宗流别影响的尊崇；周作人对林传甲《中国文学史》的批驳等大都从源流上生发，光大了理性与科学的现代精神。如《破恶声论》中对迷信和神话的辩护就有泰勒《原始文化》与弗雷泽《金枝》的影子，经由对尼采的介绍而被表现出来。

一、文明批判与社会批判

青少年时代的鲁迅大抵接受了较完备的私塾教育。在进三味书屋前，他已读完“四书”。虽然教读《孟子》的本家叔祖，《白光》中陈士成的原型周子京异想天开，闹出不少笑话，但在方正、质朴而博学的寿镜吾先生指导下，却几乎遍读了包括《尔雅》《周礼》和《仪礼》在内的十三经。其成绩虽出类拔萃，但他的读书却与一般科举考试的士子不同，突出表现在对重史之乡间人文传统的继承上。按照周作人的说法，浙江文艺界有飘逸与深刻的两派：前者如名士清谈，庄谐杂出；后者则着眼洞彻，措语犀利。晚年的周氏又以钱塘江为界，修订为浙西和浙东学派。浙西偏于文，浙东则偏于史。鲁迅早年的阅读就偏野史，如“看《玉芝堂谈荟》知道了历代武人的吃人肉，看《鸡肋编》知道了南宋山东义民往杭州行

① 章太炎：《东京留学生欢迎会演说录》，《革故鼎新的哲理——章太炎文选》，上海远东出版社，1996年，第146页。

在，路上以人肉干为粮，看《南烬纪闻》知道了金人的淫虐，看《蜀碧》知道了张献忠的凶杀，看《明季稗史汇编》里的《扬州十日记》知道了满人的屠杀”①。可资比较的是，家藏明抄宋端仪《国朝典故》残本（仅上两卷）《立斋闲录》在兄弟二人间都激起了极大义愤，并分别在1925年和1935年以《永乐的圣旨》和《病后杂谈之余——关于“舒愤懑”》为题发表出来。在此前后，两兄弟都谈到了读史的必要。著名的《闭户读书论》中直言：“我始终相信《二十四史》是一部好书，他很诚恳地告诉我们过去曾如此，现在是如此，将来要如此。”鲁迅则语重心长：“无论是学文学的，学科学的，他应该先看一部关于历史的简明而可靠的书。”② 得益于“更充足地保存真相”③ 的野史，鲁迅后来文章（尤其是杂文）的文明批判和社会批判更深刻，也更有力。

除野史外，鲁迅还大量涉猎了他当时所能得到的杂书。首先是父亲伯宜公曾使用过的科举用书，石印《经策统纂》，多达几十册。不但有《陆玑诗疏》丁晏校本、郝氏《尔雅义疏》，还收有《四库提要》的子集两部分。其次，大概和《阿长与〈山海经〉》中提到的远房叔祖（即玉田，别号琴逸）有关，鲁迅借阅了木版小本的《唐代丛书》。虽然后来在《破〈唐人说荟〉》和《书的还魂和赶造》等文中都对其表示了不满，并剥去伪装，加以揭穿，但也并非没有从中得到好处，至少是抄录了其中陆羽的《茶经》三卷、陆龟蒙的《耒耜经》及《五木经》等。由此而来的兴趣，直到辛亥年春天仍然不减，体现在其续抄《说郛》中包括竹谱和笋谱在内的五六种花木类谱录中，并连带引起读书的兴味来。第三，自行购读《二酉堂丛书》（武威张澍所刻）、《十种古逸书》（茆泮林）及“艺苑捃华”，加之众所周知的《山海经》《毛诗品物图考》和《花镜》等书，奠定了后来他对包括《会稽郡故书杂集》《古小说钩沉》《小说旧闻钞》《唐宋传奇集》《嵇康集》和《中国小说史略》等在内的学术著作的搜集、辑录、校勘和研究的基础。与阅读相连，尚

① 周作人：《鲁迅读古书》，《年少沧桑：兄弟忆鲁迅》，河北教育出版社，2000年，第196页。

② 鲁迅：《随便翻翻》，《鲁迅全集》(6)，人民文学出版社，2005年，第142－143页。

③ 周作人：《闭户读书论》，《周作人散文全集》(5)，广西师范大学出版社，2009年，第511页。

有早就表现出的非凡绘画天禀。从日本小田海仙《海仙画谱》的十八描法开始，到避难时在王府（皇甫）庄影写《荡寇志》绣像，再到马镜江的两卷《诗中画》、王冶梅的《三十六赏心乐事》和王磐《野菜谱》（附刻在徐光启《农政全书》末尾），大都悉心描过。这一经历不仅激起了他晚年的木刻和版画的实践反响，还惠及他对现代美术理论与批评体系的建设。诸如“美术云者，即用思理以美化天物之谓”，“凡有美术，皆足以征表一时及一族之思惟，故亦即国魂之现象”（《儗播布美术意见书》）；“美术家固然须有精熟的技工，但尤须有进步的思想与高尚的人格”（《随感录·四十三》）；“我却爱看黄埃，因为由此可见这抱着明丽之心的作者，怎样为人和天然的苦斗的古战场所惊，而自己也参加了战斗”（《看司徒乔君的画》）等，多与他的文学创作相互策应。鲁迅征绘画经验用之于文学，如《作文秘诀》中“有真意，去粉饰，少做作，勿卖弄”的“白描”；《我怎么做起小说来》中“要极省俭的画出一个人的特点，最好是画他的眼睛”；《论“旧形式的采用”》对“写意画（文人画）”的肯定；《补天》（《不周山》）中的色彩；《长明灯》中的方头和三角脸等，别开生面，激活了文学的动力和潜力。

也许是偏爱《西游记》的祖父特别鼓励去看小说的原因，在兄弟俩很小的时候就都已接触了不少那时还被视为闲书的小说。在《我学国文的经验》《我的杂学·小说与读书》等文中，周作人将自己国文入门的经验完全归功于看小说，并具体说明其阶段和过程：“由《镜花缘》《儒林外史》《西游记》《水浒传》等渐至《三国演义》，转到《聊斋志异》，这是从白话转入文言的径路。教我懂文言，并略知文言的趣味者，实在是这《聊斋》，并非什么经书或是《古文析义》之流。《聊斋志异》之后，自然是那些《夜谈随录》《淞隐漫录》等的‘假聊斋’，一变而转入《阅微草堂笔记》，这样，旧派文言小说的两派都已经入门，便自然而然地跑到《唐代丛书》里边去了。”① 可以推测，这一“径路”未必不能适用相同境地中的鲁迅。另据周建人在《鲁迅放学回来时做些什么》一文中透露，鲁迅“也很喜欢看讲草木虫鱼等的书。如《南方草木状》《花划》《兰蕙同心录》等等”，而且

① 周作人：《我的杂学》，《苦口甘口》，河北教育出版社，2001年，第60—61页。

“后来又得了一部《广群芳谱》。抄的也就是这一类，如《释草小记》《释虫小记》等等”。在周建人的回忆中，鲁迅“从书坊里回来，常常看看《花镜》，并曾经加上许多注解”①。不用说，博物兴趣也可以挪用于周作人。联系周作人早期日记中对兄弟二人关系的透露，以及晚年周作人对以《伤逝》为代表的鲁迅小说的解读，几乎可以肯定的是，新生运动前的兄弟俩基本上走了相似的路，即便是所读之书也有很大部分的重合。在周作人提供的戊戌前鲁迅所买的书单中，计有《郑板桥集》《徐霞客游记》《阅微草堂笔记》《淞隐漫录》，影印宋本《唐代合集》《金石存》《酉阳杂俎》②。最末一种在《唐代丛书》中有节本，与后来的鲁迅编校《古小说钩沉》《唐宋传奇集》大有关系，同时也塑造了周作人的杂学性格。事实上，在小皋埠娱园避难的后期，鲁迅与喜画墨梅，爱看小说的“友舅舅”秦少渔很谈得来。至此，困顿敏感之中的鲁迅一扫前期被视同“乞食者”的耻辱阴霾，并有机会读到“种种红楼梦，种种侠义”③ 的小说，开阔了视野。此后，东京的文学运动及文学革命后的小说创作恐怕都得益于此。

二、新旧融通

往南京的“走异路”④ 是鲁迅不满自身境遇和现状，力求重建自我世界装置的反映。不过，新旧博弈的结果往往并非你死我活的取而代之，而是新中有旧，旧中有新的错综混杂。已入新式学堂后的归考便是这样的“混杂”——鲁迅唯一的一次科举考试是在从江南水师学堂退学，改入江南陆师学堂附设矿路学堂的间隙时。虽然考试成绩不错，但却没再续考，表明了他与旧轨道的名利诱惑决裂的决心。同样的情形也发生在周作人身上。入学江南水师学堂后的第二年（1902

① 周建人：《鲁迅放学回来时做些什么》，《年少沧桑：兄弟忆鲁迅》，河北教育出版社，2000 年，第 254 页。

② 周作人：《鲁迅的故家》，人民文学出版社，1957 年，第 65—66 页。

③ 周作人：《鲁迅的故家》，人民文学出版社，1957 年，第 47 页。

④ 鲁迅：《呐喊·自序》，《鲁迅全集》(1)，人民文学出版社，2005 年，第 437 页。

年）7 月 27 日，周作人便在日记中表示："接家信，促归考，即作复，历陈利害，坚却不赴。"① 同年 11 月 17 日的日记中更在以《焚书》为题的七律下清醒地认识到："以四书五经言之，其足以销磨涅伏者，不可胜数，又且为专制之法，为独夫作俑，真堪痛快，至于浮辞虚语，并名学家所谓丐词者，尚其最小者耳。"② 南京时期的鲁迅具备民族和个人的双重自觉。就前者而言，他曾骑马到明故宫，虽不小心从马上摔了下来，碰断了一颗门牙，但无疑传递了意气风发的自觉和自信的信息。至于后者，则在《和仲弟送别元韵并跋》中借"英雄"表达了"时随帆顶过长天"的志向，并激励诸弟，"文章得失不由天"③。而充分表露内心，更有说服力的是，1901 年初，鲁迅在重读 1898 年正月二十九日所买《徐霞客游记》八册（周作人日记中为"六本"）时，特别选用"独、鹤、与、飞"四字予以分类，彰显了他基于个人志趣的远大而高洁的境界。与他稍后在东京所写的《斯巴达之魂》《中国地质略论》等文一脉相承。《中国地质略论》绪言中的"吾广漠美丽最可爱之中国兮！而实世界之天府，文明之鼻祖也"，与《破恶声论》中"未绝大冀于方来"的"至诚"和"温煦"之声遥相呼应。周作人曾总结南京四年的鲁迅说："关于文史方面的学问，这一部分的底子他是在家里的时代所打下的，但是一般的科学知识，则是完全从功课上学习了来，特别是关于进化论的学说。"④ 对比鲁迅在《琐记》中对《天演论》的追忆，及后来在《随感录二十五》中所说："严又陵究竟是做过赫胥黎《天演论》的"，不难看出他在"中学"与"西学"间所作的平衡和取舍，这也为配合《民报》，从事文学启蒙的新生运动打下了基础。

晚年周作人自述南京时代的他受金圣叹影响，并阑入"浪漫的思想"⑤ 范围。谈到鲁迅，则表示："他对于唐朝的'韩文公'韩愈和宋朝的'朱文公'朱熹这两个大人物，丝毫不感受影响。"还指出："他爱《楚辞》里的屈原诸作，其次是嵇

---

① 周作人：《周作人日记》（上册），大象出版社，1996 年，第 343 页。
② 周作人：《周作人日记》（上册），大象出版社，1996 年，第 362 页。
③ 鲁迅：《别诸弟》，《鲁迅全集》（8），人民文学出版社，2005 年，第 531 页。
④ 周作人：《鲁迅的青年时代》，《周作人散文全集》（12），广西师范大学出版社，2009 年，第 626 页。
⑤ 周作人：《知堂回想录》，香港：三育图书有限公司，1980 年，第 167 页。

康和陶渊明，六朝人的文章，唐朝传奇文，唐宋八大家不值得一看，‘桐城派’更不必提了。”又关涉佛经，提到“在本国‘撰述’类中却有一部《弘明集》，是讨论佛教的书，中间有梁朝范缜作的一篇《神灭论》，这给了他很大的益处”①。非正统的选择显然出于纠偏和制衡，对追随鲁迅前往南京求学的周作人赋有极大的吸引力。见于这一时期周作人日记中多次出现的“大哥”，及“晤谈，藉豁尘障”② 似的表述。留东时的鲁迅更发展了民族革命和启蒙教化思想。初到东京不久的鲁迅就寄回照片一张，“视之宛然东瀛人也”③。差不多一年后鲁迅便剪去了头发，以与所谓“富士山”的速成班区别开来。对周作人而言，东京生活带给他的最大冲击莫过于日本女性的天足了。同样，鲁迅也对“绣花的弓鞋”深致不满，曾在《范爱农》一文中因此摇头，引起误会来。直到校对由许寿裳代办的《支那经济全书》时还大加删改，将纳妾与“小星”的很多迂腐陈旧想法尽数刊落。在南京和东京读书期间，周氏兄弟受章太炎、严复、梁启超和林纾的影响最大，文化变革和文艺救世的热情非常高涨。从事《月界旅行》的科学小说翻译不必说了，即便是兄弟二人间的通信也一度有意使用白话，目的就在启迪人智，唤醒民众。周作人甚至与同学分拟致邑人书，筹划往民间去的启蒙运动了。

在南京与东京最初的两年里，鲁迅思想还处于新旧并立和杂糅的过渡阶段。一方面，在不满“乌烟瘴气”的水师学堂而转学文学堂性质的矿路学堂后，他开始接受以地质学（地学）为主的现代科学技术知识训练。特别是手抄汉译英国赖耶尔（C. Lyell）的《地质学纲要》（*Principles of Geology*，《地学浅说》），从中获取了大量古生物学常识，为他理解严复《天演论》中的进化论原理奠定了基础。耐人寻味的是，直到在东京看到丘浅治郎的《进化论讲话》后，他才扬弃了严氏传播的斯宾塞“任天说”，自觉选择了赫胥黎的“胜天说”④。另一方面，矿

① 周作人：《鲁迅的青年时代》，《周作人散文全集》（12），广西师范大学出版社，2009年，第675、676页。

② 周作人：《周作人日记》（上册），大象出版社，1996年，第278页。

③ 周作人：《周作人日记》（上册），大象出版社，1996年，第335页。

④ 伊藤虎丸：《鲁迅与终末论：近代现实主义的成立》，生活·读书·新知三联书店，2008年，第148页。

路学堂与弘文学院期间的鲁迅尚处于科学启蒙和维新救国的自发阶段，所持文学观大概不出旧的范围。如他在《集外集·序言》中所忆：“当时的风气，要激昂慷慨，顿挫抑扬，才能被称为好文章，我还记得‘被发大叫，抱书独行，无泪可挥，大风灭烛’是大家传诵的警句。但我的文章里，也有受着严又陵的影响的，例如涅伏，就是‘神经’的腊丁语的音译。”在与瞿秋白《关于翻译的通信》中，鲁迅谈到，译介《天演论》时严复的目的是在引起社会反响，所用的标准乃是六朝的“达”而“雅”。后来的译本则“看得‘信’比‘达雅’都重一些”，所以也更可靠一些。事实上，偏好六朝文的鲁迅也从佛经里获益良多，至少奠定了他唯物思想的基础。管窥日常生活中兄弟关系的轶事是，不满懒惰拖延的二弟没能与章太炎合作译出吠檀多哲学，情绪失控的鲁迅竟然挥起了老拳。此外，因斯密斯（Smith）《中国人气质》（*Chinese Characteristics*）的风行，这时的鲁迅已与友人讨论国民性问题，也曾“穷日读”《释人》而“大欢喜”①。虽然文章中不止一次地引用老庄和《楚辞》中的语句，但对孔子却不很看重。因此，当弘文学院的学监大久保高明集合大家到孔庙行礼时，鲁迅颇感惊诧：“正因为绝望于孔夫子和他的之徒，所以到日本来的，然而又是拜吗？一时觉得很奇怪。”② 难能可贵的是，这一“绝望”和“奇怪”的情绪并没有刺激他到相反的方面去，反而能够贯通起来。其中李贺与安特莱夫、六朝文与个人主义等都是鲁迅在处理“外”与“内”之关系的课题。

三、从新生运动到新文化运动

“弃医从文”后的鲁迅决心创办那时在东京还没有的文学杂志，所做的准备是搜求后来称之为被侮辱被损害的“弱小民族国家的文学”的作品。同时，对所熟知的中国传统文学和文化的态度也发生了转变。最突出和重要的是对老子“不

---

① 鲁迅：《致蒋抑卮》，《鲁迅全集》(11)，人民文学出版社，2005 年，第 329 页。

② 鲁迅：《在现代中国的孔夫子》，《鲁迅全集》(6)，人民文学出版社，2005 年，第 326 页。

撄人心”思想的批判。老子企图“致槁木之心，立无为之治；以无为之为化社会，而世即于太平”①。但在鲁迅看来，所谓“太平”和“平和”是根本不存在的伪命题。1908—1909年，从章太炎口头听来的有关老子出关的缘由，后来衍化为孔胜老败的论断。晚年曾在《〈出关〉的关》中加以总结道：“老则是‘无为而无不为’的一事不做，徒作大言的空谈家。要无所不为，就只好一无所为，因为一有所为，就有了界限，不能算是‘无不为’了。”而在新生运动的彼时，却从进化论的“非堕落不止，非著物不止”② 的生物学观点，驳斥“心神所注，辽远在于唐虞，或迳入古初，游于人兽杂居之世”的所谓“中国爱智之士”③。即便是对“怼世俗之混浊”，以至于“放言无惮，为前人所不敢言”的屈原，曾“狂诵《离骚》”④的鲁迅也以为“反抗挑战，则终其篇未能见，感动后世，为力非强”⑤，更不必说诗史上的“言志”（舜）与“无邪”（孔子）的自相矛盾了。从“恶魔”派的精神出发，审察中国文学史后的鲁迅认为，“凡诗宗词客，能宣彼妙音，传其灵觉，以美善吾人之性情，崇大吾人之思理者”，“几无有矣”。换句话说，“无有为沉痛著大之声，撄其后人，使之兴起”⑥。这里虽未明言，但显然包括孔子在内。二十年后偏处厦门任教时的鲁迅曾表示：“孔孟的书我读得最早，最熟，然而倒似乎和我不相干。”⑦ 这一自述与他对道教在中国社会中之作用的认识有关。倒是同为新生运动中坚的周作人在这一时期发表的《论文章》一文中高扬反孔大旗，直指“束缚人心”的“中国文章之匠宗”素王孔子，以为“删诗定礼，夭阏国民思想之春华，阴以为帝王之右助，推其后祸，犹秦火也”，后更牵连到所谓儒教和儒宗。最终的结论是，“中国之思想，类皆拘囚蜷屈，莫得自展”。在周作人看来，中国传统文学观要么视文章为小道，“不切用于日用人生”，要么为“经世之业，必如

---

① 鲁迅：《摩罗诗力说》，《鲁迅全集》（1），人民文学出版社，2005年，第69页。
② 鲁迅：《摩罗诗力说》，《鲁迅全集》（1），人民文学出版社，2005年，第70页。
③ 鲁迅：《摩罗诗力说》，《鲁迅全集》（1），人民文学出版社，2005年，第69页。
④ 鲁迅：《祭书神文》，《鲁迅全集》（8），人民文学出版社，2005年，第534页。
⑤ 鲁迅：《摩罗诗力说》，《鲁迅全集》（1），人民文学出版社，2005年，第71页。
⑥ 鲁迅：《摩罗诗力说》，《鲁迅全集》（1），人民文学出版社，2005年，第71页。
⑦ 鲁迅：《写在〈坟〉后面》，《鲁迅全集》（1），人民文学出版社，2005年，第301页。

训诂典章而后可"①，都不是应有的直面文学的现代态度。

《狂人日记》发表差不多十年后，鲁迅曾在《无声的中国》中谈到白话文风行的原因，以为缘于钱玄同的极端和激烈，用罗马字母取代废止汉字的提议。不过，到"《新青年》的团体散掉"② 的落潮期，鲁迅却只感到"悲哀"和"寂寞"，仿佛"叫喊于生人中，而生人并无反应，既非赞同，也无反对，如置身毫无边际的荒原，无可措手"③；感慨"不是很大的鞭子打在背上，中国自己是不肯动弹的"④；感叹"造物的皮鞭没有到中国的脊梁上时，中国便永远是这样的中国，决不肯自己改变一支毫毛"⑤。有感于"我们是过着受破坏了又修补，受破坏了又修补的生活"⑥，及"只有一半露出在街上的""老房子"似的"中国人的历史"⑦，鲁迅以新生运动的失败为鉴戒，重新予以规划，确立了"'全部，或全无'的勃兰特式的态度"⑧。"不——看中国书"的主张就是这一激进主义的反庄子态度的表示。《热风》中驳斥《学衡》派及所谓保存国粹的国学家的背后，实际上包含了鲁迅对新生运动的总结与反思。再描述和评价诸如"大抵带些复古的倾向"⑨ 的"保守"，"外之既不后于世界之思潮，内之仍弗失固有之血脉，取今复古，别立新宗"⑩，《破恶声论》中所述"苏古掇新，精神闿彻"的"中庸"。晚清社会上俨然活跃和对立着"笃古"和"蔑古"两种思潮。在鲁迅看来，二者都有亟待清算的硬伤。前者的局限性不言而喻，据进化论写成的《人之历史》就是为此所作的反驳。《摩罗诗力说》中则讽刺笃古者"漫夸耀以自悦"，结果"孰不腾笑?"阿 Q 即为"中落之胄"的"笃古"代表。鲁迅提出，"怀古"并非不可，但应"思理朗

① 周作人：《论文章之意义暨其使命因及中国近时论文之失》，《周作人散文全集》(1)，广西师范大学出版社，2009 年，第 94 页。

② 鲁迅：《〈自选集〉自序》，《鲁迅全集》(4)，人民文学出版社，2005 年，第 469 页。

③ 鲁迅：《呐喊·自序》，《鲁迅全集》(1)，人民文学出版社，2005 年，第 439 页。

④ 鲁迅：《娜拉走后怎样》，《鲁迅全集》(1)，人民文学出版社，2005 年，第 171 页。

⑤ 鲁迅：《头发的故事》，《鲁迅全集》(1)，人民文学出版社，2005 年，第 488 页。

⑥ 鲁迅：《记谈话》，《鲁迅全集》(3)，人民文学出版社，2005 年，第 378 页。

⑦ 鲁迅：《通讯》，《鲁迅全集》(3)，人民文学出版社，2005 年，第 22 页。

⑧ 鲁迅：《在现代中国的孔夫子》，《鲁迅全集》(6)，人民文学出版社，2005 年，第 324 页。

⑨ 鲁迅：《呐喊·自序》，《鲁迅全集》(1)，人民文学出版社，2005 年，第 439 页。

⑩ 鲁迅：《文化偏至论》，《鲁迅全集》(1)，人民文学出版社，2005 年，第 57 页。

然，如鉴明镜，时时上征，时时反顾，时时进光明之长途，时时念辉煌之旧有”①，否则，“古”之呼吸必将不通于今。后者更带有迷惑性。诸如“辁才小慧之徒”，“言非同西方之理弗道，事非同西方之术弗行，掊击旧物，惟恐不力”②。殊不知其所膜拜之“钩爪锯牙”“制造商估立宪国会”③，以至于“制女子束腰道具之术”④ 皆为“迁流偏至之物，已陈旧于殊方者”⑤。从“转移性情，改造社会”⑥ 的文艺启蒙观出发，鲁迅批评了“海禁既开，皙人踵至”以来“富有”“路矿”“众治”“物质”和“多数”的经济与政治救亡方案，别辟了文学和文化改革的蹊径。从“文明无不根旧迹而演来”的信念出发，鲁迅为“内密既发”的中国打造了八字方针，即“洞瞩幽隐，评騭文明”⑦。既非“无以争存于天下”的“安弱守雌，笃于旧习”的“国民”，也不是“归罪恶于古之文物，甚或斥言文为蛮野，鄙思想为简陋，风发浡起，皇皇焉欲进欧西之物而代之”⑧ 的所谓“世界人”⑨，鲁迅希冀和呼唤的乃是“不随顺旧俗”，能“与世界大势相接”⑩ 的精神界之战士。

在筹划创办《新生》杂志的两年间，无论国内，还是留学界都弥漫着浓厚的民族革命气氛。“南社”诸人就有“将满洲人赶出去，便一切都恢复了‘汉官威仪’”的幻想——“穿大袖的衣服，峨冠博带”⑪。在《杂忆》中，鲁迅追忆当时“对于光复的渴望之心”的“旺盛”：“专意搜集明末遗民的著作，满人残暴的记

① 鲁迅：《摩罗诗力说》，《鲁迅全集》（1），人民文学出版社，2005年，第67页。

② 鲁迅：《文化偏至论》，《鲁迅全集》（1），人民文学出版社，2005年，第45页。

③ 鲁迅：《文化偏至论》，《鲁迅全集》（1），人民文学出版社，2005年，第46页。

④ 鲁迅：《破恶声论》，《鲁迅全集》（8），人民文学出版社，2005年，第27页。

⑤ 鲁迅：《文化偏至论》，《鲁迅全集》（1），人民文学出版社，2005年，第47页。

⑥ 鲁迅：《〈域外小说集〉序》，《周作人译文全集》（11），上海人民出版社，2012年，第443页。

⑦ 鲁迅：《破恶声论》，《鲁迅全集》（8），人民文学出版社，2005年，第27页。

⑧ 鲁迅：《文化偏至论》，《鲁迅全集》（1），人民文学出版社，2005年，第57页。

⑨ 鲁迅：《破恶声论》，《鲁迅全集》（8），人民文学出版社，2005年，第28页。

⑩ 鲁迅：《摩罗诗力说》，《鲁迅全集》（1），人民文学出版社，2005年，第101页。

⑪ 鲁迅：《对于左翼作家联盟的意见》，《鲁迅全集》（4），人民文学出版社，2005年，第239页。

录，钻在东京或其他的图书馆里，抄写出来，输入中国。”周氏兄弟虽也深受影响，但他们坚实而稳健的新生运动却深入到国民精神的启蒙和重建中。对“新生”二字的诠释，也以鲁迅与“复古”相联系的追述为更契合。简言之，这一运动的关键词就是“神思”，也就是“精神”。即所谓“尊个性而张精神”（《文化偏至论》）；“国民精神之发扬”（《摩罗诗力说》）；“哲人觇国，讨探起盛衰兴废之故，或反观既往，以远测其将来，亦但视精神之何如而已”，“思想得舒，国民精神进于微大，此未来之冀也”（《论文章》），从“精神”出发，周氏兄弟特别注重对于民族源头的考察。受进化论启示，鲁迅不仅最先写出并发表了《人之历史》这样“立人”的文章，还深受尼采（Fr. Nietzsche，尼佉）影响。《摩罗诗力说》篇首将“求古源尽者将求方来之泉”的尼采语作为题记，并称道他“不恶野人，谓中有新力”的卓见。以为“文明之朕，固孕于蛮荒”，相信“上征在是，希望亦在是”①。周作人也多次引述尼采。在《哀弦篇》的末尾，援引“唯有坟墓处，始有复活”一语，强调“哀弦断响而人心永寂”的“萧条”。看重神话的鲁迅还严词驳斥那些“破迷信”“嘲神话”及“借口科学，怀疑于中国古然之神龙者”②。在鲁迅看来，所谓迷信，乃是“向上之民，欲离是有限相对之现世，以趣无限绝对之至上者也”③，而神话则是古民“瑰奇渊雅”的“神思”的表现。“龙”即为古民神思创造的结晶。相反，那些“虽一石一华，亦加轻薄”的所谓志士却不啻“精神窒塞，惟肤薄之功利是尚”④ 的“伪士”。

四、心声与新生

周作人曾谈到，新生运动时的他们是“民族主义”的信徒，表示“在日本的感觉，一半是异域，一半却是古昔”，所谓“思古之幽情”。因“民族主义”，“觉

---

① 鲁迅：《摩罗诗力说》，《鲁迅全集》（1），人民文学出版社，2005 年，第 66 页。
② 鲁迅：《破恶声论》，《鲁迅全集》（8），人民文学出版社，2005 年，第 32 页。
③ 鲁迅：《破恶声论》，《鲁迅全集》（8），人民文学出版社，2005 年，第 29 页。
④ 鲁迅：《破恶声论》，《鲁迅全集》（8），人民文学出版社，2005 年，第 30 页。

得清以前或元以前的差不多都好，何况更早的东西"①。此前所受严复的影响也因章太炎在《社会通诠商兑》中"载飞载鸣"的讽刺而有所淡化②，转而听讲《说文解字》便是自觉调整后的选择。出于正本清源的需要，周作人还专门进了筑地的立教大学及"三一学院"学习希腊文，"想把《新约》或至少是四福音书译成佛经似的古雅的"③。从"今所成就，无一不绳前时之遗迹"④ 的历史观出发，鲁迅特别查考了"古文明国"的前世今生，诸如天竺、希伯来、伊兰埃及等，而研判其"萧条"而为"影国"的原因就在发展过程中"争天拒俗"心声的缺失。所开药方则是以裴伦为代表，"立意在反抗，指归在动作，而为世所不甚愉悦者"⑤ 的摩罗诗派。实际上，即便是进化论，受章太炎《俱分进化论》的影响，鲁迅也不盲目接受。他意识到，知识"每不即于中道，甲张则乙驰，乙盛则甲衰，迭代往来，无有纪极"，故而，"世界不直进，常曲折如螺旋"⑥。有鉴于此，鲁迅提出，正确对待历史的方法是"自设为古之一人，返其旧心，不思近世，平意求索"，而非"哂神话为迷信，斥古教为谫陋"⑦。抱定这一信念，他提醒世人，古民"争抗劬劳，纵不厉于今，而视今必无所减"⑧，意在打破"平和"的幻想。鲁迅赏识古民在诗歌和神话等艺术创造上的神思，认为文学之职就在涵养神思。对比中国与西方文化历史可知，较之邻国，中国文化（或文明）发达较早，"出中央而无校雠"⑨，然而"自用而愚，污如死海"⑩。事实上，西方的"科学""物质"同样

---

① 周作人：《日本之再认识》，《周作人文类编・日本管窥》，湖南文艺出版社，1998 年，第 87 页。

② 许寿裳：《杂谈名人》，《鲁迅生平史料汇编》（第二辑），天津人民出版社，1982 年，第 33 页。

③ 周作人：《知堂回想录》，香港：三育图书有限公司，1980 年，第 220 页。

④ 鲁迅：《文化偏至论》，《鲁迅全集》（1），人民文学出版社，2005 年，第 47 页。

⑤ 鲁迅：《摩罗诗力说》，《鲁迅全集》（1），人民文学出版社，2005 年，第 68 页。

⑥ 鲁迅：《科学史教篇》，《鲁迅全集》（1），人民文学出版社，2005 年，第 28 页。

⑦ 鲁迅：《科学史教篇》，《鲁迅全集》（1），人民文学出版社，2005 年，第 26 页。

⑧ 鲁迅：《摩罗诗力说》，《鲁迅全集》（1），人民文学出版社，2005 年，第 69 页。

⑨ 鲁迅：《文化偏至论》，《鲁迅全集》（1），人民文学出版社，2005 年，第 45 页。

⑩ 鲁迅：《摩罗诗力说》，《鲁迅全集》（1），人民文学出版社，2005 年，第 66 页。

“曼衍有源”。鲁迅提醒，“有源者日长，逐末者仍立拨”，故应“寻其本”①。基于此，酝酿已久的新生运动乙编——《域外小说集》书名便特别由许寿裳依照《说文》以五个篆文来题写。更有说服力的是，译文多处换上许多古字，如“踢”改为“踶”，“耶”写作“邪”等。直到任教师范学堂时的生理学讲义中，还用古字“了”“也”来代替男女“阴阳”。“旧序”中所谓“词致朴讷”，便道出了不同于林氏译文审美追求的古雅来。

在发表于《河南》杂志上的最后一篇论文《破恶声论》中，鲁迅曾不止一次地强调：“吾未绝大冀于方来。”这一信念的源头恐怕就在于足以与西方相抗衡的中国传统文化。概而言之，首先就是“接天然之閟宫，冥契万有，与之灵会”的“古民神思”②。从科学的真实性来看，神话或有其天马行空的虚幻偏颇。如《人之历史》中所说“盘古”“女娲”及“鳌载山抃”中屡遭诟病的漏洞，但从“神思”的角度看，却是“古之胜今”③之处。二是“朴素之民，厥心纯白”的“农人”。“以普崇万物为文化本根，敬天礼地”，就像古人的记录那样。对他们来说，“虽一卉木竹石，视之均函有神閟性灵”④。三是“不为大潮所漂泛，屹然当横流”的“古贤人”⑤。也就是后来为他所称道的“有埋头苦干的人，有拼命硬干的人，有为民请命的人，有舍身求法的人”，所谓“中国的脊梁”⑥。20世纪20年代，批判复古运动时的鲁迅虽曾质问“可曾用《论语》感化过德国兵，用《易经》咒翻了潜水艇”，但也明白读经之徒的“聪明”是在“怎样敷衍，偷生，献媚，弄权，自私”⑦；知道“现在的昏妄举动，胡涂思想”早已有过，“杂史杂说上所写的就是前车”⑧。事实上，新生运动时的鲁迅同样不满社会上的“恶声”。与“物质”

---

① 鲁迅：《科学史教篇》，《鲁迅全集》(1)，人民文学出版社，2005年，第33页。
② 鲁迅：《摩罗诗力说》，《鲁迅全集》(1)，人民文学出版社，2005年，第65页。
③ 鲁迅：《科学史教篇》，《鲁迅全集》(1)，人民文学出版社，2005年，第26页。
④ 鲁迅：《破恶声论》，《鲁迅全集》(8)，人民文学出版社，2005年，第29、30页。
⑤ 鲁迅：《科学史教篇》，《鲁迅全集》(1)，人民文学出版社，2005年，第34页。
⑥ 鲁迅：《中国人失掉自信力了吗》，《鲁迅全集》(6)，人民文学出版社，2005年，第122页。
⑦ 鲁迅：《十四年的“读经”》，《鲁迅全集》(3)，人民文学出版社，2005年，第136、138页。
⑧ 鲁迅：《这个与那个·一 读经与读史》，《鲁迅全集》(3)，人民文学出版社，2005年，第149页。

和“众数”的偏至相比，鲁迅更为警惕那些“功利”和“私利”的投机者。即便是所谓“志士英雄”，也无非是“蒙帼面而不能白心”① 的“扰攘”之“伪士”。其他如“进化之语，几成常言”的“喜新者”和“笃故者”（《人之历史》）；“张口作军歌，痛斥印度波阑之奴性”的“军人”（《摩罗诗力说》）；“今之学术艺文，皆我数千载前所已具”的“死抱国粹之士”（《科学史教篇》）；“尚物质，而疾天才矣。先王之泽，日以殄绝”的昔日中国（《文化偏至论》）等都是“精神沦亡”②“视寂漠且愈甚”③ 的“林籁”和“鸟声”。对鲁迅来说，发起“新生”运动的目标就是吁求“介绍新文化之士人”④，发“声”“以起其国人之新生，而大其国于天下””⑤。同时，以代女子发声为“浪漫的思想”征候的周作人也在《天义报》《河南》等刊物上撰文，提出“文章改革”“实则中国切要之图者”⑥，表示“近来吾国人心虚伪凉薄极矣，自非进以灵明诚厚，乌能有济?”⑦ 并对留学生“孳孳于实业商工者”⑧，津津乐道狱务诸书等现象予以炮轰。与鲁迅的“心声”相应，周作人倡言一扫“寂漠”的“哀音”，坦言“欲勿亡之求，其惟君辈之勿言爱国始矣”⑨。就像《摩罗诗力说》中的“以诈术陷敌，则甚美之”一样，看似乖戾，实则是内心真实情感的自然流露，体现了他们所崇信的“种人之特色”，“立国之精神”⑩。

在为北大编写，近乎兄弟二人合作的《欧洲文学史》中有关19世纪写实主义

---

① 鲁迅：《破恶声论》，《鲁迅全集》(8)，人民文学出版社，2005年，第29页。

② 鲁迅：《摩罗诗力说》，《鲁迅全集》(1)，人民文学出版社，2005年，第101页。

③ 鲁迅：《破恶声论》，《鲁迅全集》(8)，人民文学出版社，2005年，第26页。

④ 鲁迅：《摩罗诗力说》，《鲁迅全集》(1)，人民文学出版社，2005年，第102页。

⑤ 鲁迅：《摩罗诗力说》，《鲁迅全集》(1)，人民文学出版社，2005年，第101页

⑥ 周作人：《论文章之意义暨其使命因及中国近时论文之失》，《周作人散文全集》(1)，广西师范大学出版社，2009年，第115页。

⑦ 周作人：《论俄国革命与虚无主义之别》，《周作人散文全集》(1)，广西师范大学出版社，2009年，第84页。

⑧ 周作人：《文章之力》，《周作人散文全集》(1)，广西师范大学出版社，2009年，第73页。

⑨ 周作人：《中国人之爱国》，《周作人散文全集》(1)，广西师范大学出版社，2009年，第74页。

⑩ 周作人：《论文章之意义暨其使命因及中国近时论文之失》，《周作人散文全集》(1)，广西师范大学出版社，2009年，第88页。

时代的德国这一部分以尼采为纲，特别引用了《查拉图斯特拉如是说》中的一句话："汝毋以所从来为贵，但当视汝之所之。汝毋反顾，但当前望。汝其永为流人，去父母先人之地。汝当爱汝子孙之地，即以此爱为汝光荣可也。"事实上，十年前的鲁迅就已在《文化偏至论》中加以阐发，并在《摩罗诗力说》中辨析了文章与道德的关系，以及卢希飞勒与尼采有关善恶异同的比较。对这些问题的思考促成了鲁迅对新的融通过去、现在和未来关系之认知体系的构建，为他从革命或改革的高度认识启蒙运动奠定了基础。如文学移情和改变精神的见解就来自托尔斯泰和安特莱夫的意见。周作人曾译介托氏从兄阿·托尔斯泰的《劲草》。鲁迅也在《破恶声论》中介绍其"不抵抗主义"，并译出安特莱夫的短篇小说《谩》和《默》。当被问及文学的定义时，鲁迅明确了与"启人思"的学说不同的"增人感"意义，而与讲《说文解字》和《庄子》时的章太炎"范围过于宽泛"① 的诠释不同。署名周逴的《〈红星佚史〉序》中更强调"能移人情，文责以尽，他有所益，客而已"。周作人还在《论文章》中采纳了美国宏德（Hunt）有关"文学"的定义："文章者，人生思想之形现，出自意象、感情、风味（Taste），笔为文书，脱离学术，遍及都凡，皆得领解（Intelligible），又生兴趣（Interesting）者也"，与鲁迅的"兴感怡悦"② 说相应。也许是出于对自由思想的服膺，周作人特别反感文学中载道式的说教。为此，除对刘勰的《文心雕龙》表示不满外，还以林传甲《中国文学史》为中心，驳斥保守陈旧的文学观，称其"支离蒙愦，于文学之义且未明，更何论夫史!"③ 鲁迅同样认为，文学就像大海，"未始以一教训一格言相授"，但"游泳既已，神质悉移"④，其奥妙就在于文学是"撄人心"的艺术。所谓"无用之用"，就在"能启人生之閟机，而直语其事实法则"⑤。为此，他反对

① 许寿裳：《从章先生学》，《鲁迅生平史料汇编》（第二辑），天津人民出版社，1982 年，第 205 页。

② 鲁迅：《摩罗诗力说》，《鲁迅全集》（1），人民文学出版社，2005 年，第 73 页。

③ 周作人：《论文章之意义暨其使命因及中国近时论文之失》，《周作人散文全集》（1），广西师范大学出版社，2009 年，第 107 页。

④ 鲁迅：《摩罗诗力说》，《鲁迅全集》（1），人民文学出版社，2005 年，第 73 页。

⑤ 鲁迅：《摩罗诗力说》，《鲁迅全集》（1），人民文学出版社，2005 年，第 74 页。

孔子的“无邪”说，抨击汉晋以来文士“多受谤毁”的恶习。这些都表现了他对“心声”和真我的追求。同时，还愤怒声讨“人人之心，无不泐二大字曰实利”[①]的现实社会，以为既“无古民之朴野”，也出乎“古哲人”的预料。在晚年回忆章太炎的文章中，鲁迅对吴稚晖排满讲演时的“嬉皮笑脸”和“无聊的打诨”的嘲讽恐怕就源于他对缺乏真诚的憎恶。其他如对黄帝即亚伯拉罕的考据以为“过于弯曲”[②]；以六元购得文求堂的中文旧书《古谣谚》二十四册；“写稿写信用俗字简字，却决不写别字，以及重复矛盾的字，例如桥樑（梁加木旁犯重）邱陵（清雍正避孔子讳始该丘为邱），又写鳥字也改下边四点为两点”[③]；“因为恶魔的文字不古，所以换用未经梁武帝改写的‘摩罗’”[④] 等等都是他对“古源”和病源的诊察。此外，周作人也多次辨析虚无论者与无政府党的不同，以为前者纯为求诚之学。《域外小说集》“弗失文情”的直译同样是抱诚守真，希望超越“常俗”的体现。

五、余　论

新生运动时的周氏兄弟往来于中西学术之间，致力于嫁接与融通，实现文化并置（juxtaposition）和文明再造。一方面，来自中国现实社会的萧条和寂寞感并没有减弱他们投身文化改革的勇气和热情，而是依然坚信震旦颇具“文化不受影响于异邦，自具特异之光彩”之“得”[⑤]。据此，助推中国变革而为理想的“人国”。在鲁迅看来，关键就在对新声或心声的接纳和倾听。另一方面，“驳诘”“引文明之语，用以自文”的“所谓识时之彦”实则“成事旧章，咸弃捐不顾”的

---

① 鲁迅：《摩罗诗力说》，《鲁迅全集》（1），人民文学出版社，2005年，第71页。

② 周作人：《马上支日记》，《鲁迅全集》（3），人民文学出版社，2005年，第343页。

③ 周作人：《鲁迅的青年时代》，《周作人散文全集》（12），广西师范大学出版社，2009年，第638页。

④ 周作人：《鲁迅的青年时代》，《周作人散文全集》（12），广西师范大学出版社，2009年，第617页。

⑤ 鲁迅：《摩罗诗力说》，《鲁迅全集》（1），人民文学出版社，2005年，第101页。

“盲子”①。在弥合和平衡的态度下，周氏兄弟认定，兼善二者才是最佳选择。值得注意的是，在推举西方“神思宗之至新者”的同时，他们还将自审的目光投向带有神话传说色彩的古民神思中，而非以“无邪”为代表的孔子以降的主流传统。此外，发生于古民神思，又在文学史上占据主导地位的诗歌成为鲁迅关注和用力最多的文体。除许寿裳所说《离骚》的影响，笔述由周作人翻译的《红星佚史》中的十八、九首诗歌外，鲁迅还在搜集德文杂志准备《域外小说集》之余，购读李长吉、温飞卿的诗。他自己所写谈文学的论文如《摩罗诗力说》《裴象飞诗论》也都以诗为主要对象。如果说当时为他们所不满的张之洞是以“中学为体，西学为用”的方案来设计现代转型的路线图的话，那么周氏兄弟则以“西学为体，中学为用”的反向思维来调整策略和范式选择，征用最新资源，力行古文明国改造，借以贯通古今，促进“伟美”中国的新生。

［作者单位：西北大学文学院］

① 鲁迅：《文化偏至论》，《鲁迅全集》(1)，人民文学出版社，2005年，第47页。

鲁迅“然而”话语方式背后的哲学思想

——以《野草》为例①

□姜永琢

【摘要】“然而”作为鲁迅一种标记性的话语方式，前贤已有所关注，对它的解读是打开鲁迅文学世界与精神世界的一条捷径。语言表现与哲学思想为能、所指关系，这对关系的存在才能证明“然而”的符号真实性及其重要价值。本文对《野草》中“然而”一词所做的历时考察和句法功能描写，以管窥方式揭示出鲁迅的语言观、思维方式、人生态度等三个层面上的哲学表现。

【关键词】鲁迅；话语；“然而”；哲学思想

一

“然而”一词对于认识鲁迅话语特点的重要性已经被一些学者注意到，张克认为“鲁迅的话语世界可以说是一个以‘倘若……然而’为基本语态的话语世界”②。周锦国通过计量统计的方法，分析鲁迅《野草》中转折连词“然而”的修辞功能，总结出四个方面的表达意义③。王本朝指出了“然而”作为鲁迅话语的

---

① 基金项目：本文为国家社科基金项目“现代汉语诗歌的语言问题研究”（项目编号：11BZW096）阶段性成果。

② 张克：《“倘若”与“然而”——鲁迅话语世界的理想类型》，《鲁迅研究月刊》2008年第4期。

③ 周锦国：《鲁迅〈野草〉中转折连词“然而”的修辞功能》，《湖州师范学院学报》2006年第5期。

一种类型，有着鲁迅的思维特点①。“然而”成为鲁迅一种标记性的话语方式绝非偶然，鲁迅对表达之精密是有着严格要求的，“写完后至少看两遍，竭力将可有可无的字、句、段删去，毫不可惜”②。这是他在回答如何写作时，给出的要求之一。这样的鲁迅为何在《野草》中使用了45次“然而”？其中更是在《影的告别》中连续使用4次“然而”：

> 我不过一个影，要别你而沉没在黑暗里了。然而黑暗又会吞并我，然而光明又会使我消失。
>
> 然而我不愿彷徨于明暗之间，我不如在黑暗里沉没。
>
> 然而我终于彷徨于明暗之间，我不知道是黄昏还是黎明。我姑且举灰黑的手装作喝干一杯酒，我将在不知道时候的时候独自远行。③

鲁迅在《再论雷锋塔的倒掉》一文中，曾抓住孔子的一个“如”字的使用，从中窥破了孔子用“如”来掩盖真实意愿的表达策略，揭露了儒家的虚伪。对一个“如”字的分析可以上升到思想认识的高度，可见在鲁迅眼里，语词的选择与使用绝不是表意准确或是修辞效果良好那么简单，它反映或者说泄露出了作者潜在的意识形态特征。在这方面现代哲学走得更远，语词的选择、句法的运用等与意识形态之间的关联，已经成为批评性话语分析成立的理论背景。如果说鲁迅从“如”字看到了孔子儒家思想的伪善，那么我们从他的“然而”又能体会到怎样的哲学深意呢？

在具体研究鲁迅的“然而”之前，我们有必要对“然而”一词的来源及其句法功能做一个简单的交代。现代汉语的双音节连词，通常是由古代汉语的两个单音节词或双音节词组，经历了语法化与词汇化的过程演变而来。比如：“如果”“其实”“毕竟”等，“然而”一词也不例外。刘利曾做过这方面的历时考察，“‘然

---

① 王本朝：《“然而”与〈野草〉的话语方式》，《贵州社会科学》2012年第1期。
② 鲁迅：《答北斗杂志社问》，《鲁迅全集》(4)，人民文学出版社，2005年，第373页。
③ 鲁迅：《野草·影的告别》，《鲁迅全集》(2)，人民文学出版社，2005年，第169页。

而’最初是指示代词‘然’和连词‘而’的组合，后来演变为双音节连词并沿用至今。”① 其具体的语法化、词汇化路径为：

甲：S，然. 而VP1者＋VP2也

乙：S，然. 而VP也

丙：S1，然. 而S2

丁：S1，然而S2②

甲是“然而”最初连用的原始情况，丁则是“然而”演变为双音节连词的最终形式。甲、乙、丙中“然”与“而”仍是两个词，“然”为代词回指前文，“而”为连词引出下文。其中甲、乙中的“而”作为连词还只能接动词性成分，不能接句子。甲中“而”不仅引出VP1，还附带有对造成VP1原因的进一步申辩或阐释的VP2。如：

（1）乐以天下，忧以天下，然. 而不王者，未之有也。（《孟子·梁惠王下》）

（2）夫环而功之，必有得天时者矣，然. 而不胜者，是天时不如地利也。（《孟子·公孙丑下》）

（3）且秦之所畏害于天下者，莫如赵。然. 而秦不敢举兵甲而伐赵者，何也？畏韩、魏之议其后也。（《战国策·赵策二》）

上述三个例句中，“然”均为代词，具有明显的回指前文的语义特征，可以翻译为现代汉语的“在这种情况下，却……”其中例句（1）（2）“而”作为连词严格遵守只能接动词性成分的限制，并附带有对“而”所引出的成分的进一步说明。刘利认为“虽……然而”这一形式的出现，是“然而”作为一个双音节连词最终形成的标志，因为“虽”作为让步连词取代了“然”回指前文的功能，“然”的意义虚化，“然而”合成为双音节连词，用在句子的开头，表示转折③。

---

① 刘利：《上古汉语的双音节连词“然而”》，《中国语文》2005年第2期。

② 刘利：《“然而”的词汇化过程及其动因》，《北京师范大学学报（社会科学版）》2008年第5期。

③ 刘利：《上古汉语的双音节连词“然而”》，《中国语文》2005年第2期。

之所以简述“然而”一词的来源，是因为鲁迅《野草》中的“然而”，大多数都明显保留有古代汉语用法的遗留，即“然”仍有强烈的回指前文的语义功能。试比较鲁迅对“然而”与“但”“但是”等转折连词的使用差别，就不难体会到这一点。

（4）野草，根本不深，花叶不美，然而吸取露，吸取水，吸取陈死人的血和肉，各各夺取它的生存。①

（5）我自爱我的野草，但我憎恶这以野草作装饰的地面。②

这两个句子均出自《题辞》，一句以“然而”作为转折连词，一句以“但”作为转折连词。二者的区别不仅是在语气、语力上，例句（5）中，“但”所连接的是两个对等的分句形式，一个是S1“我爱……”；一个是S2“我憎恶……”，这个两个成分在句法结构上是相同的主谓句，在语义上是各自独立的，它们形成了一种平衡的对立关系。如果把意义看作是一个整体的话，我们可以说“但”连接了两个相对独立的意义实体。然而，例句（4）中的情况却不相同，“然而”所引出的分句，在句法上是动宾结构VP1、VP2、VP3……，在意义上的完整性也弱于“但”引导的S2，虽然它与前句形成一种对立与转折，但它更是前句“野草，根本不深，花叶不美”的进一步阐释：那根不深、花不美的野草，却吸取着自然的水与露，陈死人的血与肉……与“但”相比，“然而”引导的分句不是独立的意义实体，而是前句意义的延展与分异。这样的表达效果，依靠的是“然而”中的“然”保留有古汉语作为指示代词回指前文的语义功能，使得“而”成为在“然”的基础上拓展出的意义空间。试想如果将（4）句中“然而”替换为“但”，那么意义的延伸感将被打断，“野草，根本不深，花叶不美，但吸取露，吸取水，吸取陈死人的血和肉，各各夺取它的生存”。“但”造成了语义上的断裂，将“吸取露，吸取水……”与“根不深，花叶不美”决然对立起来，后者不是对前者的延续，而是对前者的反对与否定，形成的是极性的对立关系，失去了由“然而”造成的

① 鲁迅：《野草·题辞》，《鲁迅全集》（2），人民文学出版社，2005年，第163页。

② 鲁迅：《野草·题辞》，《鲁迅全集》（2），人民文学出版社，2005年，第163页。

意义上的绵延和思想上的拓展。

如果说《题辞》中的“然而”是在句子范围内实现意义的延伸，在“然”的回指与“而”的偏离中，推进了我们对野草生存状态的理解，对顽强的生命力的感悟。那么《秋夜》中多次使用的“然而”则是在更大的篇章空间中保持意义不间断的绵延，让全文不可明言的“深意”确实凿凿。鲁迅首先在描写夜空时，使用“然而”：

> 他仿佛要离开人间而去，使人们仰面不再看见。然而现在却非常之蓝，闪闪地睒着几十个星星的眼，冷眼。①

在描写枣树时，使用“然而”：

> 他简直落尽叶子，单剩杆子，然而脱了当初满树是果实和叶子时候的弧形，欠伸得很舒服。②

在描写月亮时，使用“然而”：

> 鬼X眼的天空越加非常之蓝，不安了，仿佛想离去人间，避开枣树，只将月亮剩下。然而月亮也暗暗地躲到东边去了。③

在描写被搅动的空气时，使用“然而”：

> 我忽而听到夜半的笑声，吃吃地，似乎不愿意惊动睡着的人，然而四围的空气都应和着笑。④

这一个又一个的“然而”，使得“夜空”“枣树”“月亮”“空气”所代表的意义不断地延迟出现，在“然而”生发出的差异空间里，更隐秘、更晦涩、更加难以言传的“深意”油然而生。同时这些空间上孤立存在的景物，在一次次由“然而”构成的时间绵延中，被编织在一起，酝酿成完整的气氛，最终一齐来祭奠，

---

① 鲁迅：《野草·秋夜》，《鲁迅全集》（2），人民文学出版社，2005年，第166、167页。
② 鲁迅：《野草·秋夜》，《鲁迅全集》（2），人民文学出版社，2005年，第166、167页。
③ 鲁迅：《野草·秋夜》，《鲁迅全集》（2），人民文学出版社，2005年，第166、167页。
④ 鲁迅：《野草·秋夜》，《鲁迅全集》（2），人民文学出版社，2005年，第166、167页。

那可怜、可爱，苍翠精致的英雄们。

李长之说鲁迅有“扩张人的精神”的特殊句式，“然而”就是其中之一①。的确，“然而”的话语方式在对意义的延展中实现了对读者精神的扩张。“然”是时间上的延缓，通过回指，折返回先前的语句，打破了语言的线性表达格局；“而”是空间上的分异，通过转折、偏离，生发出另一差异的空间。在这一“折”一“分”之中，语句先前的意义被消解，某种确定性的含义一再被推迟，追随意义的痕迹，我们静止的思维在时间的折返与空间的分异中流动起来。李长之说之所以会这样是因为“鲁迅的思想太多”②，这是从直观而来的判断，如若深入解析，这正是“然而”带来的表达效果。鲁迅对“然而”的偏爱，不仅仅出自作家不自觉的敏感，更是他对语言的理性认识结果。

在《野草》的题辞中鲁迅表达了他对于语言的态度，“当我沉默着的时候，我觉得充实；我将开口，同时感到空虚”③。这句话不是简单的词不达意的窘迫，它反映出鲁迅对语言与沉默关系的思考与体会。沉默之中满是充实，是的！“沉默是一种积极的东西，可以作为一个充实的世界而独立存在。”④ 甚至可以说，沉默是比世间任何事件都更加完整自足的东西。然而，当我准备言说时，语言非但不能为这个完整自足的东西增添什么，反而将破坏这个浑然天成的独立存在，让人感到空虚。后来，鲁迅在《怎么写》中更加明确地解释了这种感受，“我靠了石栏远眺，听得见自已的心音，四远还仿佛有无量悲哀，苦恼，零落，死灭，都杂入这寂静中，使它变成药酒，加色，加味，加香。这时，我曾经想要写，但是不能写，无从写。”⑤ 这就是寂静的充实与开口的虚空，我的沉默是没有任何利用价值的神圣，我的沉默把神圣的无用性洒给杂入这寂静中的一切，我的心音、无量的悲哀、苦恼、零落、死灭，只要我不开口，这一切都不会被打破，都将继续保

---

① 李长之：《鲁迅批判》，北京出版社，2003年，第132—133页。

② 李长之：《鲁迅批判》，北京出版社，2003年，第132—133页。

③ 鲁迅：《野草．题辞》，《鲁迅全集》(2)，人民文学出版社，2005年，第163页。

④ ［瑞士］马克斯·皮卡德：《沉默的世界》，李毅强译，上海书店出版社，2003年，第1页。

⑤ 鲁迅：《三闲集·怎么写》，《鲁迅全集》(7)，人民文学出版社，2005年，第106页。

持着无用的神圣，变成加色、加味、加香，如同陈酿般的存在。面对这样的存在，我想要写，可该如何写，又怎能写呢？但是作家必须找到一种方法，让语言保持与神圣的沉默之间的关联，让语言从沉默中流溢出来，才能真正有所言说，否则一切都将在开口时枯萎。“然而”的话语方式就是鲁迅保持语言与沉默关联的方法之一，“然而”是一次停顿，一次短暂的留白，一次冗余的折返，一次表达的偏离。它将语言过分强制性的，对思想的指称状态打破，把一切确定性的意义解构，不断地推向别处，别处……它让语词始终保持着开放，永远存在“补余”的契机，以打破确定性，维持一种可能性，来呈现出沉默的完整。它让语言在沉默的上空划过，只留下意义的“踪迹”；它让语言与沉默对峙，变为与沉默同行；它让语言成为沉默的回声，我们对语言的阅读，实则是对沉默的体会。因此说鲁迅对“然而”的偏爱，是从语言的体会中升腾出来，打破语言自身局限的一种策略。在这个意义上，“然而”的使用首先透露出的，就是鲁迅对语言的理解与认识。其次，它还反映出鲁迅在思维方式上的特点，因为无论我们认为语言是思维的物质外壳，还是认为语言与思维相互依存与促进，二者之间的关联都是密不可分的，语言表达方式绝对可以透露出思维的运行模式。鲁迅对“然而”的使用，也反映出他特有的不断分化的思维方法，我们可借用德勒兹的“块茎”状思维来形容。

二

鲁迅在《野草》中有12次将“然而”置于段首。现代汉语中的转折连词，大部分都可以置于一段话语或篇章的开头，成为用来组织话语篇章的语用标记，甚至是话语标记（参见拙文）。但是，鲁迅用“然而”置于段首不仅仅是连接段落的语用功能，它还有着不同寻常的意味，透露出鲁迅在思维方式上的特点。我们也从“然而”与“但”的差异中体会这种不同寻常的意味。《题辞》中，使用“但”置于一段之首：

野草，根本不深，花叶不美，然而吸取露，吸取水，吸取陈死人的血和肉，各各夺取它的生存。当生存时，还是将遭践踏，将遭删刈，直至于死亡而朽腐。

但我坦然，欣然。我将大笑，我将歌唱。

我自爱我的野草，但我憎恶这以野草作装饰的地面。

地火在地下运行，奔突；熔岩一旦喷出，将烧尽一切野草，以及乔木，于是并且无可朽腐。

但我坦然，欣然。我将大笑，我将歌唱。①

这里两次用到了“但”来断首，它所承接的是相同的内容“我坦然，欣然。我将大笑，我将歌唱。”“但”是一个没有回指功能的单纯表转折的连词，作为线性表达的连接词，它的语义重心在后面，因此在语用上凸显了它所承接的内容。这个内容是确定无疑的事实与结论，那就是“我坦然，欣然。我将大笑，我将歌唱。”

再来看用“然而”断首的段落：

我的心分外地寂寞。

然而我的心很平安：没有爱憎，没有哀乐，没有颜色和声音。

我大概老了。我的头发已经苍白，不是很明白的事么？我的手颤抖着，不是很明白的事么？那么，我的魂灵的手一定也颤抖着，头发也一定苍白了。

然而这是许多年前的事了。

这以前，我的心也曾充满过血腥的歌声：血和铁，火焰和毒，恢复和报仇。……

我早先岂不知我的青春已经逝去了？但以为身外的青春固在：星，月光，僵坠的蝴蝶，暗中的花，猫头鹰的不祥之言，杜鹃的啼血，笑的渺茫，爱的翔舞……虽然是悲凉缥缈的青春罢，然而究竟是青春。

---

① 鲁迅：《野草·题辞》，《鲁迅全集》(2)，人民文学出版社，2005年，第163页。

然而现在何以如此寂寞？难道连身外的青春也都逝去，世上的青年也多衰老了么？……①

这段文字中多次使用“然而”，其中三次是用来断首，很明显与使用“但”断首不同，“然而”所连接的不是结论性的，确定无疑的断言。而是有待进一步展开、阐释，甚至是疑问性的内容。第一处“然而我的心很平安”，接下来用一个“：”继续阐释平安的具体内容；第二处“然而这是许多年前的事了”，接下来用整段的文字来描述多年前的状态；第三处，“然而”所连接的是一连多个非确定性的疑问：“现在何以如此寂寞？难道连身外的青春也都逝去，世上的青年也多衰老了么？”可见，“但”用来断首，像箭头一样，明确地指向一个断言性的结论，是合目的性表达的有效手段。“然而”用来断首强调的不是结论而是过程，它不指向一个结果，而是引导我们进入思想展开的脉络，它是鲁迅不可遏制的思想分化反映。

“但”作为段落间的连接词，是以二元对立为基本态的“树”状思维结构的体现。这一思维结构有一个策划点，好似树木的“根”，所有文字又都以二分的方式与这个“根”部连接，形成固定的秩序。例如《题辞》中，“但”所承接的内容就是全篇的策划点——“我将大笑”，其他的内容都指向这个策划点：过去的生命死亡，我将大笑；死亡的生命腐朽，我将大笑；腐朽的生命之泥生出野草，野草死亡而腐朽，我将大笑；地火烧尽野草无可腐朽，我将大笑；地火烧尽野草，天地如此静穆，我将（不能）大笑，天地无此静穆，我将（不能）大笑。

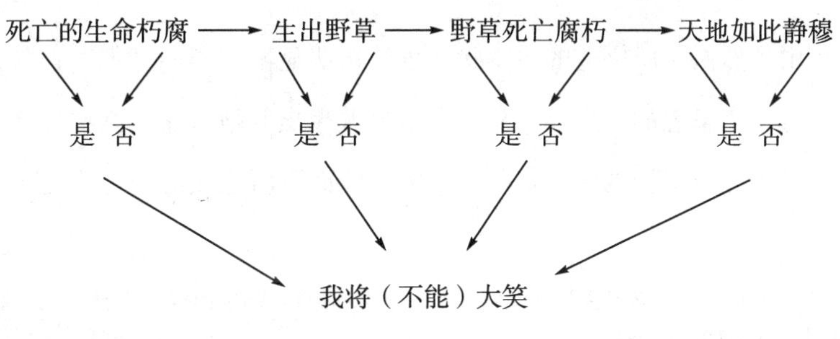

① 鲁迅：《野草·希望》，《鲁迅全集》(2)，人民文学出版社，2005年，第181、182页。

“然而”作为段落间的连接词，却与此截然不同。它不像树状结构一般有一个总策划点，从此点出发形成整齐的层级，它是“块茎”状思维结构体现。“块茎本身呈现多种形式，从表面上向各个方向的分支延伸，到结核成球茎和块茎。”①每一个“然而”就是一个球茎的形成，任何一点由“然而”所连接的内容，又都可以与其他内容相连接，内容与内容之间可以是异质性的连续，这是块茎结构的特点之一：“连接和异质混合的原则”②，而非树状结构的“等级秩序”。以《希望》为例，从我的心分外“寂寞”开始，使用第一个“然而”横生出“平安”，“平安”发展出“衰老”，再使用第二个“然而”在“衰老”处断裂，进入到时间性的回溯中——“这是许多年前的事了。”在时间的回溯中，发展出“希望”与“青春”，再用第三个“然而”连接“寂寞”“青春”“衰老”三个疑问，在对疑问的阐释中，重回“希望”及与“希望”并立的“绝望”，最后再用一个“然而”回到“希望”的表现与青年的“平安”，这表现与平安又直指“绝望”之虚妄。整篇文章的连接关系可以表示为：

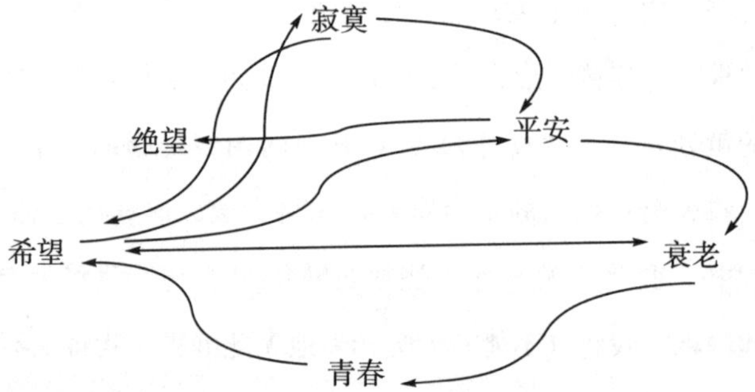

这个由“然而”所创造的块茎状文章结构明显不同于由“但”连接的树状结构，它没有一个思想的出发点，从一个中枢派生出其他思想。它在思想的繁殖过程中，没有中枢与末梢的区分，每一个由“然而”所连接的块茎都是一个独立思

① 吉尔·德勒兹、费利克斯·瓜塔里：《游牧思想》，陈永国译，吉林人民出版社，2003年，第133、134页。

② 吉尔·德勒兹、费利克斯·瓜塔里：《游牧思想》，陈永国译，吉林人民出版社，2003年，第133、134页。

想，它们之间靠着某种偶然的因素连接在一起，彼此交错在同一个平面上，甚至可以无止境地繁衍下去。“寂寞”被“然而”解构，生出“平安”，“平安”又与“衰老”结合生成新的凝结，“衰老”又在“然而”处断裂，关涉到“希望”，“希望”又与“青春”分享有共同义素形成新的块茎，再通过“然而”折返回“寂寞”“平安”“衰老”的并置，发展出“希望”与“绝望”的同构。思想在块茎之间不停地滑动，一个表达出现的同时就被“然而”所解构，再形成一个新的凝结，几处“然而”勾勒出思想的框架不是以层级的方式纵向生长，而是像网络一般在不断地解域和重新分域的过程中扩张。这是真正繁殖性的思维，创造性的思维，如果说鲁迅的思想“多”应该是出于这种特殊的思维方式，而产生的“可能性”的多、“扩张性”的多、“生成性”的多。鲁迅对“然而”一词的偏爱，不仅直观地反映出他对语言的理解和其特有的块茎状思维方式，折返性“然”和转折性“而”的结合更是其在斗争道路上不断突进与反顾的生存状态下的真实写照，也透露出鲁迅重估一切价值的怀疑主义人生态度的底色。

三

在《影的告别》中，集中使用的多个“然而”将几组极性反义词、短语并置，在强烈的矛盾冲突中，现实的残酷与艰难，作者的孤独、苦闷被显露无遗：

> 我不过一个影，要别你而沉没在黑暗里了。然而黑暗又会吞并我，然而光明又会使我消失。
>
> 然而我不愿彷徨于明暗之间，我不如在黑暗里沉没。
>
> 然而我终于彷徨于明暗之间，我不知道是黄昏还是黎明。我姑且举灰黑的手装作喝干一杯酒，我将在不知道时候的时候独自远行。①

① 鲁迅：《野草・影的告别》，《鲁迅全集》(2)，人民文学出版社，2005年，第169页。

作者不愿被黑暗吞并，也无法在光明中停留，更不愿彷徨于明暗之间，可终究还是彷徨于明暗之间，矛盾与挣扎的内心世界被几个连续的“然而”连接起来后，在“然”的折返性和“而”的转折性中，作者在黑暗与光明两极的彷徨与反复更加直观可见。“然而”的重复使用，也使得几组极性的反义词与短语整齐地对立起来，强化了内心的冲突。可以说连词“然而”本身就浓缩了鲁迅在黑暗与光明、绝望与希望的两极不断突进与反顾的鲜明形式。如果说被黑暗吞没意味着绝望，那么光明就是希望的所在。然而“黑暗”与“光明”、“绝望”与“希望”，都不是能够脱离对方的独立实在，说出黑暗的同时就意味着光明的存在，说出光明也肯定了黑暗的实有。无论黑暗与光明，绝望与希望都具有自否性，正所谓“绝望之为虚妄，正与希望相同”。这就是异质性的共存，是一切存在之根本。鲁迅对此有深刻的体会，不仅是在社会现实中，更在个体的思想深处。对现实的失望感只是鲁迅绝望与虚无的诱因，辛亥革命的失败让鲁迅认识到“专制永长，昭苏非易”①，亲人与朋友的反目也让鲁迅倍感失望，大众甚至是青年们的愚妄更让鲁迅说出“我先前何尝不出于自愿，在生活的路上，将血一滴一滴地滴过去，以饲别人，虽自觉渐渐瘦弱，也自以为快活。而现在呢，人们笑我瘦了，除掉那一个人之外（指许广平），连饮过我的血的人，也都在嘲笑我的瘦了这实在使我愤怒”②。但体悟到“异质性乃是存在之根本”，才是鲁迅绝望与虚无的真正根源。他对异质性在自己思想中的共存表现出常人所没有的警醒，“别人我不论，若是自己，则曾经看过许多旧书，是的确的，……但自己却正苦于背了这些古老的鬼魂，摆脱不开，时常感到一种使人气闷的沉重。就是思想上，也何尝不中些庄周、韩非的毒，时而很随便，时而很峻急……”③“但我对人说话时，却总拣那光

---

① 鲁迅：《集外集拾遗补编·〈越铎〉出世辞》，《鲁迅全集》(8)，人民文学出版社，2005年，第42页。

② 鲁迅：《书信·261216致许广平》，《鲁迅全集》(11)，人民文学出版社，2005年，第657页。

③ 鲁迅：《坟·写在〈坟〉后》，《鲁迅全集》(1)，人民文学出版社，2005年，第301页。

明些的说出，然而偶不留意，就露出阎王并不反对，而‘小鬼’反不乐闻的话来。”① “我自己总觉得我的灵魂里有毒气和鬼气，我极憎恶他，想除去，而不能……”② 继而鲁迅敏感到即便是他现在所从事的反抗也无法逃脱“异质性”的悖论——我所否定的，正是我宣扬的；我所反抗的，又恰是我认同的。就如他所说“然而我至今终于不明白我一向是在做什么。比方作土工的罢，做着做着，而不明白是在筑台呢还在掘坑。”③ 他因此对自己的主张也时常持有反对的态度，在《坟》刊印前，鲁迅作文说道：“但不知怎地忽有淡淡的哀愁来袭击我的心，我似乎有些后悔印行我的杂文了。”④ 并担心“在寻求中，我就怕我未熟的果实偏偏毒死了偏爱我果实的人”⑤。正是这种异质的冲突性在鲁迅身上生发出勇士的欢笑精神与韧战的斗争方式。就如克里斯蒂娃所说“反抗把言说的人暴露于难以忍受的冲突性面前，但这种冲突性却能够让人表达出必然会有的快乐和病态的绝望心情”⑥。而韧战，对外是作百折不挠、锲而不舍的斗争，对内是对自身不断的否定与出离，是《影的告别》中的远行，是《过客》中永不停歇的脚步，是《无物之阵》中举起的投枪。只有不停地怀疑与否定才是反抗的唯一出路，才能解锁异质性的悖论。“然而”的使用正是对每一种确定性最有效的怀疑与否定，它与一切实有针锋相对。任何一个思想的实在，它的身后都可以生出一个“然而”，一个又一个“然而”的存在为意义打上存疑的标识，使其在不停息的自我位移过程中被自身的差异所标记，向前推进，永无停歇。所以说“然而”一词的使用是打破实有的幻想，重估一切价值的思想的直接表现，是鲁迅思想的浓缩与标识。

作为标记性话语标记的“然而”，是意义上的绵延和思想上的拓展的表征，是重估一切价值的怀疑主义人生观的标识。在这互相共存而又互相转化的无穷过

① 鲁迅：《书信·250530致许广平》，《鲁迅全集》（11），人民文学出版社，2005年，第493页。

② 鲁迅：《书信·240924致李秉中》，《鲁迅全集》（11），人民文学出版社，2005年，第453页。

③ 鲁迅：《坟·写在〈坟〉后》，《鲁迅全集》（1），人民文学出版社，2005年，第299页。

④ 鲁迅：《坟·写在〈坟〉后》，《鲁迅全集》（1），人民文学出版社，2005年，第298页。

⑤ 鲁迅：《坟·写在〈坟〉后》，《鲁迅全集》（1），人民文学出版社，2005年，第300页。

⑥ 克里斯蒂娃：《反抗的未来》，黄晞耘译，广西师范大学出版社，2007年，第47页。

程中，“然而”一词凸现出了鲁迅对存在意义最深刻的体验和思考。从语言的意义到思想的意义再到人生的意义，无论是何种意义，都在不停息的自我位移。而文学的真正意义就在于批判性思想在不可遏制的不断异化。

[作者单位：西南大学文学院]

·茅盾研究·

茅盾与挪威文学①

□徐晓红

【摘要】 茅盾早年在商务印书馆工作时，已对挪威文学有所涉猎，1919 年发表了《近代戏剧家传》，列入首篇的是“勃尔生”（即挪威第一位诺贝尔文学奖得主比昂松）。1920 年又一位挪威作家哈姆生获得了诺贝尔文学奖，茅盾在《新青年》《小说月报》上发表了多篇对哈姆生的介绍文章，引领了国人对哈姆生小说译介与研究之风。他还重译了比昂松的二幕剧《新结婚的一对》，编译出版了挪威作家包以尔的评论集《包以尔》，对当时“言必称易卜生”现象做出了一定程度的纠偏，拓宽了国人对挪威文学的接受视野。此文聚焦茅盾撰写的几种比昂松传记，以及他对《新结婚的一对》翻译始末，对中国现代文学初创期茅盾的挪威文学译介活动做一考察。

【关键词】 茅盾；挪威文学；比昂松；《新结婚的一对》；翻译

茅盾在商务印书馆编译所工作时，曾广泛阅读涵芬楼所藏的英文版图书，尤其喜欢勃兰兑斯的《十九世纪文学主潮》②，其传记性文学批评给他留下了深刻的印象。他通过阅读《万人丛书》（*Everyman's Library*），对易卜生等挪威作家有

---

① 基金项目：本文为国家社科基金一般项目“挪威文学经典在中国的翻译、传播与影响研究：1919—1949”（项目编号：19BZW148）阶段性成果。

② 茅盾：《我走过的道路》（下册），人民文学出版社，1988 年，第 268 页。

了初步了解①。随着“五四”新文化运动的深入，易卜生在中国的译介渐渐增多，“易卜生主义”已为国人所熟悉，《玩偶之家》等戏剧引起了众人瞩目。相比易卜生，当时国人对挪威第一位诺贝尔文学奖得主比昂松（Bjørnstjerne Bjørnson，1832—1910）较为陌生，他是易卜生的大学同学、好友、儿女亲家，与易卜生同被誉为挪威现实主义戏剧文学的双璧，还是小说家、诗人、社会活动家、挪威国歌的作者，有“无冕之王”之称。当时正是茅盾率先将目光投向了比昂松，在《学生杂志》上发表了长篇连载《近代戏剧家传》②，首篇介绍的便是比昂松，之后翻译了比昂松的二幕剧《新结婚的一对》，引起了国人对比昂松戏剧的兴趣，也对易卜生扎堆译介现象做出了纠偏。同时，茅盾还着力推进对哈姆生、包以尔等现代挪威作家的译介，拓宽了国人对挪威文学的认知视野。以下基于对挪威文学在民国时期译介状况的简要回顾，对茅盾的挪威文学译介活动做一考察。

一、茅盾在《小说月报》革新期间对挪威文学的译介

据推测，比昂松的名字初次被国人所知是在1904年9月，《万国公报》第189期刊载的美国林乐知译、范祎述《格致发明类征》一文“奖赠巨款”条目下，提及了1903年度诺贝尔奖文学奖得主者“白乔生”(即比昂松)。比昂松小说初次被国人言及是在《域外小说集》初版本上的“翻译预告”，在此仅列出了作家名和两部作品《父》和《人生秘事》。1919—1920年，由朱自清和高一涵等先后译出了《父》，随后几乎每年都有多种重译本问世，截止到1949年粗略统计就有五十多种，其数量之多令人咋舌，可谓流传最广的挪威短篇小说之一。茅盾也留意到该小说，1920年5月，在半革新的《小说月报》第11卷第5期“小说新潮”栏上，刊出了冰岩译的《父》。此译本也在文前附有比昂松的作家介绍，方便读者对作家的创作历程有初步了解。与其他重译本不同的是，冰岩石在译文中附加了

① 茅盾：《商务印书馆编译所生活之一——回忆录（二）》，《新文学史料》1979年第2辑。

② 《近代戏剧家传》，《学生杂志》1919年7月第6卷第7号，“勃尔生”。茅盾在对比昂松的译介过程中，使用了多种译名，例如“勃尔生”“般生”“别尔生”等。

“微旨”“细笔”等点评，并在结尾处写道“我译到这里，也禁不止泪珠儿和墨汁同流了”等，生动地呈现出译者的感受。1921年，茅盾正式接手《小说月报》后，在第12卷第7期上刊出了比昂松短篇名作《鹫巢》的首译，是由蒋百里从德文进行的转译。

茅盾关注的另一位挪威作家是1920年诺贝尔文学奖得主哈姆生（Knut Hamsun，1859—1952）。1921年5月，在《新青年》第9卷第1期上发表了《哈姆生和斯劈脱尔——新的诺贝尔文学奖金的两文豪》，对哈姆生的生平和创作做了介绍，概括出挪威作家的特色是“一无依傍，赤条条地惟凭自己创造”。茅盾参考了欧美评论界对挪威作家的评价，在介绍哈姆生文学风格的过程中，将其与另一位挪威作家包以尔（Johan Bojer，1872—1959）做一并置、比较，写道“除哈姆生外，负盛名而又比较的为英美一般人所晓得的，在脑威①有一个鲍具尔（包以尔——笔者注），在丹麦有一个奈苏，在瑞典是伊具，就中尚以那个和哈姆生同国的鲍具尔更受人的热心欢迎，译英的小说已有好多部了。鲍具尔和哈姆生算得是现代脑威文坛的两个主峰，且又各有所专业；鲍具尔是写实派，哈姆生却是鄙弃自然派的客观主义，注重心理描写，以开拓主观方面的想象派”。通过对两位作家的对比，凸显出哈姆生小说的风格。最后引用了外国评论家Carl Christian Hyllested对哈姆生的批评，“努力欲描画出灵和生活的固定事物底关系，和不可知的神秘底关系；人生和自然的界路；指示人生在命运冷酷惨狠的掌握中挣扎的情形，解释来日的断片的效果。他观察两性问题，亦以同一的观察点去观察的”。茅盾此处译文“的”“底”并用，不是特别顺畅，难免让人费解，但他标注出评论家的名字，以便读者做出进一步的研读。

另外，茅盾还在革新后的《小说月报》上新辟“海外文坛消息”② 专栏，头条消息即《脑威文豪哈姆生（Hamsun）获得一九二〇年的诺贝尔文学奖金》，此

① 脑威，即“挪威”，翻译的缘故。下同。

② 茅盾主编《小说月报》期间，在“海外文坛消息”栏上刊出了挪威文学方面的短讯十五则，关于材料来源是当时欧美出版的英文文学期刊以及伦敦《泰晤士报》的星期文艺附刊和《纽约时报》的星期书报评论。参见茅盾：《茅盾回忆录（上）》，华文出版社，2013年，第205页。

后陆续刊登了哈姆生新作介绍、作家行踪及近况等五则短评，还在“斯堪的纳维亚杂讯”“北欧杂讯”中，介绍了挪威文学流派、作家生平轶事等，简要勾勒出挪威文坛的面貌，拓宽了国人对挪威文学的认知。茅盾称该革新号是“尽其能力介绍西洋新文学”、拼凑出来的“百家争鸣”的局面①，此言不虚，他竭力从事挪威文学的译介，比如，“译丛”栏刊载了使用笔名“冬芬”翻译的比昂松戏剧《新结婚的一对》，还有一篇署名“沈雁冰”的比昂松评传《脑威写实主义前驱般生》②，加上“海外文坛消息”上的哈姆生短讯，此革新号对挪威文学的介绍堪称一个亮点，堪称半个“挪威文学专号”。《时事新报·学灯》主编李石岑（1892—1934）在《介绍〈小说月报〉并批评》③ 中，对《小说月报》革新号给予了相当高的评价，尤其赞赏“海外文坛消息”这一栏目，认为“裨新文学研究者尤大”。他还对《新结婚的一对》做出了较为详尽的点评，对茅盾的译笔颇为欣赏，与同时期白话文小说创作进行了类比，他还建议“应出一个般生号”。茅盾深受激励，立即对李石岑做出了回应，“我们都打算极力办去”④。

在茅盾主编《小说月报》期间，还刊出了顾一樵翻译的哈姆生恋爱小说 *Pan* 的摘译《什么是爱》⑤。他曾对 *Pan* 做出过极高的评价，“哈姆生在这本书（*Pan*——笔者注）中，描写恋爱的真相，一个字不曾说错，什么应说的话都说了”，“依我个人的意见看来。哈姆生这本‘*Pan*’所描写的恋爱问题，真是有无穷的讨论，可以抽出无穷的真理；赤裸裸地描写本来的恋爱，而不杂一些传统的思想，在文学作品中，恐怕只有巴比塞的《地狱》和这本‘*Pan*’是最大的著作

---

① 茅盾：《商务印书馆编译所生活之一——回忆录（二）》，《新文学史料》1979 年第 2 辑。

② 后收录于小说月报社编辑《北欧文学一脔》，商务印书馆，1925 年。

③ 李石岑：《介绍〈小说月报〉并批评》，《时事新报·学灯》1921 年 1 月 31 日。

④ 参见：《沈雁冰致石岑信》，《时事新报·学灯》1921 年 2 月 3 日。值得一提的是 1912 年李石岑在日本留学时，《新结婚的一对》正在帝国剧场上演，并由鱼住枦村翻译出该剧本（载《六合杂志》1912 年〈第 378 期〉）后，出现了不少相关评论。李石岑留日期间是否留意到比昂松戏剧，待考。

⑤ 《什么是爱》为哈姆生恋爱小说 *Victoria* 的摘译，由顾一樵（顾毓琇）搭乘“约克逊总统号”赴美留学的途中译出，首刊于客舱自办的手写壁报《海啸》，后转载于《小说月报》1923 年 11 月第 14 卷第 11 期“海啸——约克逊舟中太平洋上几个旅客的小品”专号。

了”①。在挪威文学渐渐进入国人视野的过程中，茅盾对 *Pan* 等挪威文学经典的审美取向及解读可谓发挥了引领作用，施蛰存就深受哈姆生文学的吸引，译出了 *Pan*（题为《恋爱三昧》）。同时，也不可忽略《小说月报》这一有力平台为挪威文学在中国的传播发挥了极大的作用。

上文提及的包以尔是茅盾最为欣赏的挪威作家，茅盾小说集《野蔷薇》的题名就是从包以尔的《火苇》汲取了灵感，已有研究者指出茅盾曾受包以尔的影响②。最初茅盾在《小说月报·改革宣言》中，大力倡导写实主义文学，他视包以尔为“写实派”作家，打算介绍其“写实主义真杰作”。1921 年 10 月 15 日，茅盾致信周作人，向其征求新辟栏目“文学家研究”的意见，在拟介绍的外国作家中就有包以尔。1922 年 4 月 10 日，“文学家研究”——“包以尔研究专辑”如期推出，刊登了茅盾撰写的《包以尔的人生观》、沈泽民所译挪威卡特的《包以尔传》和《包以尔著作中的人物》③，同期上还刊登了茅盾翻译的包以尔短篇小说《卡利奥森在天上》④。同年 11 月 10 日，《小说月报》上还刊出了包以尔的长篇评论《脑威现代文学》，由茅盾亲自译出。“海外文坛消息”中有《脑威作家到美讲演》《脑威现代作家鲍具尔》《斯干的那维亚文坛杂讯》等文，对包以尔的近况、生平、创作、思想等做了介绍。此后茅盾撰写了《挪威现存的大文豪包以尔》《包以尔著作之英译本》，与《小说月报》“文学家研究”上的论文结集为单行本《包以尔》，1925 年 3 月作为“小说月报丛刊”第 34 种由商务印书馆出版。此外，他还翻译了包以尔的评论《脑威现代文学》⑤，因该文是基于现役挪威作家当事人的

---

① “海外文坛消息”（十七）《哈姆生的“Pan”》，《小说月报》1921 年 2 月第 12 卷第 2 号。

② 关于茅盾所受包以尔影响的相关研究有叶子铭：《茅盾——创造新时代的文学》，收录于曾小逸主编：《面向世界文学——中国现代作家与外国文学》，湖南人民出版社，1985 年；刘麟：《茅盾与丹麦文学》，《香港文学》1991 年 10 月第 2 期；黄彩文：《茅盾与包以尔的创造性联接》，《茅盾研究》2006 年第 10 辑等。

③ 译自挪威卡特的《包以尔传》（Cad. *Johan Bojer*：*The man and his works.*）。

④ 《卡利奥森在天上》后收录于开明书店出版的“文学周报社丛书”《雪人》（1928）、然而社编《世界短篇小说名作选》（1935）。除此以外，茅盾还在《新青年》1921 年 8 月第 9 卷第 4 号上，译出了包以尔的短篇小说《一队骑马的人》。

⑤ 佩韦：《脑威现代文学》，《小说月报》1922 年 11 月第 13 卷第 11 期，同文亦收录于小说月报社编、商务印书馆出版的“小说月报丛刊”《北欧文学一脔》（1925）。

视角写就的，对挪威文学发展脉络、现代作家及作品做出了较为客观而中肯的论述，至今仍值得一读。茅盾在文末补充道：“这一篇文章的原著者博耶尔也是现代脑威文坛的一个大作家。但是本篇内不见他的名字——这也许是因为他自己不便说。译者为补满这个缺点起见，请读者参考本刊今年四号‘博耶尔研究’里的几篇文章”。茅盾超越了单纯的译者身份，对包以尔做了较为系统的介绍和研究，为国人提供了一种“外国作家研究”范例。

除此以外，茅盾对挪威“文坛四杰”之一基兰德（Alexander Lange Kielland，1849—1906）也有所关注。1921 年 8 月 16 日，茅盾致信胡适①，打算在《小说月报》12 月号刊出“自然主义专号”，其中拟介绍的作家中就有基兰德，后因种种原因，此计划并未实现。

茅盾除了借助英文媒介进行挪威文学的译介之外，还非常留意译自日本的挪威文学评论，在《小说月报》上刊出了生田春月著、李达译《现代的斯干底那维亚文学》②，其中“（二）脑威文学之概观”和“（三）哈姆生及其他”，较为全面地介绍了挪威文学史、哈姆生及同时代作家的创作状况，体现出日本学者的挪威文学史观以及独到的作品解读视角，这与茅盾借助英文中介的挪威文学译介形成了极好的对照和互补，丰富了国人对挪威文学的了解。

非常可贵的是，茅盾了解当时挪威文学在中国的接受状况，他推测生田文所介绍作家可能不被读者所知，因此在文末附上“雁冰按”，指出“国内一般读者对于斯干底那维亚文学恐怕也不过是‘常常听得人说脑威易卜生，瑞典斯脱林褒格两家的名字罢了’”，补充了三十六条详细的注释，以帮助国人。此举亦体现出他对挪威文学译介上的一种姿态和倾向，他是深知国内读者外国文学知识水平的。他之所以积极地进行比昂松、哈姆生、包以尔的译介，不单旨在对易卜生翻译“扎堆”现象做一纠偏，同时也是为了让读者了解到更多元、更丰富的挪威文学。

① 沈卫威：《新发现茅盾（沈雁冰）致胡适四封信——茅盾从新浪漫主义向写实主义转变的契机》，《河南大学学报》1996 年第 3 期。

② 载《小说月报》1921 年 6 月第 12 卷第 6 期，同文亦收录于小说月报社编、商务印书馆出版的“小说月报丛刊”《北欧文学一脔》（1925）。

茅盾在致李石岑信中，曾写道“北欧及俄国文学，翻译者极多，大率亦为名家”①，此言极是，例如，潘家洵、顾一樵、蒋百里、周瘦鹃、赵景深、王了一等知名译者均参与过挪威文学的译介，而茅盾本人更是为挪威文学的译介做出了不可磨灭的贡献。虽然这些译者大部分依赖英文中介，不可避免地会带来视域限制，但茅盾迥异于以上译者之处在于，他不单借助英文中介扩宽了自己的世界文学视野，而且还能立足于当时读者的挪威文学接受状况，循序渐进，竭力向国人勾勒出了较为多元、丰富的挪威文学面貌。

二、茅盾撰写的几种比昂松传记

茅盾发表《近代戏剧家传》之前，仲遥《百年来西洋学术之回顾》②、张伯尔《世界名人传略》③，对比昂松“诗剧”“诗词”等做了只言片语的介绍，均非严格意义上的传记。茅盾在“勃尔生”中，用了六百多字勾勒出作家一生的轨迹，他参考了勃兰兑斯对易卜生和比昂松的比较批评，将两人同视为挪威文坛并驾齐驱的巨人，重点介绍了比昂松成名作 *Synnove Solbakken*④ 及其从事的政治活动，评价了比昂松作为自由党领袖在挪威政治和文学独立方面所做出的贡献。该传记文主观色彩浓厚，抓住了作家生涯中的核心几点做了介绍，通俗易懂，趣味性强，让人对比昂松形成了初步的了解。此后出现的几种比昂松传记文，例如，凤生《瑙威大小说家皮琴生传》⑤、顾敦鍒《近世作家小传：皮琴生》⑥ 等，也大致沿袭了茅盾文的模式展开了介绍。

---

① 《茅盾致李石岑书信》，参见《时事新报·学灯》1921 年 2 月 3 日。

② 载上海学报社发行的《学报》1908 年 5 月 26 日第 10 号。

③ ［美］张伯尔（John Darroch）原著，窦乐安、黄鼎、张在新等译，许家惺校订：《世界名人传略》，山西大学堂译书院，1908 年，第 34 页。

④ 茅盾阅读过 *Synnove Solbakken*，在谈及新文学家的责任及翻译界现状时，指出“译般生的《爱与生活》（*Synnove Solbakken*）时，必不可失却他光明爽利的神气，必不可失却他短峭隽美的句调”。参见郎损：《新文学研究者的责任与努力》，《小说月报》1921 年 2 月第 12 卷第 2 期。

⑤ 载《申报·自由谈》1921 年 2 月 27 日。

⑥ 载《中华英文周报》1923 年第 8 卷第 206 期。

茅盾在《小说月报》革新号上发表的比昂松评传《脑威写实主义前驱般生》，是配合同号上的《新结婚的一对》而做的。如茅盾在评传开头写道“要真懂某文家的著作，必先明白他的生平”，他是从读者、研究者的角度出发，编写了较为详尽的比昂松生平介绍及作品批评，以帮助读者加深对《新结婚的一对》的理解。茅盾在此文中将比昂松的小说创作分为两期，并概括了其特征，指出第一期是使用弦歌体的文字描摹乡村景色，第二期的特性是改革。另外，茅盾还重点介绍了比昂松早期成名作 *Synnove Solbakken*，围绕农民形象的描写、弦歌似的文字等与屠格涅夫做了比较。最后将比昂松的社会问题剧与易卜生做了比较，相对于“易卜生的社会问题剧本的唯一使命是揭开社会黑幕，指出社会病的根源给我们看，却毫不说到一个补救方法”，而比昂松是个小说家，又是个理想家，“用小说的理想来装到戏曲的模子里，也常常带有理想的色彩”。他还详细地列出了比昂松作品英译本的出版信息，以便读者参考阅读。

1935 年 4 月 26 日是比昂松逝世二十五周年忌日，茅盾撰文《关于别瑟尼·别尔生》①，再次详细介绍了作家的辉煌一生。与以往不同的主要有两点：一是强调比昂松的政治活动家身份，结合他不同阶段的政治活动，重新评价了他在小说、戏剧方面的成就；二是大段引用了勃兰兑斯对比昂松的评价，凸显出比昂松与易卜生等的迥异点。例如，比昂松对挪威诗人威格莱（Wergeland）“诗意的爱国之心”的评价同样也适合于他自己；易卜生是“世界主义者”，比昂松却是“国家主义者”；比昂松身体强壮，没有神经衰弱等“文人病”。此文还较为详细地介绍了比昂松童年生活的地理环境，指出是挪威大自然为他提供了“天赋的想象和活动的能力”。与以往相同，再次提及了 *Synnove Sollakken*，并详细披露了小说的创作背景、读者反响，基于对比昂松与自由党密切互动的分析，进一步指出该小说对挪威抽象的、理想的乡村生活的描写，正是处于统治挪威文化地位的自由

① 载开明书店 1935 年 4 月发行的《中学生》第 54 号“每月人物”栏，署茅盾。茅盾撰写的比昂松传记受到了读者刘乃崇的关注，为了纪念比昂松忌辰，特意将《关于别瑟尼·别尔生》改写为《别瑟尼·别尔生纪念》发表。参见：刘乃崇《我在北剧三年》，收录于中共北京市委宣传部等编《北京剧社社史资料专辑》，北京出版社，1995 年，第 89 页。

党所看重的农民小说类型，因此像是按照自由党文艺纲领写就的。茅盾还重点介绍了比昂松的第二部小说*Arne*，尤为打动他的是作家描写出“维京的血在身内流动着的少年的歇息”，并译出了小说中插入的诗歌。文章的最后，茅盾重申了比昂松与易卜生的异同，认为易卜生至终是“个人主义者”，而比昂松的国家主义的思想使他觉得“个人”以上有更高的东西，就是“祖国”。

在茅盾发表《关于别瑟尼·别尔生》之前，1933年他还翻译了比昂松长子别伦·别尔生（Bjørn Bjørnson，1859—1942）的《我的回忆》，该文聚焦早年比昂松从事的政治活动，清晰地呈现出“当年自由主义的老别尔生如何被他的同国人视为洪水猛兽”的①。借助比昂松家人的一手资料，向读者勾勒出作为政治家的比昂松形象。

以上茅盾撰写的比昂松传记文，凸显了比昂松政治家身份及其政治生活之于他创作和生活的巨大影响，这也是让茅盾对比昂松产生共鸣的地方。他曾在《文学与政治社会》② 一文中，援引英国哥斯的观点，“挪威稍有价值的诗人，都是政论家”，并分析了比昂松等挪威作家与政治的密切关系，写道“即使大艺术家，如易卜生和卞尔生，亦永不能忘情于政治，卞尔生且是个著名的共和党。19世纪末脑威的文人没有一个不热心政治问题，社会问题的。就因为那时代的脑威人的全心灵都沉浸在政治独立这个问题里”。比昂松穿行在文学与政治之间游刃有余，他的政治家身份带给他无限的荣耀，并因他热衷解决社会问题，被称为“挪威无冕之王”，从茅盾撰写的比昂松传记文中透露出对他的倾慕之情。众所周知，茅盾的文学活动和政治社会活动紧密结合在一起，他是一个战士、革命活动家，其创作思路无不呈现出与现实政治生活的相互纠缠。他对比昂松的传记写作中，流露出他对比昂松的政治活动及其政治家身份的浓厚兴趣，尤其对作家不同人生阶

---

① 《我的回忆》的译者前者。该文译自1923年3月3日的*Living Age*，初刊于郑振铎编《世界文库》第1册，上海生活书店，1935年。后收录于“世界文库”丛书，茅盾译《回忆·书简·杂记》，上海生活书店，1936年。《世界文库》是郑振铎主编的最早、最有系统性地介绍世界各国文学名著的大型译介丛书。

② 雁冰：《文学与政治社会》，载《小说月报》（第13卷第9期）1922年9月。

段中政治地位的变化和对文学产生的影响等颇为关注。某种程度上可以说比昂松之于茅盾而言，其政治上的成就可能更加耀眼。这也是茅盾对比昂松的接受中，迥异于其他同时代作家的地方。

三、茅盾对《新结婚的一对》的翻译

《新结婚的一对》（*De Nygifte*）是比昂松在1865年创作的挪威第一部散文体的社会问题剧，当时他正主持克里斯蒂安尼亚大剧院，使用了口语化、个性化的语言，描写出当时挪威社会中比较普遍的代际冲突，关注到女性从女儿到妻子的身份转变期间的心理变化。此剧在多国上演，受到了热烈的追捧，推动了挪威戏剧乃至欧洲戏剧的现代化进程。1866年3月4日，易卜生在罗马致信比昂松，对《新结婚的一对》做出了盛赞，“我们在罗马已经收到了你最美好的新年问候，那就是你的新戏《新婚的一对》。诗人安德烈亚斯·蒙克在家里把这部戏读给一群斯堪的纳维亚人听后，他们全都向你表示了衷心的感谢。是的，这部戏正是现代戏剧必须要给我们展现的形式”①。易卜生敏锐地看到了这部戏的新质，并受到了启发，创作了《青年同盟》《社会支柱》《玩偶之家》等剧，无论在形式和精神上均与《新结婚的一对》有不少相通之处②。

以下简要梳理《新结婚的一对》是如何进入茅盾的翻译视野的。

国内最早对《新结婚的一对》的提及始于宋春舫，在他编的《近世名戏百种目》③（1918）中，开列了13个国家、58位作家的百部写实派戏剧，并建议将其逐步译入中国。其中比昂松被列在了斯堪的纳维亚剧作家的首位，选入了他的两部剧作《新结婚的一对》和《挑战的手套》。宋春舫的《近世名戏百种目》是首次

---

① 1866年3月4日，易卜生在罗马给比昂松的信。易卜生著，汪余礼等译：《易卜生书信演讲集》，人民文学出版社，2012年，第41页。

② 尼一：《挪威戏剧家般生（二）》，《民国日报·戏剧周刊》1930年3月26日第39、40期。

③ 1918年8月发行的《新青年》第5卷第4号的“戏剧改良专号”上刊出的《近世名戏百种目》。

面向国人开列的外国名剧目录，这也是呼应了胡适在《建设的文学革命论》① 中“公共选定若干种不可不译的第一流文学名著”的提议，他对西方戏剧的甄别及选目，发挥了开路先锋的作用。茅盾就从中受到启发，在1920年1月1日《时事日报》副刊《学灯》上，也开列了一份急需翻译外国作品书目，其中也有比昂松的《新结婚的一对》和《挑战的手套》②。同一时期茅盾在《小说月报》新辟的“小说新潮”栏宣言中，也表示“尽量把写实派自然派的文艺先行介绍”，将12位作家的30部作品列入了翻译计划表，其首篇即比昂松的《新结婚的一对》③。

五个月后，1920年5月20日，署名“一圭”者开始在《申报》连载《新婚夫妇》④，几乎与这一时间相重叠，茅盾也翻译了《新结婚的一对》，1921年1月，署名“冬芬”，发表在革新后的《小说月报》上。茅盾在《新结婚的一对》的开头“小引”中写道：

> 脑威十九世纪末时出了两个大文学家，一是易卜生，一是般生。易卜生的著作有人译过不少，般生的著作，《新青年》曾译登一篇《记者》（*The Editor*）。本篇原是1865年出世，1868年、1970年、1911年前后共有三次英译本出现，英译名“*The Newly Married Couple*”。
>
> 此剧的体裁是很特别的——就是第一幕内所含的意思在第二幕内明白地喊出来，显示一个解决办法。这种体裁在般生那时也许是盛行的，般生一生所著剧本甚多，就艺术价值而说，此篇算得是头挑的了。

茅盾对《新结婚的一对》所言不多，称赞“此剧的体裁是很特别的”，“就艺术价值而说，此篇算得是头挑的了”，可见他对该剧的评价颇高。该戏剧进入茅盾的视野，不仅体现出他紧密配合新文学作家完成“系统地介绍西洋文学”“把

---

① 胡适在《建设的文学革命论》中，指出“国内真懂得西洋文学的学者应该开一会议，公共选定若干种不可不译的第一流文学名著”，载《新青年》1918年4月15日第4卷第4号。

② 《我对于介绍西洋文学的意见》，载《时事日报·学灯》1920年1月1日，署冰。

③ 茅盾当时未使用作家的译名，标记 Bjørnson. B，作品名使用英译名 *Newly Married Couple*（A Play）。《“小说新潮”栏宣言》，载《小说月报》1920年1月第11卷第1期。

④ 一圭译《新婚夫妇》（一）到（四十六），1920年5月20日至7月8日于《申报·自由谈》连载。

写实派自然派的文艺先行介绍”的目标，而且也显示出他对婚姻问题戏剧的兴趣。1920年2与4日，他在《对于系统的经济的介绍西洋文学底意见》中①，指出《新潮》上剧本翻译“介绍固然是介绍，却微嫌有点非系统的介绍”，他提出应选最紧要最切用的先译，还要重视“合于我们社会与否的问题”，应选择一些切合当下“老年思想和与青年思想冲突的世代”、对“研究结婚问题贞操问题——女性独立问题”有助力的剧本，以对国人思想观念的革新有所促进作用。而且茅盾对女性解放问题一直给予了强烈的关注，在《妇女杂志》上发表了不少评论，他自然熟知走在世界前列的挪威女性解放运动②，挪威第一部聚焦女性婚姻、社会问题的剧作《新结婚的一对》进入他的视野是再自然不过的了。相比易卜生非常成熟的社会问题剧《玩偶之家》，虽然有一些缺陷，但此剧反映出当时的时代精神，对婚姻问题作者给出了自己的答案，体现出作者对“灵”和“善”的强调，他相信道德可以引人向善，乃至解决家庭婚姻问题。在茅盾看来，该剧的“理想的色彩”可弥补写实主义只揭露社会矛盾而不解决之短板。另一方面，从挪威现代戏剧发展史的角度而言，向国人介绍此剧可谓体现出了“系统”，更重要的是此剧体现的新旧思想冲突、女性独立问题亦与当下中国社会相切合的，这也是吸引茅盾翻译该剧的重要因素。

《对于系统的经济的介绍西洋文学底意见》一文，可以说是茅盾从事翻译的指导纲领，从《新结婚的一对》的小引、同时发表对比昂松作家评论文章等中，均体现出对该意见的自觉践行③。《新结婚的一对》在《小说月报》上刊出后，马上引起了关注。李石岑称赞道“其中佳著固多，其尤使余喜入心脾者，为冬芬君所译《新结婚的一对》”④；陈望道也做出盛赞，“译作一栏，我最爱读周作人底

① 载《时事新报·学灯》1920年2月4日。

② “脑威虽然只是小小一块地方，而在男女关系上，却做得最公平而且也最早”，戴维斯女士（Margaret Liewelyn Davies）作，四珍译《现在妇女所要求的是什么?》，《妇女杂志》第6卷第1号1920年1月5日。

③ 正如他自己对《新潮》杂志所要求的，“国人对于西洋文学的派别源流，明白的很少，各文学家的生平和著作的特色，明白的也很少，所以我以为最好介绍一篇的时候，附个小引”，参见《对于系统的经济的介绍西洋文学底意见》，载《时事新报·学灯》1920年2月4日。

④ 李石岑：《介绍〈小说月报〉并批评》，《时事新报·学灯》1921年1月31日。

《乡愁》和冬芬先生底《新结婚的一对》。……冬芬先生的文字，我平常不曾注意，但就这篇看来，是很有希望的"①，流露出对茅盾译笔的认可。另外，在王统照看来，茅盾对《新结婚的一对》的译介具有开创意义，他在回忆文《二十七年前的〈小说月报〉革新号》② 中写道："译文中介绍挪威写实主义之重要文人般生，以及他所作的独幕剧《新结婚的一对》，在新开辟的文坛上可谓创举，与《新青年》之第一次介绍易卜生一样（般生的作品是时除却先有一篇名《记者》的剧本在《新青年》刊过外，别的刊物并未介绍）。"

而且非常难得的是，当时有人发现了比昂松精神之重要性，指出"一个人能站在国家的生命与命运上而有这样的贡献，是我们所很少见到的"③，认为他的创作比较富有人性，对于那些阻碍人类前进的恶势力，实在是很有裨益的。还有人抛开与易卜生在创作上的差距，对比昂松做出了评价，"在技术的成就上，般生的作品却赶不上易卜生的了，也只有这一点称为易卜生较之般生可以夸耀的地方；然而就两人的气质讲起来，我们却应该重视般生"④。比昂松以自己对社会独特的理解和价值判断，反映了他所处的时代精神，给出了自己的答案，若从对挪威社会现实生活的理解方面而言，他的剧作仍不乏经典的意义。陈映真在为《诺贝尔文学奖金集》撰写的序言中，对《新结婚的一对》的评价颇高，他指出该剧是用形象来告诉人们"生命中善的成分"是"人类赖以生存繁衍的基础"，是"人类千百年来的主要遗产"⑤。

剧中围绕罗拉的精神成长，麦昔尔特与阿克尔的对话非常密集，他们身上呈现出男性传统话语与女性主义话语的一次交锋，茅盾对麦昔尔特这一刚毅而精神独立、不依赖于他人的形象，是颇有好感的。麦昔尔特之所以写下小说《新结婚的一对》，让里面的丈夫最终将爱情转向了妻子以外的女子，某种程度上也是为

---

① 晓风（陈望道）：《介绍〈小说月报〉十二卷一号》，《民国日报·觉悟》1921年2月3日。
② 王统照：《王统照文集》(6)，山东人民出版社，1984年，第213—214页。
③ 马彦祥：《戏剧讲座》，现代书局，1932年，第159页。
④ 丁伯骝编：《戏剧欣赏法》，正中书局，1936年，第106页。
⑤ 陈映真：《诺贝尔文学奖金集》(3)，台湾远景出版事业公司，1980年，第5页。

了将隐秘的情思得到释放。她最终非常智慧地转移了与阿克尔的爱情幻想，帮助罗拉重新涌起对丈夫的爱意，并为自己精神的独立做出了富有计谋的选择。可以说麦昔尔特选择的是一条有益于女性个人独立之路，从爱情纠葛中完成了个人精神成长，是非常正面、积极的女性形象，正与罗拉形成了对照。

从茅盾的译文中，可窥见他在凸显麦昔尔特个人形象时，不自主地添加了一些英译本所没有内容。例如，结尾处麦昔尔特暗示自己要求追求第二次萌芽的爱情，向往一个长远的旅行时，茅盾添加了括号，捕捉她的神情，做出了细腻的描摹，“说时尚安宁，但往后愈有些兴奋了”，让一个个性鲜明、有自己追求、不为爱情所困的新女性形象跃然纸上。相比其他两种译本，春冰的译文“说到这里，带着点怨恨”、一圭的译文“略带激烈的口气”，茅盾的译文更加详尽，对麦昔尔特饱满情绪的拿捏恰到好处，让人能够感受到她的生命意志力。与其他两种译文对读，可见在描摹麦昔尔特性格时，有多处做了增译①，可以说这是倾注了茅盾本人的独特理解。

众所周知，茅盾的短篇小说《创造》借鉴了不少戏剧技巧。在谈《创造》的写作动因时，茅盾说“当时我戏用欧洲古典主义的‘三一律’来写”②。小说开头的卧室布景、出人意料的结尾及夫妻性格设置等，可见与《新结婚的一对》有不少相通之处。1929年，茅盾在编定《野蔷薇》集时说过，《创造》等五篇小说“都穿了‘恋爱’的外衣”，但“恋爱描写的背后是有些重大的问题”的。恋爱背后的重大问题已被反复探究，而《创造》采用的奇特表现形式——“恋爱”的外衣，很有可能也有对《新结婚的一对》的借鉴。

《创造》与《新结婚的一对》中的丈夫对“妻子”身份的认知具有相似性，不能否认挪威的比昂松、中国的茅盾，在对女性地位的理解上均有大男子主义的一

---

① 阿克尔心中对麦昔尔特做出评价，英译本是“She is too level-headed to be disturbed by trifles.”茅盾将其译为“她一向是头脑冷静，不至为小事分心扰乱的呢”。对照其他两种译本，“她本来头脑平直不能受小事打扰”（一圭译）、“用琐碎的时期扰乱她，她的头脑太苦了”（春冰译），茅盾做了增译，注入了一些英译本中没有的成分，体现他本人对于麦昔尔特形象的独特理解，他认为麦昔尔特是一个冷静、理智的人。其他两种译本均未体现出此意。

② 茅盾：《创作生涯的开始——回忆录（十）》，载《新文学史料》1981年第1期。

面。阿克尔与君实都认为妻子应当属于丈夫，对妻子有占有欲、控制欲，尤其后者更为明显，他站在启蒙者的地位，欲创造理想的妻子。阿克尔对罗拉的态度和行为，其实也隐含了一种“创造”，对阿克尔而言，他娶了罗拉，罗拉就应该依附于他，结束对她父母的依附。最终他成功地让罗拉完成了从“女儿”到“妻子”的角色转变，让她把丈夫置于父母之上，并在麦昔尔特的助力下，借助“女人好妒”，激活了她对阿克尔的爱情，完成了对丈夫的归顺。两位妻子身上也呈现出相似的依附性，娴娴在依附父亲、依附丈夫这两个阶段，与罗拉并无不同，小说结尾娴娴离开了丈夫，与罗拉相比貌似具有一定的自主性，但实质上也只不过是依附的对象发生了转变。茅盾的巧妙之处是将女性的这种依附性继续向前推了一步，让娴娴依附了轰轰烈烈的思想革命。

《新结婚的一对》是开放式结局，罗拉对阿克尔涌起了爱意，但并不代表罗拉从此完成了女性成长，真正成了阿克尔的理想妻子。茅盾很有可能继续对这一故事走向做思考，比如在阿克尔达成改造妻子的心愿后，罗拉的精神得到了成长，乃至超过了丈夫，最终抛开了丈夫。若此种假设成立的话，《创造》可谓是《新结婚的一对》的结局“罗拉爱上阿克尔后会怎样”的续写。若将《新结婚的一对》与《创造》做一对读，可见不同语境下两位作家对丈夫改造妻子这一现象作出的独特思考，从中亦可窥见男性中心立场所遭受的挫败。关于两篇作品的关联性分析，笔者将另备专文细论，在此不再赘述。

四、结　语

作为文学家的茅盾，如何对比昂松的文学资源进行了摄取，目前相关研究资料非常匮乏，加上比昂松汉译作品体量不大，作家研究的资料严重不足，因此很难做出细致的考察。针对茅盾对《新结婚的一对》的翻译，仍有很大的深入研究的空间，他是否参照了已有的译文；他的翻译文体呈现出怎样的风格，有何独特之处，在白话文初创期发挥了哪些引领作用；比昂松剧作的女性形象是否也为他的创作带来了灵感，等等，以上问题的解明无疑可丰富茅盾研究。

若从挪威文学在中国的译介，向中国读者介绍挪威文学的历史做一考察，不难发现茅盾显然是先驱者，他从比昂松的传记介绍开始，到写实主义戏剧《新结婚的一对》的翻译，较早地投入到挪威文学的译介活动中，体现出其阅读范围之广，研究视野之宽。具体而言，他追随当时大力提倡写实主义文学的潮流，本着引入西方写实主义剧作的宗旨而进行了《新结婚的一对》的翻译。从题材层面而言，茅盾关注妇女问题，对女子解放、恋爱和婚姻等题材有着浓厚的兴趣，加上当时他刚娶妻，如何教旧式妻子识字读书，成长为新女性，也是他切身考虑的问题，自然会受探讨婚恋问题的《新结婚的一对》的吸引。另外，当时挪威文学的发展势头正盛，"五四"作家虽然有意倡导对挪威文学的译介，但小语种挪威文学的翻译面临着重重困难，茅盾作为《小说月报》的主编，有意做出《新结婚的一对》的复译，不仅体现出他独到的翻译择取眼光，而且也是想以身示范，提倡转译，让读者读到更丰富的挪威文学。

有研究者指出，茅盾早期对外国文学的接受，在整个20世纪20年代是具有普遍意义的一种接受方式，但其译介活动有很大的局限，不足以促成他的外国文学观念的系统形成①。其实此指摘不仅适用于茅盾，也体现出整个"五四"作家外国文学接受的局限性。因当时从挪威语翻译成英文的挪威小说原本不多，英文圈的挪威小说译者较少，译本体量少，容茅盾进行转译的作品自然也少，这也会对他系统地了解挪威文学形成很大的障碍。值得注意的是，茅盾在对挪威文学的接受中，他并非停留在对单一作家的评介中，而是亲自参与了比昂松和包以尔作品的翻译实践，从而形成了对作家风格更直观、更切实的理解。虽然翻译与创作、批评并重是"五四"作家共有的特征，但不可忽略的是茅盾对比昂松戏剧的翻译，既是对当时易卜生"扎堆"现象做出的纠偏，为国人的比昂松接受方面做出了不可磨灭的贡献，亦是对当时挪威文学接受的偏狭做出了一定程度的改善。身为翻译家的茅盾，一生留下了体量庞大的外国文学译作，虽然挪威文学所占比

① 杨扬：《转折时期的文学思想——茅盾早期文学思想研究》，华东师范大学出版社，1996年，第106页。

例很小，但却弥足珍贵，有拓荒之功。茅盾与挪威文学的关系，以及他对挪威文学进行了哪些借鉴，尚待我们继续深入探究。

［作者单位：中国海洋大学文学与新闻传播学院］

茅盾与“五四”精神①

□田　丰

【摘要】毋庸讳言，在从文学革命转向革命文学的过程中茅盾对“五四”的认识上有过曲折，但总体而言他继承和发扬了敢于怀疑、坚持自我和维护个人自由的“五四”精神，并且在维护“五四”新文学传统及“五四”作家经典化等方面也做出了突出的贡献。在无产阶级运动兴起之际茅盾受到当时太阳社和创造社的围攻，在有所辩驳和坚持的同时也做了很大的妥协和退让，为了回归左翼阵营而及至在瞿秋白授意下对五四运动给予了过低的评价。但在此之后茅盾经过反复观察和认真反思开始重新回归自我，在恢复独立意识之后借助自身凝聚的强大的文化资本和社会资本积极投身于“五四”文学经典化的建构，为延续“五四”精神传统付出了巨大努力。

【关键词】茅盾；“五四”精神；怀疑；自我

“五四”时期是英才辈出的时代，造就出一个个影响了未来历史发展进程的巨人。政治界的毛泽东、周恩来、刘少奇等都是在五四运动的教育和磨炼下开始接受马克思主义的影响，决心仿效俄国在中国开展社会主义革命，最终经历艰苦卓绝的不懈努力开创了中国革命的崭新局面；文学界也是如此，鲁迅、郭沫若、

①　基金项目：本文为国家社科基金后期资助项目：“中国左翼乡土小说的多元化研究”（项目编号：20FZWB030）；河南省哲学社会科学规划项目“20世纪30年代‘左’翼文学本土化的发生学及文本形态研究”（项目编号：2019BWX011）阶段性成果。

茅盾等都是在"五四"洗礼下成为文坛巨擘的。五四运动的爆发在很大程度上改变了茅盾的人生轨迹，通过接编《小说月报》和成立文学研究会使得他在新文学运动中逐渐从边缘走向核心，成为"继鲁迅之后的又一面光辉的旗帜"①。毋庸讳言，在从文学革命转向革命文学的过程中茅盾对"五四"的认识也曾有过曲折，给予其过低的评价，但总体而言他继承和发扬了敢于怀疑、坚持自我和维护个人自由的"五四"精神，并且在维护"五四"新文学传统以及"五四"作家经典化等方面做出了突出的贡献。

一

中国"五四"新文学运动之后逐渐形成了"鲁迅传统"和"茅盾传统"这两大传统。茅盾传统虽然成型于20世纪30年代，但"'五四'精神也是孕育'茅盾传统'的温床"②。有论者瞩目于"茅盾传统"与"五四"精神的异质性，从而做出形成20世纪30年代初的茅盾传统是对"五四"精神逆转的结论；也有论者对此持相反意见，认为茅盾传统继承了"五四"精神的重要一脉。相较于鲁迅传统而言，茅盾传统之所以会显现出如此复杂的面相，与茅盾对"五四"精神所持的审视态度有关，他并非人云亦云地一味赞同，而是本着自我主体意识对"五四"进行了富于个人化色彩的反思，在这其中又曾有过曲折和矛盾处。

茅盾于民国二年（1913）到北京就读北京大学预科，此时蔡元培尚未出任校长，民国五年（1916）毕业后，他回到上海进入商务印书馆英文部工作，不久调往国文部。五四运动爆发时，年方二十余岁的茅盾在看到《新青年》等杂志后产生了极大的心理触动，"我在那时看到这些书籍刊物，感觉得刺激力很强，以前人好像全在黑暗当中，到那时才突然打开窗户"③。这些进步书刊打开了茅盾的视野，开启了他自觉接受"五四"洗礼的人生历程，同时有着英文功底的他还延伸

① 周扬：《正确评价一位当代的伟大作家》，《文艺报》1983年第7期。

② 王嘉良：《"五四"精神与"茅盾传统"》，《浙江师大学报》1999年第5期。

③ 韩北屏：《茅盾先生谈"五四"》，《联合增刊》1946年第3期。

阅读了大量的西方书籍，在上海的报刊上发表了大量介绍启蒙和新思潮的文章。茅盾在“五四”新文学运动的影响下开始将注意力转向文学，仅仅大半年时间便翻译了契诃夫的《在家里》《卖诽谤者》等十余篇小说和剧本。茅盾在新青年派影响下接受了进化论和人性观的文学观念，举凡胡适、鲁迅和周作人等“五四”领袖人物都对茅盾文学观念的形成产生了一定的影响；“五卅”前后茅盾在瞿秋白等人影响下开始转而强调文学的阶级性和社会功利性。然而值得注意的是，茅盾在接受外部思想观念的过程中并非一味地盲从，而是秉承着怀疑精神进行深入省察和反思，从而形成极具个人化色彩的文学观念，逐渐成为文学批评重镇。

怀疑精神是“五四”精神的重要组成部分，唯有敢于大胆怀疑方能突破陈腐观念的束缚而求新求变，而坚守“五四”精神本身却并非要盲从盲信，如此这般反倒违背了“五四”精神，茅盾以其蕴涵真知灼见而不人云亦云的文学批评文字为敢于怀疑的“五四”精神做了一个注脚。

“五四”时期文学先驱者大力提倡新文学，但对于什么样的文学是新文学却并无定论，如何创造这种新文学更是众说纷纭、莫衷一是，而最终茅盾承担了这一历史任务，使其逐渐明晰化。在首篇文学论文《现在文学家的责任是什么?》中茅盾即已明确提出文学要表现人生和服务社会，而这人生“决不是一人一家的人生，乃是一社会一民族的人生”①，这与注重个人解放的“五四”主流观念同中有异。虽然茅盾主张文学要为人生、为社会服务，但他并不赞同郭沫若后来提出的为了大众牺牲自己的创作立场，而是始终坚持要在保障创作自由与尊重个性的前提下从事文学创作，由此可见他未曾因提倡作家要为社会、民族服务而放弃尊重个体自由的“五四”精神。

茅盾服膺于胡适提倡的进化论文学观，其“早期的文学艺术观，即提倡写实主义和新浪漫主义（后者的代表就是罗曼·罗兰），赞成进化的文学、为平民的文学”②，在进化论文学观念指引下，他先后撰写了《“小说新潮”栏宣言》《新旧

① 茅盾：《现在文学家的责任是什么?》，《东方杂志》1920年第17卷第1号。
② 茅盾：《我走过的道路》（上），人民文学出版社，1981年，第287页。

文学平议之评议》《文学上的古典主义、浪漫主义和写实主义》和《为新文学研究者进一解》等一系列重要论文，结合西欧文学发展的演变历程为中国新文学的发展指明了前进方向，那便是经由古典主义、浪漫主义、写实主义发展到新浪漫主义。此外他还在胡适“重估一切价值”思想的启示下写出了《尼采的学说》一文，认为不能因为尼采思想是德国发动第一次世界大战的哲学基础而远离尼采学说，尼采既有着人类中恶魔的一面，同时又有着超特见识和彻底反叛传统的另一面，最为卓绝之处在于他“把哲学上一切学说，社会上一切信条，一切人生观道德观重新称量过，重新把它们的价值估定……扫荡一切古来传习的信条，把向来所认为绝对真理的，根本动摇”①。但茅盾对胡适推崇的只诊病源不开药方的易卜生式的写实主义持否定意见，也与鲁迅揭出病苦以引起疗救的注意的创作观念有所不同，他更为注重理想信仰的导向作用，强调新文学要“隐隐指出未来的希望，把新理想新信仰灌到人心中”②。在他看来，“文学是描写人生，犹不能无理想做个骨子”③，如果只能描绘出现实状况而不能指示出未来理想生活的蓝图则是作家的创作局限。茅盾也不赞成直接照搬西方文学思潮的趋向，在当时盛行“拿来主义”，有过留学经历的陈独秀、胡适和周作人等“五四”先驱者们热切地主张向西方寻找真理以填补中国封建主义被打倒后所留下的空白。陈独秀主张以西方文学为模本来创制中国新文学，胡适在全盘西化思想主导下主张学习完美无缺的欧美文学，而周作人则提倡中国新文学家要学习日本善于模仿的精神，对于上述言论茅盾并不赞同，认为“我国自改革以来，举国所事，莫非摹拟西人。然常此摹拟，何以自立?”④ 他毫不隐讳地指出缺乏独创性而一味“模仿的小说实是大害”⑤，主张要先实行中西融合并最终达成“具自行创造之宏愿”⑥，“想把旧的做

---

① 茅盾：《尼采的学说》，《学生杂志》1920年第7卷第1号。
② 茅盾：《创作的前途》，《小说月报》1921年第12卷第7号。
③ 茅盾：《文学上的古典主义浪漫主义和写实主义》，《学生杂志》1920年第7卷第9号。
④ 茅盾：《一九一八年之学生》，《学生杂志》1918年第5卷第1号。
⑤ 茅盾：《新文学研究者的责任与努力》，《小说月报》1921年第12卷第2号。
⑥ 茅盾：《一九一八年之学生》，《学生杂志》1918年第5卷第1号。

研究材料，提出他的特质，和西洋文学的特质结合，另创一种自有的新文学出来”①。也正因此，茅盾在和创造社发生论战之前曾对郭沫若的《匪徒颂》《女神之再生》等诗作颇为欣赏，尤其对《女神之再生》赞不绝口，在《文学旬刊》上专门撰文介绍时直陈“郭君此篇我不能不佩服为‘空谷足音’”②。之所以如此，既是因着他被郭沫若热情横溢的诗情所打动，同时也是缘于郭沫若的众多诗作都是“用了古代的传说来描写现代思想的价值与其缺陷”③，而这正符合茅盾中西融合的文学创作观，因此大为激赏而不吝溢美之词。

同时茅盾也对西方文学思潮保持着审慎的反思态度，在《“左拉主义”的危险性》《自然主义与中国现代小说》等论文中对西方的自然主义、写实主义等创作观念进行了审视和反思，揭示出写实主义、自然主义等西方文学思潮所存在的弊病，从而有助于人们更为全面也更为理性地认识新文学如何借鉴西方文学这一历史命题。茅盾通过对比分析清醒地认识到西方的旧浪漫主义有着随意发挥的弊病，而写实派、自然派文学由于过于侧重揭示社会的阴暗面而容易导致读者产生悲观、绝望的负面情绪，因此他主张文学在描写人生时要有理想做个骨子，而新浪漫主义文学就有助于帮助读者树立起正确向上的理想信仰和积极乐观的价值观念。1921 年 7 月 16 日胡适受高梦旦之邀，借着暑假时候到商务印书馆编译所了解情况以便决定是否出任编译所所长，7 月 18 日两人初次见面，茅盾“只回答他的询问（那都是琐屑的事）”④。7 月 22 日胡适在读过《小说月报》第 7 期后颇有意见，召见郑振铎和茅盾劝他们收稿要慎重，不要滥收空泛之作，要有经验做底子，同时告诫茅盾“不可滥唱什么‘新浪漫主义’。现代西洋的新浪漫主义的文学所以能立脚，全靠经过一番写实主义的洗礼。有写实主义作手段，故不致堕落到空虚的坏处”⑤。经过此次谈话之后，茅盾在发表于 1921 年 8 月 10 日《小说月

① 茅盾：《小说新潮栏宣言》，《小说新潮栏宣言》，《小说月报》1920 年第 11 卷第 1 期。
② 茅盾：《我走过的道路》（上），人民文学出版社，1981 年，第 220 页。
③ 茅盾：《我走过的道路》（上），人民文学出版社，1981 年，第 196 页。
④ 茅盾：《我走过的道路》（上），人民文学出版社，1981 年，第 209 页。
⑤ 胡适：《胡适日记全编》，安徽教育出版社，2001 年，第 394 页。

报》上的《最后一页》一文中这样写道："文学上的自然主义经过的时间虽然很短，然而在文学技术上的影响却非常之重大。现在固然大家都觉得自然主义文学多少有点缺点，而且文坛上自然主义的旗帜也已竖不起来，但现代的大文学家——无论新浪漫派，神秘派，象征派——那个能不受自然主义的洗礼过。……若不乘此把自然主义狠狠地提倡一番，怕'新文学'又要回原路呢！"① 许多论者皮相地认定这是茅盾在胡适影响下从新浪漫主义向写实主义转变的明证，却无视或忽略了这是胡适以及商务当局施压的结果。事实上，胡适对茅盾倡导新浪漫主义的不满恰恰说明了茅盾有着独立自主的思想意识和大胆质疑的精神，并不愿人云亦云地主动随声附和。况且茅盾强调自然主义的重要性与他的"最终目的是为了提倡新浪漫主义"的观念宗旨之间并不相悖，因而不能据此认为茅盾改弦易辙完全从新浪漫主义倒向写实主义，在此之前所作的《为新文学研究者进一解》一文中他已然直白地提出："把我的意思总结一句，便是：能帮助新思潮的文学该是新浪漫的文学，能引我们到真确人生观的文学该是新浪漫的文学，不是自然主义的文学，所以今后的新文学运动该是新浪漫主义的文学。"②

在反封建这一问题上茅盾和胡适是相一致的，但在阐释五四运动何以会将反封建作为主体思想这一点上却存在着分歧。茅盾不赞同胡适在许多论文中提出的两百年前、三百年前，乃至五百年前都有人反对过现在所反对的封建思想的观点，原因在于胡适虽然考证出古已有之反封建的思想，但却无法解释为何古代未能出现像"五四"这样轰动全国的思潮。有鉴于此，他以马克思主义唯物史观为指导，从社会政治、经济基础的角度给出了令人信服的答案。

具体到小说创作而言，众所周知，茅盾对于鲁迅一直赞誉有加，将其作品视为"五四"新文学仅有的收获。当年鲁迅的《呐喊》结集出版后社会评价不一，茅盾却已敏锐地认识到《呐喊》所蕴藏的文学价值和思想价值，并给予了充分肯定，认为《呐喊》不仅在内容上体现了无情地猛攻中国的传统思想的"五四"精

① 茅盾：《最后一页》，《小说月报》1921年第12卷第8号。

② 茅盾：《为新文学研究者进一解》，《茅盾全集》(18)，人民文学出版社，1989年，第44页。

神，而且还是“创造‘新形式’的先锋”①。但茅盾对于由鲁迅作品所引发的暴露国民劣根性的创作潮流却持有异议，提出质疑“中华这么一个民族，其国民性岂无一些美点?”② 这倒并非意味着茅盾不赞同揭示国民劣根性来抨击封建专制制度和吃人礼教，而是强调新文学既要揭示国民劣根性，同时也要将有着悠久历史和灿烂文化的中华民族的善美的特点发掘出来。

大革命失败后开始从事小说创作的茅盾本人在创作伊始便对“五四”时期的婚姻恋爱观进行反思，解构了“五四”爱情神话，《幻灭》《动摇》《追求》和《虹》等一系列作品中的时代新女性在“五四”精神感召下个性张扬，敢于冲破封建传统观念枷锁而大胆追求自我实现。大革命时期这些女性主人公在摆脱家庭束缚后纷纷投身于革命的洪流中，“不进革命党便枉读几句书”③，但由于黑暗势力过于强大和她们自身对于革命缺乏真正的认识而导致意志不坚和精神受挫，感受到心里苦闷、彷徨、犹疑以致颓废堕落。通过对这些时代女性形象的刻画，茅盾揭示出承受“五四”洗礼的现代青年在轰动一时的大革命失败后所感到的精神孤独和灵魂无依，成为游离于现代和传统之间孤独的精神个体。《幻灭》中静女士和慧女士都是经受过“五四”洗礼的时代新女性，在她们身上有着迥异于传统女性的个性色彩和独立自主意识，但她们的自由爱情和革命追求却一再遭受挫折，在时间的淘洗下慢慢褪色变质，以至于个人解放和恋爱自由成为稍纵即逝而难以捕捉的青春幻梦。这些时代新女性的性观念极为开放，自觉挑战男权主义，依凭着身体诱惑来掌控、玩弄男性，但与此同时她们依然难以彻底摆脱沦为男性欲望对象的可悲地位。男性之所以会展开爱情攻势并非因着她们有着女性独立意识和自主精神，而是缘于她们在摆脱封建礼教禁锢后的乳房、肉香等所引发的男性肉欲渴望。《虹》中的梅女士在五四运动爆发时正在成都益州女校求学，年方18岁的她在三天前由父亲做主许配给了表兄柳遇春，而她深爱着的却是另一个表兄韦玉，对于正陷入情感纠葛中的她而言，“五四”爱国口号显得太过笼统和迂

① 茅盾：《读〈呐喊〉》，《茅盾全集》(18)，人民文学出版社，1989年，第398页。

② 茅盾：《新文学研究者的责任与努力》，《小说月报》1921年第12卷第2号。

③ 茅盾：《几句旧话》，《茅盾论创作》，上海文艺出版社，1980年，第3—4页。

阔。最终因父亲染病急需医治，为了救父她嫁给了柳遇春。婚后梅女士发现柳遇春是个吃喝嫖赌的浪荡公子，不仅使她日常遭受强奸一样的待遇，而且还公然带回两张娼妓照片恬不知耻地向她炫耀，为了维护人格尊严和自由权利她决定离开柳遇春。此外，梅女士发现隔壁主张打破旧礼教的新文化者黄先生却正和他的堂妹黄因明上演着不伦之恋，从而发现新文化者主张打破旧礼教的虚伪以及“只问病症不开药方”的局限，“一切罪恶可以推在旧礼教身上，同时一切罪恶又在打破旧礼教的旗帜下照旧进行，这便是光荣时髦的新文化运动!”① 在好友绮君帮助下，梅女士终于摆脱家庭束缚来到泸州师范附小工作，但很快她发现周围的所谓“五四”新式人物只不过是些吃“打倒旧礼教”饭的文化暴发户而已，所谓个性解放成为性泛滥的借口，已有妻室的陆校长见一个爱一个，而一群打破了旧礼教的人物竟然在双十节晚会上借着酒兴要再现一桩强奸案的现场。透过以上小说文本茅盾对于“五四”落潮之后处于彷徨、迷惘之中的时代女性的遭遇进行了真实地描绘，同时对于“五四”精神本身也进行了深刻反思。

二

茅盾在作于1938年的《“五四”的精神》一文中对“五四”时期新青年派决绝的抗争精神和敢于担当的责任意识大加赞赏，同时针对当时有人指责“五四”新青年只会破坏而没有建设进行了辩护，认为他们没有明了五四运动的本质是思想运动的第一期——破坏的任务，正所谓不破不立，在破除旧思想旧观念的过程中也有所建设，那便是“人的发现”和“个性的解放”，这也是五四运动能够震撼全国青年心灵的根本原因。在他看来正是“五四”“人的发现”方才激发起青年们投身社会运动的热情，最终促成了“五卅”运动的爆发，“个性解放”则使得青年们思想变得新鲜和泼辣。与此同时茅盾也指出拥护民主和科学的“五四”精神

① 茅盾：《虹·腐蚀·霜叶红似二月花》，《茅盾选集》(4)，四川文艺出版社，1994年，第296页。

还未在现实生活中真正确立起来，因而“五四”精神非但没有过时，反倒有必要继续提倡和发扬。茅盾并非将弘扬“五四”精神停留在口头上，在他多次有意无意地卷入是非论争中，始终坚持进行韧性的战斗来维护自我独立意识和个体人格尊严。

1921年7月，胡适在对商务印书馆考察一番后不愿就任编译所所长一职，但却向商务当局郑重推荐了他的老师王云五，以图遥控操纵商务印书馆编译所。王云五在上任后对茅盾施压，让他在《小说月报》上写一篇短文公开向《礼拜六》道歉，茅盾不仅断然拒绝，而且还回击王云五“要把这件事原原本本，包括商务的态度，用公开信的形式，登在《新青年》以及上海、北京四大副刊上，唤起全国的舆论，看‘礼拜六派’还敢不敢打官司”①。王云五担心事情闹大不好收场但又不甘心认输，遂变换方法要对《小说月报》发排的稿子进行检查以迫使茅盾就范。茅盾以接编《小说月报》时曾经和馆方约定不干涉编辑方针为由向王云五提出抗议，后经商务当局研究后决定辞去茅盾主编一职改由郑振铎接任。因茅盾此时正担任着中共中央联络员的工作且暂时没有合适人选可以替代，遂应陈独秀要求同意仍留任商务印书馆，但他向馆方提出条件自己仍任《小说月报》第13卷中任何一期的主编，而馆方不能以内部审查之名抽去或删改由他选定的任何一篇文章，否则的话他将以公开信的形式在上海、北京的四大报纸副刊公布商务当局如何背信弃义及反对新文学，王云五被迫接受了茅盾提出的这一条件。茅盾在由他负责主编的《小说月报》第13卷第11号上刊发了自己撰写的《真有代表旧文化旧文艺的作品么?》《反动》及另外两篇文章对礼拜六派进行了措辞严厉的抨击，而王云五及其亲信因有言在先无法阻拦。王云五一计不成又施一计，对茅盾和郑振铎说保持《小说月报》方针不变，另行创办一种通俗刊物《小说》来做辅助，并要求茅盾约请《小说月报》的撰稿者提供稿子，茅盾在王云五一再催促下将王统照的小说《夜谈》以及自己的两篇译稿交给了他。不曾想王云五后来刊印的《小说世界》是与《礼拜六》同类性质的刊物，茅盾为了揭露王云五的恶劣行径

① 茅盾：《我走过的道路》(上)，人民文学出版社，1981年，第212页。

遂予以反击，将王统照的《答疑古君》以及两人来往信件在《时事新报》副刊《学灯》上刊发出来，不仅将《小说世界》骂了个狗血喷头，而且还顺带将商务当局冷嘲热讽一番，嘲讽王云五之流“天下竟有不敢一心向善，非同时兼做一些恶事不可的人”。商务当局由于害怕茅盾离开商务印书馆后有可能自立门户创办刊物来对付他们而不敢解雇茅盾，只能听之任之。透过此事不难看出茅盾并非像有些论者所认为的那样因性格偏于阴柔而遇事一味退缩不敢抗争，而是讲究斗争策略进行韧性斗争，敢于坚持己见和维护人格尊严。

1927年大革命失败后许多革命青年为了躲避国民党的血腥屠杀，纷纷聚集在有租界可以提供安身之所的上海从事革命文学创作。为了争夺文学话语权全部由共产党员组成的太阳社和转向之后的创造社共同发起革命文学论争，对“五四”文学以及既成作家基本予以否定，因此要想彻底清除革命文学倡导所引发的流弊就必须恢复“五四”新文学传统，并在此基础上推进“五四”作家经典化。

五卅运动爆发之后五四运动的影响逐渐开始消退，到了大革命失败后新创立的太阳社和转型后的创造社大力倡导普罗文学，他们在苏联“岗位派”思想观念的影响下全面否定“五四”新文学运动的历史功绩，不仅将绝大部分“五四”新文学作家归入到小资产阶级行列，而且给这些“五四”作家扣上了落后、反动的帽子。尤其是创造社在宗派意识主导下对于包括叶圣陶、丁玲等在内的文学研究会作家给予全面否定，有着文坛黑旋风之称的成仿吾直言要“打发他们一道去”①，由此导致的结果是革命文学将自身的合法性建构在对于“五四”新文学传统剥离和否定的基础上，显露出极其强烈的封闭性和排他性，如同福柯所言的那样“话语即权力”，话语更迭的背后实质上隐含着的是对文化领导权的争夺，为了宣扬无产阶级文艺，完成文学范式转变的革命作家开始重新裁定“五四”新文学运动后所形成的文学版图，对“五四”时期的成名作家展开清缴行动。在从文学革命向着革命文学转换的过程中，太阳社、创造社为了掌控话语权和领导权也曾进行过激烈的论战，但他们很快意识到单凭一己之力根本无法与在文学革命时

---

① 成仿吾：《打发他们去》，《文化批判》1928年第2期。

期集聚起强大文化资本的鲁迅和茅盾等人抗衡，体认到“在中国这种混乱的时期，应该认清敌人，统一战线”①。起初太阳社和创造社一道对鲁迅发起了猛攻，但在茅盾于1928年10月发表《从牯岭到东京》一文后迅即调转矛头，将茅盾贬抑为“小资产阶级代言人”。此时茅盾因受到脱党事件影响而导致政治资本几乎丧失殆尽，但其依旧有着颇为强大的文化资本和社会资本，加上文学研究会成员在出版界掌控着不可小觑的文化资源并且一如既往地鼎力支持，因而此时身居日本避难的茅盾依然有能力予以强烈反击。在遭到太阳社和创造社围攻之后，茅盾在文学研究会的支持和协助下在《文学周报》（1929年第8卷）上刊发了包括由他撰写的《读〈倪焕之〉》在内的一组反批评文章。在《读〈倪焕之〉》一文中茅盾借着对叶圣陶小说作品《倪焕之》的评论极力为“五四”张目，开头便有针对性地写道：“即使是善忘的人们，想亦不会忘记了十年前的今日曾经掀发了划时代的‘五四’运动。谁也还能够想象出，或是清晰地回忆到，那时候的初觉醒的人心的热力！”② 左联时期虽然茅盾因与商务当局不睦，失却了用包括“茅盾”在内的为人熟知的笔名在商务印书馆出版的《小说月报》等刊物上发表作品的自由，而不得不启用“逃墨馆主”这样的新笔名，但由于《小说月报》等为数众多的刊物主编依旧是文学研究会中人，因而他依旧可以推荐稿件，据秦德君回忆“凡经他介绍寄出的稿子，上海出版商没有不用的，而且保证千字四元，提前支付”③。1931年瞿秋白翻译的苏联作家革拉特珂夫的长篇小说《新的土地》就是经由他介绍录用待刊的，原计划刊发在《小说月报》1932年4月号，但因“一·二八”事变后《小说月报》受战事影响停刊而未能付印。胡风在左联时曾经一度担任过行政书记，但在出版界的接纳度却颇为有限，由他担任主编的《工作与学习》丛刊“交给有党的关系的生活书店出版，但不取得茅盾的支持就做不到，因而非请茅盾为这个刊物的基本作者之一不可”④。

---

① 李初梨：《一封公开信的回答》，《文化批判》1928年第3期。
② 茅盾：《读〈倪焕之〉》，《文学周报》1929年第8卷第20期。
③ 秦德君：《火凤凰——秦德君和她的一个世纪》，中央编译出版社，1999年，第71页。
④ 胡风：《胡风回忆录》，人民文学出版社，1993年，第68页。

太阳社和创造社在出版界可资利用的文化资源较之茅盾而言无法相提并论，太阳社自行创办的刊物屡屡遭受查禁自不待言，而创造社成立之初为了出版刊物不得不承受泰东书局的盘剥，直到1926年3月成立出版部后方才有所改观，但因倡导革命文学于1929年2月被国民党封闭后彻底失却了发表作品的阵地。太阳社和创造社后来之所以停止攻击鲁迅和茅盾主观上是受到中国共产党的指示，但无刊可用也是重要的客观原因，对此鲁迅曾经说过："到一九三〇年，那些'革命文学家'支持不下去了，创、太二社的人们始改变战略，找我及其他先前为他们所反对的作家，组织左联。"① 作为革命文学论争的亲历者，鲁迅的话印证了太阳社和创造社从文化资本和社会资本层面根本无法与以鲁迅和茅盾为代表的"五四"新文化运动先驱者相抗衡，因而在从"五四"文学向着革命文学转型过程中，其在文化领导权的争夺中无法取得绝对优势，最终在党的干预下搁置争执而走向联合，这也为保存和延续"五四"新文学传统提供了前提。

三

茅盾不仅在"五四"精神熏染下自身有着敢于怀疑、坚持自我和勇于批判的精神品格，同时还通过借助自身所凝聚的文化资本和社会影响力为"五四"精神的传承和发扬做出了重要贡献。毋庸讳言，在无产阶级文学兴起之际茅盾受到太阳社和创造社的围攻，在有所辩驳和坚持的同时也做出了很大的妥协和退让，为了回归左翼阵营而及至在瞿秋白授意下对五四运动给予了过低的评价。但在此之后茅盾经过反复观察和认真反思开始重新回归自我，在恢复了独立意识之后借助自身凝聚的强大的文化资本和社会资本积极投身于"五四"文学经典化的建构，为延续"五四"精神传统付出了巨大努力。

太阳社、创造社等普罗文学倡导者为了倡导无产阶级文学而极力贬抑五四运动，在他们看来"五四"话语在革命高潮即将到来的新时代已经失去了效力，而

① 鲁迅：《致姚克》，《鲁迅全集》(12)，人民文学出版社，2005年，第479页。

“五四”时期成名的一代文人除了郭沫若之外也都在否弃之列，因着文学范式的转换使得“五四”知名作家摇身一变成为三代以上的古人。茅盾和鲁迅一道为了捍卫五四运动和恢复“五四”话语而与太阳社、创造社进行了持久论争。早在1929年茅盾即已开始在《读〈倪焕之〉》一文中正面肯定和赞扬五四运动的伟大功绩，断然否定了“五卅”和“五四”割裂的评判，点明了两者间血脉相承的关系，一方面他赞同五卅运动时期人们的精神观念较之五四运动时期有所超越，另一方面提醒包括创造社在内的革命文学倡导者不要忘却“五四”精神而割裂历史，他认为“五卅”前后活跃人物中的佼佼者都是经受“五四”洗礼成长起来的，“未始不是‘五四’产儿中的最勇敢的几个”，因此设若“没有了‘五四’，未必会有‘五卅’罢”①。

令人感到遗憾的是，1931年已经加入左联并担任行政书记的茅盾在瞿秋白阶级斗争观念影响和直接授意下开始对“五四”给予否定性评价，在《“五四”运动的检讨》和《关于“创作”》这两篇文章中不仅认为五四运动在无产阶级革命时代只能起到反革命的作用，而且连带着对于“五四”文学作品的成就也基本持否定态度，认为“五四”文学除了鲁迅的《呐喊》带些壮健性，在攻击封建势力这一点上至今还有着革命的意义外，其余作家作品都是“惨淡贫乏”，因而对于革命文学毫无借鉴价值，并由此断言“无产阶级运动崛起，时代走上了新的机运，‘五四’埋葬在历史的坟墓里了”②。此时茅盾对于“五四”所作的论断不仅与太阳社、创造社毫无二致，甚至有过之而无不及，他在阶级论思想观念影响下认为“五四”文学革命是由资产阶级领导和发动的，虽然“五四”的一切思想及其口号在反封建问题上发挥过作用，但在当前却只能起到反革命的负面作用而演化成落伍于时代的表征，整个“五四”由于无法紧跟时代步伐而化为陈年旧物。“五四”时期曾经引领文坛的文学研究会和创造社分别宣扬的“为人生的艺术”和“为艺术的艺术”观念也被茅盾一一否定，作为整体的“五四”文学也因日趋没

① 茅盾：《读〈倪焕之〉》，《文学周报》1929年第8卷第20期。

② 茅盾：《“五四”运动的检讨》，《茅盾全集》(19)，人民文学出版社，1991年，第231页。

落而终将被不断崛起的无产阶级巨人送进坟墓。茅盾在晚年所作的回忆录中对于为何在加入左联前后涉及“五四”的评价问题上有着如此显豁的反差进行了解释，这两篇文章中关涉“五四”新文学运动的否定性评价基本都是来源于瞿秋白，此时已经脱党的他为了表明自己的革命立场而重新被党组织接纳自觉接受极“左”思想的规训，虽然自己当时也力图持论客观但依然对“五四”作出了极低评价。然而即便如此茅盾对于“五四”的评价依旧“被认为是温和的，保守的”①，借此我们也不难想见当时“左”倾思想所达到的激烈程度。1932年，茅盾在《“五四”与民族革命文学》中依旧未能摆脱“左”倾观念的束缚，他这样写道：“‘五四’运动并未完成它的历史的任务：反封建与反帝国主义的斗争。‘五四’虽然以‘反封建’为号召，但旋即与封建势力为各种方式的妥协，对封建势力为各种方式的屈服！至如反帝国主义，则‘五四’始终不曾有过明显的表示！”② 这与通常认定的五四运动是近代史上中国人民一次彻底的毫不妥协的反帝反封建的爱国运动的评价明显相左，茅盾之所以会做出如此评价并非单纯地被动接受以瞿秋白为代表的极左思想的影响所导致的结果，同时从主体角度而言也是缘于他错误地将“五四”落潮期也即“后五四”的种种表现当作了“五四”自身所固有的缺陷，从而连缀着对“五四”给出了极低的评价。综上所述，茅盾对于“五四”文学在无产阶级运动时期只能起到反革命作用的论断明显地与他在《读〈倪焕之〉》中所阐释的没有“五四”未必会有“五卅”的观点形成自相矛盾，从而反映出茅盾在左联前期对于五四运动的价值和意义认识上的倒退。

然而，茅盾毕竟是在“五四”感召下成长起来的一代才俊，在环境许可的情况下他开始逐渐调整自己对于“五四”的评价。茅盾对于革命文学倡导者所宣扬的“五四”作家是所谓的“同路人”的观点持坚决反对的态度，有着大批会员的文学研究会被拒之左联门外的事实也促使他清醒地认识到左联内部所存在的关门主义意识和宗派主义情绪，认为真正的革命文学必须汲取和借鉴“五四”时期所

---

① 茅盾：《我走过的道路》（中），人民文学出版社，1984年，第76页。

② 茅盾：《“五四”与民族革命文学》，《文艺新闻》1932年第53期。

确立的现实主义文学传统。由于革命文学倡导者忽视文学的艺术性而片面强调文学的功利性，从而割裂与“五四”新文学传统的血脉联系，加之国民党为了开展对于左翼文学的文化围剿工作，大力倡导文学复古主义，导致“‘五四’时代许多重要作品和代表性刊物，……已如凤毛麟角，极难找到。文学青年要找这些材料，也得象找百年前的古书一样跑图书馆和旧书店。”① 在此种情势下茅盾开始转而致力于“五四”新文学传统的恢复和整理工作，期冀以此来为革命文学找寻新的发展方向。

1933年茅盾的《子夜》结集出版后在文坛引起轰动，有力地回应了论敌关于左翼文界没有创作实绩的讥讽，也使得他一跃成为左翼文学的代表性作家。在艺术才能得到充分发挥的同时，茅盾也迫切地需要开创自己的言说空间，而早在一年前左联刊物已经悉数被国民党查禁。为了摆脱国民党的文化封锁，左联应时而动，开始打破关门主义鼓励其成员联络中间势力开辟新的言论阵地。基于此茅盾不必再有所避讳，与原文学研究会成员进行了密切联系，并于1933年和郑振铎一道创立了继《小说月报》停刊之后又一个大型文艺刊物《文学》。茅盾作为《文学》的发起人和实际控制者不仅担负起审阅全部外来稿件的重任，而且还在其上发表了大量的评论文章，对“五四”新文学传统进行了深入系统的研究。众所周知，茅盾与“五四”新文学有着不解之缘，他是五四运动后文学从“破旧”转向“立新”时期的关键人物，而且他在主编《小说月报》时就是以文艺批评家的身份进入文坛的，所以对于“五四”新文学深入发展时期的研究有着非常人可及的优势。具体而言，茅盾在《文学》上一方面展开了对于“五四”传统的批评研究工作，另一方面则从对“五四”代表作家的研究总结工作入手，参与了推动“五四”作家经典化的工作，同时也揭示了一部分“五四”作家在20世纪30年代的新变化。依托这一阵地，茅盾尝试着修复和改正此前在革命话语拘囿下对“五四”话语的错误评价和批判，致力于反思和恢复“五四”话语。茅盾不仅在《文学》创刊号上组织了关于“五四文学运动的历史意义”的讨论，而且自己也在其

① 杨春时：《文学理论新编》，北京大学出版社，2007年，第69页。

上先后发表了《文坛往何处去》《从“五四”说起》《我们有什么遗产》《中国新文学运动史》《十年前的教训》《也不要“专读白话”》等一系列文章，对“五四”新文学运动进行了全面的反思和研究。在《“从五四”说起》一文中茅盾虽然因尚未完全摆脱革命话语的束缚而对“五四”的价值定位较为谨慎，但他明确提出新文学是肇始于“五四”的，无论怎样都无法否认这一事实，“不把西洋文学作品当作‘闲书’来消遣而当作文学来研究学习，是始于‘五四’的”①。在《我们有什么遗产?》中虽则有失偏颇地认定到了文白之争的阶段“所谓‘新文学运动’者只是阉割了的废物”②，但毕竟肯定了“五四”新文学运动是一场“解放运动”。透过以上观点解析我们不难发现，茅盾在左联前期尚未能彻底摆脱极左思想的束缚，因而无法从根本上反思和批驳革命文学倡导者生硬割裂“五四”文学传统所带来的弊病，但毕竟肇示着茅盾自我意识的觉醒，自此开始以理性审视的态度来重新评价“五四”。值得一提的是，茅盾在经历过对于“五四”过度贬抑之后重新发掘其价值更显得弥足珍贵，在此后的评论文章越来越倾向于对“五四”进行正面的、积极的、肯定的评价。

左联后期茅盾不仅清醒地认识到革命话语刻意贬低“五四”话语所引发的流弊而加以重新检视和评判，借此来平复和扭转文坛久已存在的失衡状态，而且还进一步致力于“五四”文学及“五四”作家的经典化工作，重新估定“五四”作家为新文学发展所做出的卓越贡献。早在1927年茅盾就应时任《小说月报》主编叶圣陶之请创作完成《王鲁彦论》和《鲁迅论》两篇作家论，开始尝试着对“五四”以来的成名作家进行系统的研究总结，但这一工作因茅盾与太阳社、创造社间爆发了激烈的革命文学论争而一度中断。左联后期茅盾重新开启了作家论写作，先后发表《冰心论》《庐隐论》和《落花生论》等三篇文章，在他的示范带动下，穆木天、许杰、苏雪林等人还对徐志摩、周作人、沈从文、林语堂等其他“五四”作家进行了系统性研究，并于1936年以《作家论》之名交由文学出版社结集出版。

---

① 茅盾：《从“五四”说起》，《话匣子》，上海良友图书印刷公司，1934年，第165页。
② 茅盾：《我们有什么遗产?》，《茅盾全集》(20)，人民文学出版社，1990年，第55页。

1934年赵家璧在召集“五四”文化名人编纂《新文学大系》时，社会上正涌现着否定乃至背弃“五四”的潮流，因而《大系》的编定不仅仅是对“五四”时期文学活动的总结，同时也有着赋予“五四”合法性地位以及将“五四”文学经典化的关键作用，在编纂过程中得到了茅盾的鼎力支持和大力协作。茅盾身为“五四”时期文学批评的重镇，对于“五四”文学衍生的状况明了于心，因而在编选《新文学大系》时发挥了重要的作用，为发扬“五四”精神作出了重要贡献。作为“五四”文学的亲历者以及各自所取得的文学成就，使得茅盾、鲁迅、郑伯奇、周作人、郁达夫、朱自清、洪森、阿英（钱杏邨）等编选者有着极强的话语权威，经他们编选的作品也得到后世研究者的广泛认同，将这些作品认定为“五四”文学的经典之作。赵家璧在组织策划《中国新文学大系》的过程中离不开茅盾的影响、帮助和鼎力支持，在赵家璧初次就《中国新文学大系》编辑总体方案请教时，茅盾不但答复了他提出的问题，而且还为小说集、散文集怎样分工以及找哪几位编选者最为合适等细节问题给予明确指示，并由他本人亲自编选文学研究会成员的小说集也即《中国新文学大系·小说一集》，“是交齐选稿和导言的第一人”①。赵家璧对于茅盾为《中国新文学大系》的编选所起到的重要作用无疑是最为清楚不过的，他在回忆文章中明确说过：“这套《大系》的真正主编者，应当写上茅盾的大名。”② 包括茅盾亲自编选的《小说一集》在内的《中国新文学大系》自出版至今已经八十余年，但依然是研究“五四”作家作品的必备资料，不仅有助于纠正革命文学倡导之后变异“五四”文学所导致的失衡状态，而且也使得“五四”作家和“五四”文学开始走向经典化。

综上所述，身为经受“五四”洗礼逐渐成长为文坛巨擘的茅盾已然将“五四”精神融入到自己的血脉之中，虽然也在外界社会环境和政治形势迫压下不得不接受思想规训，但他始终坚守着“五四”精神，为延续“五四”传统做出了贡献。

［作者单位：河南师范大学文学院］

① 赵家璧：《编辑忆旧》，生活·读书·新知三联书店，1984年，第179页。
② 赵家璧：《文坛故旧录：编辑忆旧续集》，中华书局，2008年，第39页。

茅盾著译中的基督教人物形象到底是正面还是负面

□北　塔

【摘要】茅盾非常熟悉基督教题材，到了信手入文的程度。从20世纪20年代到40年代，他翻译、写作了大量基督教题材的作品。其中大部分作品，基督教人物的形象是正面、光辉、可敬的；但是，茅盾对基督教的看法或说法有一个历史发展和变化的过程。在20年代茅盾的著译中，基督教人物形象主要是负面的。那时，茅盾之所以非议基督教，是因为他曾经有过非常激进的反宗教思想倾向，这跟1922—1927年发生在京沪等地的“非基督教运动”合拍，也可看作他的共产党无神论信仰的政治表态。

【关键词】茅盾；基督教人物形象；反宗教；非基督教运动

一、茅盾著译中的基督教人物形象呈现前后矛盾性、颇多负面性

茅盾非常熟悉基督教题材，到了信手入文的程度。从20世纪20年代到40年代，他翻译、写作了大量基督教题材的作品。在其中大部分作品中，基督教人物的形象尤其是耶稣的形象都是正面的、光辉的、可敬的；张慧佳总结说：“茅盾笔下的基督教形象应时代所需而几经变更，从20年代翻译文学中突出克制己欲、博爱、宽容的基督精神，或是反抗、不屈于威权的精神；经30年代大胆重现耶稣形象，突出耶稣的救世魄力以及劝世精神；至40年代建构‘人’化的斗士、社会

家耶稣形象。”① 按照张慧佳的理解，无论在哪个阶段，虽然几经变更，但茅盾所塑造的基督形象或者说性格特征都是正面的，充满了值得我们提倡和效仿的美德，他高度肯定并挖掘基督教中合乎理性和人性的要素，为中国人的现代化人格建设提供动力资源；尤其是在艰苦卓绝的抗战时期，更值得在中国弘扬和推广所谓“基督精神”。

但是，笔者以为，茅盾对基督教的看法或说法，有一个历史发展和变化的过程，其间的具体事实情形并不像张慧佳所概括的那样只有一个方向。他笔下的基督教人物形象并不完全是正面的，甚至还有一定的反面性。在 20 世纪 20 年代，茅盾曾经把批判的矛头指向基督教。比如，1922 年 4 月 6 日，他在致张闻天的函中激进地说：“细数起来，基督教在世间造下的罪恶多极了，却不见有一点好处。”

就在这同一封信中，茅盾以当时欧洲几位大名鼎鼎的知识分子的言论为例子，细数了基督教的罪恶。他说：

> 现在的教会和资本主义及军国主义狼狈为奸的地方，随处可见，罗曼·罗兰（Romain Rolland）底剧本“Liluli”上，写这一点，最是痛快。罗兰深恨战争，但是近代的教会却无处不煽扬战争，教会的人，嘴里说“爱和平”，实际天天散播战争的种子。这是罗兰反对教会的一个理由。罗兰又是酷爱真理的，他在“Jean Christophe”里描写的理想人物就是酷爱真理的；但是近代的教会的人，嘴里说“真理”，实际天天遮掩真理。“Liluli”上描写“真理”被教会里人缠住了手脚，堵住了嘴，遮掩了面目，却又把这个被修改过的“真理”抬得很高，号召群众，说这是真理，真理在我们这里，我们是宣布真理的！假冒真理愚弄众人，是罗兰反对教会的又一理由。罗兰又极恨现在的教会里人善于适应——不如说是偷换——环境。每逢一种新思想初起，教会第一必猛力反对，但是后来一看新思想底势力太大了，便又顺水推船地偷用起来，把新思想的话头附和他们那《圣经》的话头里去，扬扬然自得地

① 张慧佳：《茅盾爱国主义思想与基督教形象建构方式论》，《石家庄学院学报》2015 年第 1 期。

说，这倒本来是我们有的……（引者略）这是罗兰反对教会的第三个理由；因为现在的教会是作恶的、欺诈的、商贾似的东西。

以上是罗曼·罗兰底话，也就是他对于现代教会的观察；但是以我所见，证之以罗兰底话，觉得他底话千真万确。近代思想自由的西洋名人，尤其是文学家，几乎没有一个不反对教会；法朗士描写的牧师，简直是灰色的毒虫。托尔斯泰底人格，有良心的应该钦仰的，然而教会恨他，因为他反对现在的教会。①

在此信中，茅盾用来反对基督教的道理和事实，主要有五条，其中前三条来自罗曼·罗兰，即罗曼·罗兰在剧本《丽露丽》中所表达的反对（现代）教会的三大理由。

1. “罗兰深恨战争，但是近代的教会却无处不煽扬战争，教会的人，嘴里说‘爱和平’，实际天天散播战争的种子。”罗曼·罗兰曾旗帜鲜明地反对两次世界大战，他因为痛恨战争，而痛恨假装和平但实际好战的基督教。基督教也确实有挑起战端的前科，从公元1095年至1270年，这将近长达两百年的时间里，搞了八次十字军东征。真可谓穷兵黩武。

可能正是因此，有人对非宗教运动有所忌惮，生怕引起战争。别有用心者则利用人们害怕战争的心态进行挑拨，威胁人们不要反对宗教。这就是茅盾在信的最后说的“现在借口于宗教战争而施弄挑拨手段的教徒”。对此，张闻天在《非宗教运动杂谭》一文中予以专门论述。首先，他说，所谓宗教战争，是指发生在宗教与宗教之间的战争；宗教与宗教之间是比较容易发生战争的，因为“宗教的信仰，是冲动的，感情的，盲目的，彼底排他性非常之强，其危险如炸弹一样”。其次，他说，非宗教运动并不是以一种宗教反对另一种宗教，而是以理性反对冲动；“唯其所申诉的是理知，所以其目的是在达到真理，不在排斥异类。唯其不在排斥，所以不会引起像从前一样的宗教战争”。最后，他说，万一真的引起了战争，那么，运动的参与者也不会回避和害怕，因为那是“为了真理而引起的一种战争”。

---

① 茅盾：《茅盾全集》（书信一集），人民文学出版社，1997年，第55页。

2. 罗曼·罗兰酷爱真理，而教会不仅遮掩真理，甚至伪造真理。他没有像张闻天一样主张为了真理不惜引起对宗教的战争，但他也“是酷爱真理的”。诺贝尔奖评委会的授奖词中就有对他热爱真理的表彰：“为了向他的文学著作中体现出的崇高理想主义，以及他对真理的热爱和对人类的同情；以这种爱和同情，他描写了种种不同类型的人物。”比如，茅盾在信中提到的“Jean Christophe”，指的是罗曼·罗兰的同名皇皇巨著《约翰·克里斯托夫》，主人公克里斯托夫为人爽直真诚，富于正义感，认为艺术家为了表现生活的美好理想，应当向社会上虚伪轻浮的消极势力展开不妥协的斗争。因此，茅盾评价说克里斯托夫是酷爱真理的人物。

“但是近代的教会的人，嘴里说‘真理’，实际天天遮掩真理。”更有甚者，教会还往往以假乱真，把谬误打扮成真理，迷惑欺骗愚弄大众。教会的人总是自以为或者宣称自己是先知，比大众先行掌握真理，然后要大众没有任何条件地去相信乃至践行他们所说的真理。而罗曼·罗兰强调每个人都要通过自己的努力，去获取真理。他说：“经过自己的尽力即便知道一半真理，也比随声附和地知道悉数真理要好得多。”因此，他深恶教会。

3. “罗兰又极恨现在的教会里人善于适应——不如说是偷换——环境。”“善于适应”本来是个褒义词组，但茅盾在这里说的是反话，是因为教会里人的所谓“适应”实际上是“偷换”，或者说是“妥协”，或者说“投机”。“每逢一种新思想初起，教会第一必猛力反对，但是后来一看新思想底势力太大了，便又顺水推船地偷用起来。”教会有势利的一面，谁的腿粗，他们就抱谁的，就跟谁走，甘愿仰人鼻息，为其服务。近代以来，欧洲新兴势力最大的，茅盾说的是“商贾似的东西”，而张闻天说得更加直白：“这新势力和资本主义有密切的关系”“彼所鼓吹是金钱万能和伪道德。”（《非宗教运动杂谈》）① 笔者以为，张闻天此处所说的“伪道德”指的是，某些教会人士自命清高，实际上铜臭气十足。

以上说的是教会像变色龙一样适应环境，尤其是拜金主义的观念环境。教会

① 张闻天：《张闻天早期文集（1919.7—1925.6）》，中共党史出版社，1999年，第156页。

同时还想方设法让社会上兴起的新思想牵强附会地去适应古老的《圣经》。茅盾说他们善于“把新思想的话头附和他们那《圣经》的话头里去”。他们以此证明上帝无所不知，《圣经》无所不包，而且《圣经》所说的都是真理，所含的真理又都是永恒的。比如，近代科学的许多新知往往被他们利用，来证明《圣经》里的种种荒唐的传说是事实。好像基督教不仅能与科学相容不悖，而且科学是内涵于教条的，是教条所衍生出来的，因此科学有助于他们加强信仰。这种逻辑和论调委实迷惑过许多外人，包括科学界的人；到后来，有些科学家都在教会面前，甘愿被矮化、工具化，以至于助纣为虐。结果正如张闻天所愤愤而言的：“科学不过是一种为恶者的工具，不但不足以造福人类，并且为人类幸福之大敌。”（《非宗教运动杂谭》）也就是说，我们并不能一提倡科学，就动摇宗教的根基，宗教的大厦并不会就此自动倒塌；恰恰相反，在科学与宗教的较量中，最终被招安的是科学，宗教只不过是伪装出一副科学的面目而已，其实质依然故我。这是张闻天在 20 世纪 20 年代初对科学的社会角色的一种比较深沉的警惕和深刻的反思。

除了援引罗兰反对现代教会的以上三个理由，茅盾还找了另外两个理由。

4. 法朗士之反对教会。“法朗士描写的牧师，简直是灰色的毒虫。”茅盾这里所说的“法朗士描写的牧师”可能指的是法朗士的反基督教杰作《苔依丝》里的牧师形象。《苔依丝》是根据他早年发表的诗歌《圣女苔依丝的传说》改写成的小说，描写牧师先是感召贵族子弟巴福尼斯皈依基督教，欺骗后者说只要他皈依了，就会洗尽凡尘杂念，摆脱正在折磨他的爱情的苦恼。巴福尼斯到尼罗河畔的沙漠里苦修了 10 年。但是，他仍旧忘不了美貌放荡的女演员苔依丝，赶到亚历山大城去找她。牧师又跟他说，苔依丝长期浸淫于世俗快乐的罪恶深渊，灵魂已经堕落，需要拯救，于是巴福尼斯忍痛割爱，又把苔依丝送进了女修道院，自己则回到沙漠。可是，巴福尼斯之后还是一直坐卧不宁。最后，牧师所说的堕落者苔依丝死后升入了天堂，而拯救者巴福尼斯却被打入了地狱。这个牧师形象的确如同“灰色的毒虫”，自己过着无趣枯燥的“灰色”生活，而且还像“毒虫”一样去毒害别人，禁锢别人正常的快乐追求。这部书引起了教会的猛烈抨击，导致后来法朗士的所有作品都被罗马教廷列为禁书。法朗士遂与罗马教廷势不两立。

5. 托尔斯泰之反对教会。茅盾说："托尔斯泰底人格，有良心的应该钦仰的，然而教会恨他，因为他反对现在的教会。"托尔斯泰虔信宗教，尤其信仰上帝。但是，他发现，信仰宗教和相信教会是两回事。19 世纪 80 年代，托尔斯泰思想发生激烈变化。一方面，他的宗教情感更加强烈笃诚；另一方面，他对教会的厌恶和反对更加暴烈。他写了多本关于宗教的小册子，例如：《我的宗教——我的信仰何在》《我们应该做什么》《宗教与道德》《宗教为何》《理性与宗教》《天堂就在你的心中》《对神的察考》等。他之所以要集中写这么多宗教论文，或者说，他这些论文所要表达的核心思想是：跟罗曼·罗兰一样，他也要经过自己的努力去获得信仰。他说："我必须通过头脑领悟我将要信奉的东西。""要信仰我们觉得是欺骗的东西——则不可能。"① 他这里所说"欺骗的东西"指的是东正教，更具体地说是俄国主教公会。他"把东正教会所宣传的教义和四福音书相比较，发现四福音书最重要的博爱的教义和诫命中的精神都被东正教会有意忽略了"。

托尔斯泰对教会的强烈不满导致了教徒们对他的不满。他们公开威胁他说："你对基督教的想法是错误的，所以我们要将你开除，在你死后，也不可能得到本教的葬礼祝福。"1901 年 2 月 22 日，主教公会真的革除了托尔斯泰的教籍。对此，托翁做出了针锋相对的反应。3 月 24 日，他写道："我相信上帝。我把他当作精神、爱和万物的起源。我相信：上帝在我心中，我也在上帝的心中。我也相信：上帝的意志再没有比在基督这个人的教义中表现得更清楚的了。但我认为，把基督当作上帝并向他祈祷是犯了最严重的亵渎罪。"他相信上帝，但不同意把所谓上帝的独生子当作上帝；他认为，杜撰这一自欺欺人学说的教会"犯了最严重的亵渎罪"。

张慧佳之所以以偏概全，可能是因为她在论证的过程中，没有全面地去阅读并把握她所用来论证的茅盾的著译。关于茅盾 20 世纪 20 年代有关基督教题材的译介，张慧佳在文章中首先概括说："在茅盾 20 世纪 20 年代译介的相关短篇小说和剧本中，我们看到的是基督精神于人的品格建立之重要。"也就是说，她认为，

---

① 1901 年 3 月 24 致堂姑亚历山德拉·安德烈耶夫娜的信。

在那些译介中，基督精神是可贵可敬的，所以对于我们中国人的品格塑造具有非常重要的榜样作用。接下来，她具体举例分析说："因为信仰，《拉比阿契巴的诱惑》中的拉比阿契巴沉醉于钻研圣书，坚持苦守禁欲主义，以修养自我、教导他人；《美尼》中的女尼海特威敢于战时冒着性命和名誉受到侵犯的威胁守护礼拜堂中圣母像前的长明灯，不恃凌辱，以坚定的眼神对抗凶残的士兵；因为信念，《却绮》中的亚美尼亚人更是无惧于自然界诅咒般地威胁以及异族的欺凌，为了同族得以生存，勇于挑战命运，向克尔支人发起挑战。在他们看来，教义犹如'生命之真正的泉源'，可启人生虔诚之心、向善之心、坚忍之心，亦可启人生斗争之勇气，使得弱者变身英雄，成为'自己支配自己命运的伟人'。"

那么，在张慧佳所列举的这三部作品中的基督教人物形象果真都是正面的吗？

我们先来看她所列举的第一个证据。《拉比阿契巴的诱惑》是新犹太作家宾斯奇著的训诫式短篇小说，小说分为前后两个部分，分别描绘主人公拉比阿契巴所受到的两次美色诱惑以及他的反应。第一次，他来到一个地方，按照那个地方的奇异风俗，当地的长官派了两个年轻貌美的姑娘来伺候他，两个娇娃使出浑身解数诱惑他；但是拉比阿契巴"坐在她们中间——不睬。一个全夜，不朝这个看，也不朝那个看"。这次他的确"克胜莫大的诱惑了，——而且充满了对于上帝的感谢，因为上帝把如此可惊的毅力给了他的心"。他把这次胜利归功于上帝，归功于自己对上帝的信仰。

第二次，阿契巴来到一个野外处所，遇到"一个出奇美丽的裸露女郎在一枝棕树的顶巅"。那女郎诱惑他说："脱下你的衣服；无论如何，你到了上面，衣服是用不着的。使你身体轻些，用出你如今苏生的青年之力，爬上来到我……"当时，阿契巴已经是闻名遐迩的拉比，已经拥有了来自许多地方的超过12000名信徒；但在这位如同幻象一般的神秘女郎面前，他鬼使神差，不顾自己的形象，一把老骨头变得轻狂起来。他"被迷惑而且狂乱了，躁急鞭策着他，能怎样快就怎样快的就脱了衣服"，"抱住了棕树干，开始向上爬。""他也不顾他的皮肤被树干的糙皮擦破而且流血染遍了全身。"很显然，阿契巴没有能抵制这第二次诱惑。

之所以如此，可能是因为这次跟第一次的情形不同。第一次诱惑他的两个女郎如同职业性工作者，他认为她们不洁；当那位长官问他为何不接受她们的热情服务时，他答道："她们未到我处时，一定先已吃过什么不干净的东西，所以她们身上放出来的气味是那样的腥膻臭秽。"更重要的是，那两位女郎是长官派来的，那长官是知情者，而且是掌控者。也就是说，那两位女郎后面是有一双眼睛的，这使得他不自在，也放不开。那两位女郎和那长官一起，组成了一个社会化的环境；尽管那个地方的风俗奇异，但毕竟那算得上是个文明社会，或至少是半文明社会。拉比是所谓"文明社会"中的宗教伦理的导师，当然要强力压抑自己的本性。而第二次，虽然色诱本身跟第一次一样；但诸多相关因素都发生了变化，那个棕树女郎似乎不是现实生活中的，因而似乎也没有受到世俗情欲的污染，她的诱惑好像是出于本真的自然。当时，只有阿契巴和她两个人，没有有形的监视。而且是在大自然的环境下，春光暧昧，更容易激发人的本性的爆发。

不过，棕树女郎的诱惑最终也是未遂，当阿契巴"爬到棕树的半身，忽然他回到他自己了"。这一未遂的举动，从律法层面上说，阿契巴似乎抵制住了诱惑；但从宗教伦理角度说，他是失败了。

可以看出，宾斯奇是用对比手法来写这篇小说的，而且是以第二次的失败来否定第一次的成功，以结尾来反衬开头。小说的结尾说阿契巴"觉得羞愧而卑贱。而且他方想到从此以后他不能讥笑那些做下淫罪的人们了"。而开头是这么写阿契巴的："他整日整夜钻头在圣书里"，"并且教人怎样修养精神"。这也就是张慧佳对这部小说的概括，"阿契巴沉醉于钻研圣书，坚持苦守禁欲主义，以修养自我、教导他人"①。

我怀疑张慧佳只是读了小说的开头，所以她对这篇小说的主旨的概括几乎跟作者的用意正好相反。《拉比阿契巴的诱惑》这个论据，对于她的论点"我们看到的是基督精神于人的品格建立之重要"起不到论证的作用，更准确地说，起到的是反作用。

---

① 茅盾：《茅盾译文全集》（小说二集），知识产权出版社，2013年，第1—8页。

我们再来看张慧佳对《却绮》的评价是否符合实际。作品主人公、亚美尼亚人却绮确实“无惧于自然界诅咒般的威胁以及异族的欺凌，为了同族得以生存，勇于挑战命运，向克尔支人发起挑战”。他手无寸铁，却反杀了全副武装的克尔支人。“可怜的下贱的却绮现在变为英雄了。他是自己支配自己命运的伟人。他玩命运于手掌之上。”按照张慧佳的说法，却绮这种勇敢、沉稳、坚毅、机智的品格来自基督教的教义。她说：“在他们看来，教义犹如‘生命之真正的泉源’，可启人生虔诚之心、向善之心、坚忍之心，亦可启人生斗争之勇气，使得弱者变身英雄，成为‘自己支配自己命运的伟人’。”事实真的如此吗？小说中只有一处提到宗教（没有具体到基督教，作者的用意应该是指所有的宗教）：“还有教堂里的领袖——不问他宣讲些什么——归结总落到命运两字。”这位宗教领袖跟掌握财富的密列支和掌握权力的村长一样，没什么超越性的力量，“大家都是屈伏于这个威权甚重的命运之下的”①。“教义犹如”云云是张慧佳牵强附会、自己平添的，作品中没有说这一点；作者要告诉我们的恰恰相反，教义不仅没有教人抗争，反而教人屈从。那真正让却绮战胜命运的是来自山野的生命意志本身，而这正是基督教教义所反对的和力图压制的。

因此，跟《拉比阿契巴的诱惑》一样，张慧佳所列举的第二条证据《却绮》也不能让“我们看到的是基督精神于人的品格建立之重要”。

那么，张慧佳所列举的第三条证据《美尼》中的基督徒形象又是如何呢？

这部独幕剧塑造了一个年轻貌美而又坚强勇敢的修女形象。在敌军士兵闯入教堂之际，修女海特威是有理由而且有机会逃离的，而且修道院主持也劝她离开；但她主动请愿，冒着被凌辱的危险，守护礼拜堂中圣母像前的长明灯；因为她虔信圣母，也坚信自己的美貌。她甚至天真地认为，美貌也是宗教。基督徒是不会亵渎这两种神圣的。她对那个步步紧逼的士兵说：“你总允许我继续礼拜圣母，念祷告吧。你，也是基督徒罢。”那士兵的确是基督徒，刚进教堂时他还下意识地做了一下祷告的动作。但他对基督教对圣母已经没有虔敬之心，而是用枪打

① 茅盾：《茅盾译文全集》（小说二集），知识产权出版社，2013 年，第 18 页。

灭了长明灯，从而剥夺了修女海特威所要守护的职责的基础。最后，海特威自然没能逃脱那两个士兵的魔掌。

就《美尼》这部作品所塑造的基督徒形象而言，实际上有三类。

一是修女海特威的形象，她的信仰是无条件的，不会因为任何情况而减弱或丧失。这是一个坚定、勇敢、镇静的正面基督徒形象。当然，有点天真，以为别人会跟她一样笃信；当士兵打灭了长明灯，她的信念也还是没有熄灭，还在坚持说："我会另找一个灯，燃着了，替你们祷求上帝恕罪。"

二是两个侵略士兵的形象。他们不仅侵略别国的国土，还侵犯无辜的少女，最不可饶恕的是他们直接粗暴地亵渎了神灵，打灭了作为基督教信仰象征之一的圣母像前的长明灯，还在教堂这样的神圣之地强暴修女；可谓是犯下了不可饶恕的罪行。可以说，他们俩代表的是基督徒的恶的形象。

三是另外三个修女的形象。一个老尼姑，一个丑尼姑，还有一个是主持尼姑。她们都因为害怕被侵略士兵欺负而选择逃离，其实，就被凌辱的威胁程度而言，她们都没法跟"美尼"相比——谁喜欢老女人和丑女人啊?

那老尼为自己的逃离进行辩护的理由是："但是想起野蛮敌人那样的完全无法无天，谁又料得到?他不认识上帝，也不认识圣母，而且他也不顾年纪老不老。我活了这么多的年纪，犯不着再受罪恶的淫污了。"她倒是看透了侵略士兵的没有神性和人性，只有兽性。

丑尼姑丑得恐怕她自己在镜子里见到自己的脸都会晕倒、恶心得"吃不下一片面包"。但她为自己的逃离进行辩护的理由是："美貌往往仅是一种'口味'罢了。你知道敌人兵士的'口味'怎样?"她的逻辑或者说逻辑前提与老尼的类似：侵略者一旦兽性发作，才不管对象的相貌丑不丑呢!

主持尼为自己的逃离进行辩护的理由是："如果我没有引导众姊妹们到平安地的责任，可以独留在这里。"① 这个理由非常堂皇，她考虑的不是一己之安危，而是要负担起她作为主持的保护所有尼姑安全的责任。

---

① 茅盾：《茅盾译文全集》（剧本一集），知识产权出版社，2013年，第258页。

这三个尼姑各有各的逃离的理由，不管她们的理由是否正当或堂皇，就虔诚信教的精神和勇敢护教的人格而言，她们无法与美尼相提并论。她们的基督徒形象谈不上正面还是负面。而她们心目中和语言中的那三个基督教士兵的形象则完全是十恶不赦的。

综上所述，戏剧《美尼》所塑造的基督教人物形象并不全都体现基督教的美德和精神，并不全都能作为其他人效仿的榜样；且不说那三个在危险面前选择逃离的尼姑是多么平庸和怯懦，那两个渎神又害人的士兵则是我们所要鞭挞的形象。

也因此，张慧佳所列举的第三条证据《美尼》中的基督徒形象也不能完全有助于论证她的观点："我们看到的是基督精神于人的品格建立之重要。"

至少就茅盾20世纪20年代有关基督教题材的译介材料来说，他所要表现的基督教人物形象既有正面的，也有负面的，以负面的为主（以拉比阿契巴形象的两面性为代表）。这跟他给张闻天的那封信中他所咒骂的基督教形象比较一致。

二、特殊氛围里配合党团组织的政治表态

从某种程度上可以说，茅盾所表达的对基督教的敌视和厌恶是特殊氛围里配合党团组织的表态。

我们先来看茅盾发表这些译作的具体日期及其与写给张闻天这封信之间的关系。

《美尼》（[犹太]宾斯奇著）发表于1921年8月10日（《小说月报》第12卷第8号），署笔名"冬芬"，比写作此信的时间（1922年4月6日）早8个月。

《拉比阿契巴的诱惑》（[犹太]宾斯奇著）发表于1922年1月10日（《小说月报》第13卷第1号），署笔名"希真"，比写作此信的时间（4月6日）早仅仅3个月。

《却绮》（[亚美尼亚]阿洛宁著）发表于1922年9月10日（《小说月报》第13卷第9号），署笔名"希真"，比写作此信的时间晚5个月。

在这三篇作品中，《拉比阿契巴的诱惑》的翻译离写作此信的时间最近，因此拉比阿契巴由成功而失败的宗教伦理形象对写信时的茅盾影响最大。

正是因为这些译作与这封信在时间上比较接近，因此它们中所表现出来的反基督教倾向是一致的，只不过，信中表达得更加强烈、尖锐、直率且情绪化一些，这也跟那个时候正值运动进行之中的时代氛围有关，所谓“文变染乎世情”也。

然而，话说回来，茅盾对基督教的微词和否定主要表现于他 20 世纪 20 年代的著译。到了 30 年代和 40 年代，他在作品中所塑造的耶稣形象，则确实如张慧佳所分析和概括的，具有多得多的正面意义。正是因此，笔者以为，“茅盾笔下的基督教形象应时代所需而几经变更”之真正的大变更出现在 20 世纪 20 年代和后面年代之间，前面阶段以负面形象为主，后面阶段以正面形象为主。

那么，茅盾在这封给张闻天的信中到底为何要对基督教表现出如何深恶痛绝的态度?

笔者的答案是：茅盾这么说，固然有其思想深处的真实的一面，但同时也具有一定程度的政治表态性质。

众所周知，1922 年 3 月发生在上海的“非基督教运动”是由中国社会主义青年团组织的“非基督教学生同盟”发起的。其后面的指导者或者说领导者是刚刚成立不久的中国共产党。

早在 1921 年初，茅盾就参加了上海共产主义小组。同年 7 月，中国共产党成立，茅盾就由上海共产主义小组成员转为正式党员。他不仅自己参加共产党，还在 1921 年 4 月，介绍他的弟弟沈泽民参加了上海共产主义小组，使得沈泽民成为中国共产党正式成立前最早的 50 名党员之一。茅盾自己尽管没有加入中国社会主义青年团，但沈泽民早在 1922 年 1 月就出席了中国社会主义青年团第一次全国代表大会，并当选为团中央委员，参与了团中央领导工作。可以说，茅盾是非常熟悉并且非常支持中国社会主义青年团的工作的。“非基督教运动”既然是由中国社会主义青年团发起的，并且后面还有中国共产党的作用，可以说中国共产党暨中国社会主义青年团成立不久发动的第一次范围广、影响深的政治思想运动，他作为党员，作为其中的领导者之一沈泽民的哥哥，理所当然、义不容辞要公开表态予以加持。

那时，张闻天虽然还没有加入这两个组织（1925 年才加入中共），但他早在 1919 年就参加了五四运动，1919 年 8 月 19 日至 21 日在《南京学生联合会日刊》第 50 号至 52 号上发表《社会问题》一文，此文摘译了《共产党宣言》第二章中的十条纲领，突出地宣传了共产主义理想。有专家认为："张闻天的全文摘录'十条纲领'是中国早期介绍《共产党宣言》的重要文献之一。"① 可以说，张闻天是中国最早的马克思主义学者之一，那时他对适才成立的中共是完全理解和支持的，这其中包括为"非基督教运动"呐喊助威。再说，茅盾此信不是私信，而是写的时候就做好了发表的准备，写出来后第二天就刊载在了当时重要的进步舆论阵地《民国日报·觉悟》。因此，笔者以为，从某种程度上，我们可以把这封信看作是茅盾对领导这场运动的两个组织的一个表示共同作战的决心。

［作者单位：中国现代文学馆］

① 程中原：《张闻天在中共党史上的十大贡献》，《北京日报》2011 年 2 月 15 日。

否定茅盾思潮批判

□欧家斤

【摘要】 20世纪80年代末，由《上海文论》率先开辟专栏，掀起“重写文学史”的热潮，茅盾、丁玲等革命作家的一些名著在“重读”“重写”的旗帜下遭到前所未有的贬抑和否定。贬低茅盾的现象是不得人心的，许多著名作家、现代文学研究学者都撰文批驳贬低茅盾和代表作《子夜》的现象，高度肯定茅盾的作品起到引领中国新文化和新文学发展的巨大作用。本文从反对历史虚无主义角度出发，对片面的错误的观点进行批驳，跳出现代文学和茅盾研究的圈子，在更大的范围内审视否定茅盾思潮的由来。同时，本文从多方面加强对茅盾的研究，尤其针对否定茅盾创作特色的观点给予剖析，总结归纳其创作特色，夯实茅盾的文学地位。

【关键词】 历史虚无主义；重写文学史；茅盾研究

由现象到本质、由特殊本质到共同本质、由初级本质到更深刻的本质、由感性到理性的飞跃。这是人类认识由浅入深、不断深化的辩证过程。同理，笔者对重写文学史、重排文学大师时出现贬低茅盾、排斥茅盾的现象进行梳理，力争探究其深层次原因。茅盾研究界的先行者冒着卷入文坛纠葛的风险，从根源上对贬低和否定茅盾及《子夜》等作品现象进行了针锋相对的批驳。捍卫茅盾文学地位需要从多方面加强研究，尤其针对否定茅盾创作特色的观点给予剖析，总结归纳出茅盾的创作特色，夯实茅盾的文学地位。

一、旧事重提　反思不足

20世纪80年代末，由《上海文论》率先开辟专栏，掀起“重写文学史”的热潮；尔后，北京的一些刊物与之呼应。这样，由南而北，茅盾、丁玲等作家的一些名著在“重读”“重写”的旗帜下遭到前所未有的贬抑和否定。对茅盾及其扛鼎之作《子夜》的否定尤力，《上海文论》竟破例在同时发表两篇长文提出否定意见。他们重评的依据，并非是“深入运用各种不同的方法，尤其是审美的分析方法”；相反，茅盾等作家和作品之被批判的原因，几乎无一例外地被认定为作品与当时的政治主题之间关系的过分密切。

受“重写文学史”思潮的影响，稍后王一川等主编的《20世纪中国文学大师文库》(以下简称《文库》)重新排名文学大师，竟然把茅盾等除名。在该《文库》总序中王一川表示：“20世纪中国经历了从政治制度、经济组织到文化价值体系的全方位革命性震荡，文学常常成为各种力量纠结争夺的对象。”①

谁是20世纪中国文学大师？现有的文学史已经为20世纪的文学大师排定了座次，然而，这是一种非文明的序列排定。“现在，我们决定用审美的标准重新阐释文学史，在20世纪中国文学的广阔背景上排定大师序列。”② 关于大师级的文本确认，“我们认为至少它应具备下述四种品质”：首先，语言上的独特创造；其次，文体上的卓越建树；再次，表现上的杰出成就；最后，形而上意味的独特建构。四种品质，唯独缺乏最重要的生活内容。为此，笔者不禁要发出这样的疑问：如果这样评定，作品岂不成了无源之水、无本之木？

历史进入21世纪，杨庆祥对20世纪80年代“重写文学史”思潮进行研究，采访了当事人之一的王晓明。王晓明细致回忆了“重写文学史”过程，并坦率反思了其中的不足。笔者择其访谈与茅盾相关的几个要点归纳如下：

---

① 王一川：《20世纪中国文学大师文库》，海南出版社，1994年，第2页。
② 王一川：《20世纪中国文学大师文库》，海南出版社，1994年，第3页。

1. 否定“左”倾文学。杨庆祥认为“重写文学史”实际上是一系列激进的思想的一个延续，有一个彻底否定“左”倾文学的趋势。王晓明对此进行肯定，并解释了当时“重写”的目的：“因为当时‘重写文学史’就是要否定原来的文学史。我记得蓝棣之谈《子夜》的文章就跟当时通行的讲法完全不一样。”①

2. “审美原则”与功利性关系。杨庆祥问，专栏里面的很多文章，总是从“功利”和“非功利”这两个二元对立的角度去分析文学作品的。王晓明回忆说：当时这个“功利”的意思，就是指文学艺术成为宣传机器和宣传工具。以当时我们的认识水平，我们首先想到的是审美。所以在80年代，审美、纯文学是有强烈的政治含义的，是政治概念。

3.《子夜》评价问题。杨庆祥介绍说，在1982—1983年间，唐弢和王瑶针对贬低茅盾的现象提出不同的意见，说把茅盾的《子夜》说得地位这么低，把张爱玲抬出来打茅盾、压茅盾，无非就是要贬低“左翼文学”的地位。“那么你们当时是不是也有这个想法在里面？”王晓明承认有这个想法。杨庆祥表示自己读《子夜》，觉得写得很好的，并不是像蓝棣之、汪晖他们说得那么糟糕。

4. 批判经典作家目的何在？杨庆祥问，“重写文学史”专栏里面对“经典作家”批评得非常厉害，“鲁郭茅巴老曹”里面除了鲁迅、巴金，其他的都被批判了。这么做的目的是不是要重构一个经典谱系？王晓明回答：当时没有很明确要重构经典谱系这个想法。但是肯定是有一个想法，就是批评原来的那个经典谱系，这个很明显。“当时我们对于‘革命文学’和‘左翼文学’非常不喜欢，这也应该说是一个成见，带着这个成见去理解那些革命的文学，你是不会喜欢的。因为我们对‘文革’的记忆太坏了，所以我们不喜欢这个东西。”

5. 作品是否需要丰富的内容？杨庆祥说，今天你们开会要提到鲁迅、茅盾。为什么呢？因为他们的文本很丰富，和很多问题相关。它不仅仅是文学的文本，而且是一个社会的文本，是个政治经济学的文本。所以可能在过了一百年以后，我们还要谈到它。但是如果仅仅是一个就文学而文学的东西，那么可能很快就会

---

① 王晓明、杨庆祥：《历史视野中的“重写文学史”》，《南方文坛》2009年第3期。

失效。王晓明也赞同："这个你说得很好。你看全世界其他国家（美国是例外），每当出现什么重大问题，你总能听到作家的声音，这些作家的声音还不一样。一方面是作家的声音自己不一样，另一方面作家的声音一定是跟别的方面的人是不一样的。就是说文学有自己对这些问题的看法。作家对当代中国当代问题没有声音，说不出有意思的话来，那是文学最致命的问题。这个可能跟80年代以来形成的一个文学的基本传统有关系。这个传统其实就是尽量地把人抽象化，非社会化。这个东西在当时有它的对抗性，因为当时的社会化和具体化是被教条所覆盖的，所以要从这里逃出来。但是其实应该是逃出来以后重新回去创造不同的社会化，不同的历史化，而不是这样一直抽象化。80年代以来所形成的整个的文学的风气、氛围有比较大的缺失。如果从这方面来讲，我觉得80年代的'重写文学史'也有它的短处。"

6. 评价茅盾的整体特色。杨庆祥认为，"重写文学史"中把茅盾、郭沫若等等都否定了，这是很有问题的，是片面地强调审美，强调怎么写。与此同时又树立了一批新的经典，比如说张爱玲成了一个不可动摇的经典。"我比较尊重自己的阅读感受，我就觉得《子夜》是很不错的，它里面有很大气的东西。"① 王晓明对茅盾作品的宏观性也无法否认，称赞"茅盾是一个很有才华的作家，但他的小说写得不够好。但他是个大才，他的才比巴金大"②。杨庆祥认为茅盾的作品比较粗糙，但认为当下的作家不要怕粗糙。现在当下的作家写东西，很多人写得很精致，很好看。王晓明补充批评：但它就是小。杨庆祥说："一看就是气不足。我觉得写小说应该有气场。你要把这个气场把握住，有一个大的眼光在里面。要不然我们为什么要去读小说呢？做什么事情都可以。"王晓明表示赞同："是的。"③

从关注作品需要丰富的现实生活、思想内容和显得有大气角度来看，茅盾是现代作家的杰出代表。由此可见，王晓明的反思实质上是承认当年"重写"的不足。

---

① 王晓明、杨庆祥：《历史视野中的"重写文学史"》，《南方文坛》2009年第3期。
② 王晓明、杨庆祥：《历史视野中的"重写文学史"》，《南方文坛》2009年第3期。
③ 王晓明、杨庆祥：《历史视野中的"重写文学史"》，《南方文坛》2009年第3期。

二、众星拱月　实至名归

贬低茅盾的现象是不得人心的，如杨庆祥在文章中介绍，在1982—1983年间，现代文学学科奠基人王瑶等针对贬低茅盾的现象提出不同的意见。后来许多著名作家、现代文学研究学者都撰文批驳贬低茅盾和代表作《子夜》的现象，高度肯定茅盾的人品、作品起到引领中国新文化和新文学发展的巨大作用。

如在茅盾诞辰百年之际，万树玉和李岫主编的《茅盾和我》，收录了许多文坛名流缅怀和高度评价茅盾为20世纪及更远的将来所留下的丰功伟绩①。

巴金推崇茅盾倡导的“为人生”的现实主义道路：“我十几岁就读他写的文学论文和翻译的文学作品，三十年代又喜欢读他那些评论作家和作品的文章。那些年他站在鲁迅先生身边用笔进行战斗，用作品教育青年。我还记得1932年他的长篇小说《子夜》出版时的盛况，那是《阿Q正传》以后我国现代文学的又一伟大胜利。那个时期他还接连发表了像《林家铺子》《春蚕》那样的现实主义短篇杰作。我国现代文学始终沿着‘为人生’的现实主义道路成长、发展，少不了他几十年的心血。他是我们那一代作家的代表和榜样，他为祖国和人民留下了不少宝贵财富，他不应该有遗憾。”曹禺评价茅盾的人品：“我重读了茅盾先生的《回忆录》。他终生那样严肃精深地追求共产主义理想。他勤奋一生，持重、公允。他的文章言论都充溢着坚定的信念和力量，我深深地崇敬他。”姚雪垠特别强调茅盾的战士与作家身份：“我从第一代和第二代众多作家考察，看出来凡是有突出成就的作家，都是热情关心政治的人。我称之为‘战士兼作家’。关心政治，就是对人民和社会具有责任感，对祖国历史进程具有责任感。”“茅盾逝世后，特别是近十几年来，有些人企图贬低茅盾，从而贬低‘五四’和30年代中国新文学的光辉传统，以便向当代西方资本主义国家某些文学流派投降。这些人的理论修养之

① 万树玉、李岫主编：《茅盾和我》，中国广播电视出版社，1996年。

低，不仅不能理解中国现代文学的发展历史，也不懂茅盾对中国新文学的重大贡献。”① 阮章竞说：“生活在内忧外患的旧中国，许多青年都感激那个时代为民族自由解放而呐喊的作家。他们的许多作品，成为许多青年走上革命行列的一声晨笛。茅盾先生就是最受青年敬仰的作家中的一位。”于黑丁评论重排文学大师：“我感到惊奇的是，曾经写过《子夜》的著名作家竟被排斥在这个名单之外，显然可以看出主编者用意是在摆脱政治，以追求商业化为目的。不要用偏颇和成见给文学艺术下赌注。茅盾的一生，是勤勤恳恳的一生，光辉奋进的一生。”② 陈沂说：“今年是茅盾诞辰一百周年的纪念日子，时下却在一些地方、一些人中淡化茅盾、否定茅盾，甚至在排名中国的文学大师时竟把茅盾排除在外。这使我想起我国著名作家、不屈的爱国者郁达夫讲的几句话：‘没有伟大人物出现的民族，是世界上最可怜的生物之群，有了伟大的人物而不知拥护、爱戴、景仰的国家，是没有希望的奴隶之邦。’我们当然不能把茅盾作为郁达夫语中的伟大人物来加以拥护、爱戴和敬仰，但茅盾作为一个杰出的文学家、革命家和社会活动家，在他为中国革命、国家建设和中国文学的建树所立下的丰功伟绩，是历史的客观存在，谁也抹杀不了的。”③ 于逢说：“我最早读到茅盾的作品，是1933年在越南海防一间华侨初中学校毕业的前后。当时家道中落，陷于破产，无法供给我再读书。华人社会十分闭塞，家里一片愁云，我毫无出路，灰心失望。然而左翼文艺救助了我，我从那里看到了未来的光明。当时鲁迅的小说我还读不懂，却特别喜爱他的杂文集；郭沫若翻译的河上肇《社会组织与社会革命》，使我看到了个全新的世界；茅盾的《子夜》，给我展开了一幅我国当前现实生活斗争的长卷。”雷加说：荒原中有了足印，又有了迎着曙光的道路。在五四运动这面大旗下走来的是鲁迅，还有郭沫若、茅盾。他们各自在中国文学史上留下了辉煌业绩。文学史

① 姚雪垠：《为纪念茅盾先生诞辰一百周年而作》，万树玉、李岫主编：《茅盾和我》，中国广播电视出版社，1996年，第35页。

② 于黑丁：《茅盾同志永远活在我心里》，万树玉、李岫主编：《茅盾和我》，中国广播电视出版社，1996年，第73页。

③ 陈沂：《文学家、革命家和社会活动家的完美结合》，万树玉、李岫主编：《茅盾和我》，中国广播电视出版社，1996年，第102页。

来自作家，也来自人民。当周作人在当年沦陷的东北大地上名噪一时时，敌人一笔勾销了中国左翼文坛的全部名单。茅盾当然在被禁之列，这就是这个名字在中国文学史上的价值。刘绍棠尽管在“反右”中受到了巨大的冲击，茅盾写了四篇批判他的文章，但其仍然公正评价：“鲁迅先生奠基和开拓的中国革命文学，我看茅盾是第一代大作家中的第一名。他在文学创作的总体成就上，高于郭沫若。鲁迅先生的短篇小说，至今是无人超越的高峰，中篇小说《阿Q正传》更是永垂不朽的经典和丰碑。但是，鲁迅先生没有写过长篇小说，革命文学的长篇小说成就，主要是茅盾以他的《子夜》做出巨大贡献。现在文艺界和学术界有一股浊流，他们不讲原则，不讲科学，不讲历史唯物主义和辩证唯物主义，否定鲁迅先生，否定郭沫若，否定茅盾。鲁迅先生是伟大的圣者，他们蚍蜉撼树谈何易，便转而以‘重写文学史’为借口，公然要把郭沫若、茅盾从现代文学上抹去，这不能不引起人们的警觉。一边顶礼膜拜汉奸文人周作人，一边却恣意丑化伟大革命作家茅盾。在1996年茅盾诞辰100周年的时候，我不能不站出来说话。”朱子奇说：“茅盾同志是本世纪一位在国内外都享有崇高声誉的伟大文学家，杰出的思想家和学问家，也是我国新文化运动的卓越领导人和著名的社会活动家和国际和平战士。我还要说的是，茅盾同志又是中国与世界文学文化交流事业的开创者和奠基人之一，是这条战线上的一面光辉旗帜。就他的作品思想成就与艺术成就之高，和就他的作品和活动在国内外影响的深广与持久，恐怕在本世纪大作家中也是罕见的一位吧！”

茅盾研究界也对贬低和否定茅盾的现象给予了批驳与反击。陈芬尧在《关于茅盾的几次论争》① 中介绍：“重写”文章发表不久，立即引起了茅盾研究界的关注；曾文渊先生就是其中迅速做出反应的一位。曾先生指出，“重写”论者如此这般地贬损《子夜》，是在“文学观念更新”的旗号下，用“西方资产阶级的非社会、非政治、非理性观点特别是现代派的观点”来评价《子夜》，却说这是“现代文学批评理论”的“重新整合”。而用力最勤、分析最透辟的，还是丁尔纲先生。

① 陈芬尧：《关于茅盾的几次论争》，《茅盾研究》(10)，文化艺术出版社，2006年。

在《论东西方文化碰撞中对茅盾的历史评价》的长文中，他条分缕析，就“重写”的“理论根据”“茅盾传统”与“《子夜》范式”及“主题先行”等问题逐一做了深入细致的辨析；文章以正面立论为主，同时对曲解茅盾及其作品的说法给予批评。此外的文章，尚有庄钟庆先生的《也谈“重写文学史”：从所谓〈子夜〉“主题先行”说起》、曾冬水先生的《〈子夜〉模式辨》等。另外，贬低茅盾及其作品和与之回应的文章此后时有出现，以邵伯周先生发表在茅公百年诞辰的《茅盾几部重要作品的评价问题》一文影响最大。邵伯周在《茅盾几部重要作品的评价问题》一文中，首先谈了如何看待茅盾的有关自述问题。作家的自述，包括创作经过、创作意图、创作经验以及为自己作品写的序、跋等，和作品一样，是研究作家作品的第一手材料。邵伯周认为，作家的自述材料及自我批评之类，虽然是研究作品的第一手材料，但只能作为参考，分析作品还应该从作品本身出发，当然还应该做到如鲁迅所说的“顾及作者主人以及他所处的社会状态”。其次是谈了如何看待某些评论文章所提出的独特见解。这里说的80年代末出现的独特见解的几篇评论文章指的是：王晓明的《一个引人深思的矛盾——论茅盾的小说创作》、汪晖的《关于〈子夜〉的几个问题》、徐循华的《诱惑与困境》和《中国现当代长篇小说一个形式考察——关于〈子夜〉模式》、蓝棣之的《一份高级形式的社会文件》。邵伯周把这五篇论文分为四个方面来进行批评。1.“遭到艺术女神拒绝”论。“王文”认为《子夜》《林家铺子》《春蚕》等小说，“几乎每一个作品都具有相当明确的社会政治主题”。茅盾写作《子夜》等作品，是“遭到艺术女神的拒绝”了。王文还按照这个原则论述了茅盾40年代写的《腐蚀》等作品。邵伯周指出“王文”的理论依据并不新奇：“‘王文’的许多论点是他的独创还是源自弗洛伊德的精神分析学说，不敢妄断，但说和精神分析学说有十分相似之处，则是毫无疑问的。”2.“背离‘五四’文学传统”论。“汪文”认为茅盾的《子夜》《林家铺子》《春蚕》等小说，“构成了一种可以称之为‘茅盾传统’的东西”，从而“背离”“歪曲”“抛弃”了“五四”文学传统。邵伯周认为“王文”所说的“五四”文学传统是以偏概全、似是而非的，是对“五四”文学传统的歪曲；而《子夜》《春蚕》等小说，无论是从思想意义看还是从文学思潮角度看，都是对“五四”文学传统的继承和发展，并从而把新文学提高到一个新的水平。3. “失败的艺术品”论。“徐文”认为《子夜》的结构是极为糟糕的，人物描写（包括吴荪甫在内的所有资本家以及工人、农民和知识分子）都是不成功的，断言《子夜》是“一部失败的艺术品”。认为《子夜》的创作“是主题先行化的产物”，“主题先行化”必然导致“人物概念化”“情节斗争化”。这三者就构成了他所谓的“《子夜》模式”。这位论者还把“文革”期间“领导出思想，群众出生活，作家出技巧”三结合这一反现实主义的创作原则的根源说成就在这一“《子夜》模式”。邵伯周强调指出：所谓《子夜》模式，事实上并不存在，而是这位论者所主观编造出来的。4. “社会文件”论。“蓝文”判定《子夜》不能算是文学作品，而是“一份高级形式的社会文件”，干脆把它从文学领域中剔除出去。理由是：一是不够“文学水准”，二是“主题先行”，三是《子夜》“所构造的是一个艺术世界，是作家的虚构，它与现实世界无关，不能对现实问题做出正确的结论”。邵伯周责问道：作家所虚构的艺术世界，当然并不就是现实世界，但却是现实世界的反映，怎么能够说它与现实世界无关呢?

著名学者叶子铭在掌握了大量的茅盾研究资料基础上评价说：先生逝世后，我在参加40卷《茅盾全集》的编注工作中，又翻阅了大量已读与未读的第一手材料，包括他珍藏的66本日记，对他为20世纪中国现代新文学的兴起发展和中华民族的崛起终生奋斗不息的精神，波澜曲直的人生历程和矢志不渝的操守，在严酷复杂的政治环境中难以消解的矛盾心态和传统文化烙在他身上的谨言谨行、忍辱负重的印痕，有更深切的印象与理解。某些人经不起商品经济大潮的冲击与媚俗之风的诱惑，漠视在灾难深重中发展起来的现代文学的复杂状况，不求甚解地追仿西方的新思潮、新观念，采取以自我为中心的主观随意性的批评尺度，随意臧否前人，深挖“新秀”、排列座次等等（注意，这里我所指的是“随意”）。“这种缺乏历史感与责任心的言行，毫无科学性可言，发展下去只能导致消解我们民族的人文传统。”① 朱德发强调要坚持历史唯物主义的辩证思维并进行评价：对于茅盾这样的一位具有广泛开拓性的文学大家，不论他的理论视野或作品内涵都是极为丰富复杂的，不同历史阶段的研究和评述出现不同的认识差异也是必然的；但重要的是必须坚持历史唯物主义的辩证思维，开展既是历史的又是具体的、既是动态的又是静态的、既是内在的又是外在的、既是文本的又是社会的、既是审美的又是政治的、既是艺术的又是功利的综合考察和研究，使“茅盾艺术”或“茅盾现象”得到越来越深刻的开掘、越来越全面公正的评价。李岫从国际的视野肯定茅盾：目前在众多的精品文库、鉴赏文库、名著经典、名家名作原版库中有一本《20世纪中国文学大师文库》早已引起了大家的注意和讨论。本来，当一个世纪即将结束的时候，我们在文学领域里做一次世纪回眸是很有必要的。但是很遗憾，我们见到的这本《20世纪中国文学大师文库》有鲁迅、沈从文、巴金、金庸等，却把茅盾开除了。这样的选择是违背历史真实的。大家呼吁要重写文学史，重写就是要恢复历史的本来面目，要尊重历史，尊重客观史实，给各种文学现象包括作家作品以应有的历史地位。但无论怎样重写文学史，都应有正确的指导思想和价值标准。这个标准不应是“现代汉语的创造性的运用”“新文体的开创”等等，而应当是历史唯物主义原则。历史唯物主义要求文学史家、编纂选家们以客观审慎的态度对待文学现象和作家作品，科学、公正地还历史以本来面目。不靠主观臆测，更不能从个人好恶出发。一部严正的文学史是由那些文学大师对历史的贡献和客观地位所决定的。作为选家，不能用个人兴趣取代文学史的真面貌。在国外，人们把茅盾作为中国文学的代表。为纪念茅盾逝世40周年，李岫撰文写道：“参与《茅盾全集》的编辑工作，使我有机会接触到茅盾故居中许多外文译本藏书。当我看到那么多种文字、那么多种不同装帧的茅盾作品译本时，我对这位文学巨匠的崇敬和对中国现代文学成就的自豪感油然而生。我决心把这些译文集的序跋等翻译成中文汇集成册，介绍给中国学术界和广大读者。在

---

① 叶子铭：《我和茅盾先生的最初交往》，万树玉、李岫主编：《茅盾和我》，中国广播电视出版社，1996年，第273页。

中国社会科学院外文所多位专家的帮助下，《茅盾研究在国外》一书于1984年面世，包括14个语种的各国评论在内，全书近50万字，由湖南人民出版社出版。人们从《茅盾研究在国外》中看到，几部经典的世界百科全书都有“茅盾”条目，如《法国大拉鲁斯百科全书》《卡斯尔世界文学百科辞典》《英国百科全书》《大日本百科事典》等，内中条目指出：‘这些著作细致地描绘了自封建王朝结束以来中国生活与经济的变迁’，这些作品‘标志着中国文学中现实主义倾向的顶峰’。”①

三、破立结合　弘扬茅盾

笔者认为，为有效对贬抑茅盾的错误观点进行批驳，需要跳出现代文学和茅盾研究的圈子，在更大的范围内审视否定茅盾思潮的由来。同时从多方面多视角加强对茅盾的研究，尤其针对否定茅盾创作特色的观点给予剖析，总结归纳出茅盾鲜明的独特的创作特色。

弘扬茅盾精神，首先就要旗帜鲜明反对历史虚无主义。2015年10月3日颁发的《中共中央关于繁荣发展社会主义文艺的意见》指出：坚持唯物史观，不管历史条件发生任何变化，凡是为中华民族作出历史贡献的英雄，都应得到尊敬、受到颂扬，被人民记忆、由文艺书写。旗帜鲜明反对历史虚无主义，抵制否定中华文明、破坏民族团结、歪曲党史国史、诋毁国家形象、丑化人民群众的言论和行为，反对以洋为尊、唯洋是从，引导人民树立和坚持正确的历史观、民族观、国家观、文化观，不断增强中国特色社会主义道路自信、理论自信、制度自信。坚持运用历史的、人民的、艺术的、美学的观点评判和鉴赏作品，褒优贬劣、激浊扬清。

何为历史虚无主义？在我国，人们所理解的虚无主义通常是指“不加分析地

---

① 李岫：《茅盾：世界人民没有忘记他》（中国经典作家在海外），《人民日报》（海外版）2021年4月8日，第7版。

盲目否定人类文化遗产、否定民族文化，甚至否定一切的思想倾向或社会思潮，是与唯物辩证法相对立的形而上学否定观的一种表现”①。

茅盾是倡导历史唯物主义反对历史虚无主义的。如在有关真理标准问题的讨论中，如何认识文艺的传统、如何看待文化遗产也成为重要的内容。茅盾指出：“文艺作品在其公之于世的历史阶段，既然发生过巨大的教育作用，那么，作为这一历史阶段的上层建筑的组成部分，它就有其历史价值，就会被人所欣赏喜爱，不承认这一点，那就是历史虚无主义而不是历史唯物主义了。”②

历史虚无主义的本质是什么？中央党史研究室主任曲青山归纳道：就是以所谓“重新评价”为名，歪曲近现代中国革命历史、党史、国史、军史。历史虚无主义并非一个学术流派或一种学术观点，它带有强烈政治倾向和政治意图，本质上是一种政治思潮。历史虚无主义以历史唯心主义为理论基础，用孤立、片面、曲解的方法分析、观察历史，虚化事实，否定历史的客观性，随意歪曲历史真相；虚化规律，否定客观存在的历史真理，否认历史发展的连续性和大趋势；虚化价值，否认历史的育人功能，解构主流价值观③。

历史虚无主义反映到文艺研究领域的现象是什么？刘润为认为，就是否定五四运动以来的革命文艺史，尤其是1942年毛泽东《在延安文艺座谈会上的讲话》发表以后的革命文艺史。刘润为认为，“重写文学史”并非一个严肃的科学命题。在他们看来，“构建”在“社会历史”基础上的文学史是“非文学史”，必须“改变这门学科原有的性质，使之从属于整个革命史传统教育的状态下摆脱出来”。“五四”以来的最大世情，就是中国共产党领导的反帝反封建的新民主主义革命。离开这一中国现代史的本质方面，一切文艺的发展变化都会变得不可理喻。今天的学者“重写文学史”，应当在继承前辈宝贵遗产的基础上，把他们遗漏的方面弥补上，把他们失误的方面纠正过来，把他们未及深化的方面深入下去。如果全

① 冯契：《哲学大辞典》，上海辞书出版社，2001年，第1727页。

② 茅盾：《作家如何理解实践是检验真理的唯一标准》，《人民日报》1978年12月5日。

③ 罗宇凡、朱基钗：《鉴往知来 旗帜鲜明反对历史虚无主义——专访中央党史研究室主任曲青山》，《人民日报》2017年7月4日。

盘否定前辈的研究成果，甚至把他们坚持的基本立场、原则和方法也一起否定，就不仅否定了中国革命文学史，也否定了中国革命史①。

历史虚无主义现象在现代文学和茅盾研究领域也同样存在。在此背景下，茅盾研究界的先行者冒着卷入文坛纠葛的风险，义不容辞站了出来，从根源上对贬低和否定茅盾及《子夜》等作品现象进行了针锋相对的批判。丁尔纲对否定茅盾的几篇文章分析后认为，贬低或不承认茅盾及其作品的思想艺术贡献与历史地位的原因，主要是以下四点：1. 与茅盾及其作品的思想政治倾向持对立观点，或淡化思想内容的非政治倾向。2. 对历史上应中国革命需要，在打击敌人、支持人民革命过程中，产生过重大战斗作用的作家作品的历史作用，采取不承认态度。3. 对待复杂多元的文学思潮现象，持合我者褒、不合我者贬的狭隘的艺术功利眼光与态度。4. 趋时媚俗赶浪头的态度与无原则、随风倒的哗众取宠态度。由于事关中国革命史、中国现当代文学史与中国现当代文学思潮史的真实面貌与茅盾研究求真求实的严肃性与历史评价的公正性等大问题，丁尔纲表示冒着卷进文坛纠葛的危险，先写考证性论文，后又在《茅盾　孔德沚》一书中，以正面阐述与描写为主，兼及辩诬去伪，拨乱反正，力争据实恢复茅盾的真实面目，澄清被搅浑了的文坛之“水”②。

邵伯周一针见血指出：几位论者在用西方的几种理论观点来贬低和否定《子夜》等作品时为什么又都一致用了“主题先行”说呢？其实他们批判“主题先行”只是幌子，真正用意是不赞成作家自觉地以社会科学理论（即指马克思主义）作为指导思想来明确地表现社会政治性的主题，正是和他们强调创作只应凭作家个人的直觉、主观，排斥理性，创作也只要表现个人的直觉、个人的感情体验等主张相一致的。他们的真正用意也就在此，是无可怀疑的③。

庄钟庆责问“重写文学史”将文坛引向何方？前些年，中国现代文学研究界某些论者在“重写文学史”口号下，对中国现代著名作家作品进行重评，茅盾也

① 刘润为：《文艺上的历史虚无主义思潮》，《红旗文稿》2016年第6期。

② 丁尔纲：《茅盾　孔德沚》，中国青年出版社，1995年。

③ 邵伯周：《茅盾几部重要作品的评价问题》），《文学报》1996年7月4日。

是重评的重点作家之一，《子夜》是重评茅盾的重点。几篇重评《子夜》的文章，几乎不约而同地非难《子夜》是“主题先行”，究竟这是怎么一回事？所谓“主题先行”，通常指的是“四人帮”推行的不是从生活出发进行创作，而是依据其极“左”路线的需要，选取材料，确定主题，安排人物，构思情节的形式主义创作方法。通过分析，庄钟庆批评道，“从解剖所谓《子夜》是‘主题先行’入手，不难看出某些论者‘重写文学史’的意图并非从总结编写中国现代文学史中引出有利于繁荣社会主义文学的经验着眼，而是从指责中国革命文学传统开始，进而非难《讲话》以来的文学成就，直至社会主义文学。只有这样，某些论者才能按照他们鼓吹的文学主体性或自我表现的‘现代文学批评理论’的思路，‘一步一步走下去’，才不至于使‘重写’成了‘主观构造’的‘空想’。我们不仅要问：如果按此办理，‘重写文学史’将引向何方？”①

上面介绍的是几位学者从宏观方面对否定茅盾及其《子夜》等观点进行的批驳。下面笔者围绕贬抑茅盾的论文《一份高级形式的社会文件——重评〈子夜〉》②，从微观角度试析论文作者蓝棣之运用症候式批评方式取得的所谓成果的不足之处。

蓝棣之评《子夜》，采用所谓症候式批评。“症候”本来是医学临床用语，指在疾病状态下病人的感受，只可通过问诊获得。而症候批评理论里的症候这个概念，直接来自精神分析大师弗洛伊德。弗洛伊德认为，人除了浅表的显在意识之外，还有深潜的无意识。蓝棣之颇为赞同的症候式批评，是80年代末期尹鸿在博士论文中所做出的描述：“以文本的各种悖逆、含混、反常、疑难现象为突破口，在寻找原因的过程中，寻找这些现象的意义。”通过阅读蓝棣之评《子夜》，感觉他撰写此文仅凭一些表面的历史事实或随意根据一点历史资料就大胆评论，存在以下几点不足。

1. 蓝棣之前后论述《子夜》特色，得出截然相反、矛盾的结论：“《子夜》是

---

① 庄钟庆：《评〈子夜〉所谓“主题先行”——对“重写文学史”的一点看法》，《茅盾研究》(6)，北京师范大学出版社，1995年。

② 蓝棣之：《一份高级形式的社会文件——重评〈子夜〉》，《上海文论》1989年第3期。

一部过于笨重的使人望而生畏的作品。”“《子夜》这部作品，浅显通俗，一览无余，作品经不起任何回味，用不着任何阐释，因而是一部‘有底’的作品。”作者此两句话前后矛盾，前句说作品庞大沉重，读者一见之下就产生了畏惧心理。后一句却说作品体现的道理或寓意浅显，读者容易理解、明白。

2. 蓝棣之精心挑选某些片面的不具有整体性的作品细节对作品进行曲解：“现在我们举出作品精心叙述的冯云卿被迫拿女儿演美人计的故事，来剖析一下《子夜》的现实主义是怎么回事。只要稍加思索，我们就会发现，这桩现代美人计的真实性是十分可疑的。”“这样的例子，还有曾家驹来到吴荪甫家后，在国民党党证问题上，受到几位都市青年的调侃的场面与对话描写，以及吴荪甫在与屠维岳谈话之后，认为当今好青年都受共产主义思想的影响等等。请看，这怎么可能是真实的故事，这哪儿是什么现实主义。这是很高明、构思巧妙、辛辣又幽默的讽刺艺术。”长期以来学术界形成的共识是，《子夜》的舞台设置于30年代初期上海，作家并没有截取某条小巷或某个街角，而是从居高俯视的视角，整体展示这座现代都市的方方面面：资本家的豪奢客厅、夜总会的光怪陆离、工厂里错综复杂的斗争、证券市场上声嘶力竭的火并，以及诗人、教授们的高谈阔论、太太小姐们的伤心爱情。这些都被组合到《子夜》的情节里。同时，茅盾又通过一些细节，侧面点染了农村的情景和正在中原地区发生的战争，更加扩大了作品的生活容量，从而实现了设定的意图“大规模地描写中国社会现象”，“使一九三〇年动荡的中国得一全面的表现”。

3. 蓝棣之以假设、臆测抽象推演作品写作细节，把推演细节当作历史真实情况描述，有诱导读者怀疑茅盾抄袭之嫌疑，企图从人格上消解茅盾的魅力：“就《子夜》来说，它为建构庞大的主题和巨大的框架所需的材料，甚至依靠观察和搜集都还不够，于是它求助于别的文学作品。《子夜》第4章中曾家驹抢劫并企图强奸场镇妇女的那个故事，与华汉的著名三部曲《地泉》中的那个强奸场镇妇女的故事，其情节、其细节，都太相似了。我不想说这是模仿，但也不认为是偶合，因为茅盾读《地泉》时，正是他构思酝酿《子夜》的时候。我只想说《子夜》确是有一种堆砌性特征，堆砌的结果是似曾相识。而艺术创造所需要的恰恰是‘陌生化’，艺术的目的是要人感觉到事物，而不是仅仅知道事物。”茅盾为《地泉》作序时为1932年4月，发表在同年7月。《子夜》前四章于1931年4月草成，打算从1932年起在《小说月报》上连载，茅盾还准备署名“逃墨馆主”。从时间上来看，《子夜》前四章早于为《地泉》作序一年整。此外，茅盾对华汉的《地泉》体现的公式化倾向是持批评态度的，自己也有创作才华。综上所述，茅盾不可能有抄袭举动，“于是它求助于别的文学作品”是无稽之谈。

4. 蓝棣之对茅盾极力进行贬损和嘲讽，称《子夜》为宣传机器，借机否定“革命文学”和“左翼文学”：“如果我们试图追究《子夜》创作的深层动因，我认为那是茅盾在政治上受到压抑，政治才能不能得到施展，转而在文学创作上找寻施展政治才能抱负的机会。”“《子夜》问世之后，社会与经济学家反响很热烈，认为作品堪称中国社会与经济问题的百科全书。党在文艺方面的负责人，如瞿秋白，也很快撰文评论。恐怕可以说茅盾在写作《子夜》时无意之中想象的‘潜在读者’，就是他们。虽然茅盾说作品是一次把理论问题通俗化的尝试，但在心理深层，他的作品是写给党的政治领导人看的。我们不难设想，这样的功利性过于强烈的作品，为什么鲁迅、叶圣陶等对它的评价显然是有保留的。”蓝棣之的无稽之谈会使读者得出如下的结论：这样邀功请赏的作品，自然是党的宣传工具，没有艺术性可言。此外，蓝棣之称鲁迅、叶圣陶对《子夜》的评价是有保留的。此观点不知依据何来。鲁迅说：“国内文坛除我们仍受压迫及反对者趁势活动外，亦无甚新局。但我们这面，亦颇有新作家出现；茅盾作一小说曰《子夜》（此书将来当寄上），计三十余万字，是他们所不及的。”① 叶圣陶说：“我有这么个印象，他写《子夜》，是兼具文艺家写创作与科学家写论文的精神的。”② 鲁迅、叶圣陶这两段话经常被人引用，对茅盾及其《子夜》是赞赏有加的，看不出有任何保留的意见。

弘扬茅盾精神，更重要的是需从多方面加强茅盾的研究，尤其针对否定茅盾

① 鲁迅：《书信330209》，《鲁迅全集》（12），人民文学出版社，1981年，第148页。
② 叶圣陶：《略谈雁冰兄的文学工作》，《文哨》第1卷第3期，1945年10月1日。

创作特色的观点给予剖析，总结归纳出茅盾的创作特色，夯实茅盾的文学地位。如王嘉良《论“茅盾传统”及其对中国新文学的范式意义》① 就很有见地和说服力：从横向看，“茅盾传统”的丰富内涵显示出推动中国新文学发展的多方面的意义，其坚持的现实主义方向、“史诗”品格、社会剖析精神这三种传统的互渗交汇，恰好构成中国新文学的一种重要价值体系，即注重作家的历史使命意识和突出文学的认知价值、社会价值的文学价值观念体系。它在现实主义和社会价值观占主导地位的中国新文学中必会产生重要作用。

概而言之，体现范式意义的“茅盾传统”就其自身的独特性及其对中国新文学的深刻影响而论，最突出的体现在下述三种传统上。其一是积淀深厚的现实主义传统。茅盾作为中国新文学中一位坚持现实主义传统的杰出代表，就在于他从理论自觉性与创作实践自觉性两个层面把握现实主义，对现实主义有深切理解，因而能自始至终高举现实主义旗帜，并为中国新文学开创了一种充分反映“时代性”与“社会化”的现实主义传统。其二是气势阔大的创作“史诗传统”。茅盾是以典型的“史诗”型作家凸现于中国新文坛的。他于 20 年代末期带着丰富的革命实践转向主要从事文学创作，一落笔就构制长篇：《蚀》三部曲开篇，《虹》《子夜》紧随其后，显示出一种全方位把握生活的气度，不但于我国现代长篇小说的成熟有开创者之功，还成为 30 年代最有影响的长篇小说大家。如此大手笔、大气魄，在同时期现代作家中是罕有其匹的。其三是注重社会分析的“理性化”叙事传统。在小说叙事中贯穿清晰的理性思路，甚至主张用社会科学理论分析现实，指导创作，并以此取舍情节，创造人物、托出主题，揭示现实社会生活的“本质”，这可以说是带有“茅盾模式”文章印记的最鲜明的创作个性特色。这一特色既体现于其创作理论，也反映在其创作实践中，尤其在他创作的《子夜》《林家铺子》“农村三部曲”等反映 30 年代时代生活本质的作品中得到最显著的印证。

[作者单位：上海市普陀区教育学院]

① 王嘉良：《论“茅盾传统”及其对中国新文学的范式意义》，《浙江学刊》2001 年第 5 期。

·作品研究·

作为国族风景与消费景观的西北

——以张恨水《燕归来》《小西天》为中心

□胡安定

【摘要】张恨水的小说《燕归来》《小西天》，通过人物的行旅发现真实的地理景观，将西北纳入国族内部差序发展的空间格局。小说对西北风景进行了历史化的发现，将西北表述为中国国族诞生、发展、繁盛的根源所在，并为了当下的国族动员，通过“召唤”的观景仪式，赋予历史名胜新的意义。同时以帝国主义和东边等“他者”作为参照，将一个落后贫困而又同质性的西北纳入完整统一的中国国族版图中。因其特定的文化生产语境，这两部小说其实是传媒资本和政治意识形态相结合而催生出的产物，西北既是被消费的风景，也是主导读者想象和体验的景观。

【关键词】张恨水；西北；《燕归来》；《小西天》；风景；景观；国族主义

燕秋笑道：“你们看，这风景是多么伟大！你们生长江南，看过这样好的风景吗？”一虹道：“不但是风景可观而已，我们祖先，在这黄河两岸，做下多少可歌可泣的事情。只可惜我们国内的电影界，不会搬运这些风景上银幕去。”健生淡淡的笑道：“你以为搬上了银幕，这风景很好看吗？”一虹道：“这不是好看不好看的问题，是表现我们祖先在这里的那番奋斗精神。”①

① 张恨水：《燕归来》（第十三回），北岳文艺出版社，1993年，第184页。

这是张恨水的小说《燕归来》中，杨燕秋和同学在开往西北的列车上，面对黄河的壮阔寥落，发表各自对“风景”的看法。小说中这番对西北风景的讨论很有意味：这种风景不是能搬上银幕让人悦目的“好看”，而是感怀祖先奋斗精神的“伟大”。很显然，在此“风景”不仅仅是带来审美愉悦的风光，更是一种凝聚着情感、记忆的文化想象方式。当风景成为一种文化建构，西北这种具有特别意义的风景就被提升到民族性标志的高度，唤起一种如此深厚的忠诚情绪①。

《燕归来》和《小西天》是张恨水先生专门描写西北的小说，作于他陕甘游之后。这两部小说以人物的移动展开具体真实的地理坐标，致力于西北风景的发现与呈现。“九一八”以后，中国的边疆危机使得越来越多的人把关注的目光移向了西北，“到西北去”成了一些人高呼的口号，但对于普通民众而言，西北还是一片陌生之地。为获得直观的认识，张恨水于1934年作陕甘游，以新闻记者的眼光，“看动的，看活的，看和国计民生有关系的”②。《燕归来》《小西天》即是以他自己的行旅为原型而创作。

很显然，张恨水的西北行既不是耽山乐水的传统雅士之游，也不是观光休闲的现代旅游，而是一种国族主义的旅行方式，这种取向与关怀，直接影响了其记述见闻经历时所采取的叙事策略与书写模式。在这种特定的论述形构中，旅行被视为是认识国族疆土各类地理景观、了解国族文化独特性，从而强化国族整合、抵御外力欺侮的重要法门③。因此，在《燕归来》《小西天》中，通过人物的行旅发现西北的风景，既不是审美性的欣赏，也不是消闲式的游玩，而是重在发掘真实的地理景观，赋予其独特的历史文化意义，并以帝国主义、东边等他者作为对照，将西北纳入完整而统一的中国国族版图中。可以说，风景已经成为形塑“想象共同体”文化政治的重要媒介④。

---

① 张箭飞：《风景与民族性的建构——以华特·司各特为例》，《外国文学研究》2004年第4期，第135页。

② 张恨水：《写作生涯回忆》，北岳文艺出版社，1993年，第63页。

③ 沈松侨：《江山如此多娇——1930年代的西北旅行书写与国族想像》，《台大历史学报》2006年6月第36期，第165页。

④ 李政亮：《风景民族主义》，《读书》2002年第2期。

《燕归来》以杨燕秋的回乡之旅为主线，她在三位男同学的陪同下，从南京乘火车，到徐州换陇海路火车，在开封洛阳停留参观古迹，由洛阳重新登上火车，过观音堂开始穿隧道渡黄河，到达潼关。在潼关休整后坐汽车经过华阴、华州、渭南，在临潼华清池体验杨贵妃的温泉浴，指点骊山，途经灞桥，到达西安。在西安游曲江池、武家坡，碑林买字帖，戏馆听秦腔。其时西安尚未通电，领略了“这十七世纪的夜市”后，踏上一辆开往平凉的汽车，继续西行，由咸阳、醴泉、乾县，一路行来，烟尘飞扬，到永寿，遇雨停下歇宿，更加满目荒凉。到玢县参观大姒出生地隘巷，瞻仰大佛寺，游览古瑶池，过泾川县到平凉城。然后坐汽车翻越六盘山，到达杨燕秋的故乡甘肃隆德县，寻亲不遇后又坐汽车过静宁，越祁家大山，歇华家岭，最后到达兰州。《燕归来》中杨燕秋一行从东南出发，经过中原河南，由潼关入西北。《小西天》也类似，一辆东方来的汽车，载着德国人、天津人、浙江人、江苏人由潼西公路到西安。

在当时的中国版图布局上，小说所呈现的正是由富裕现代的东南到历史人文深厚的中原，再逐渐进入荒凉贫瘠的西北的一个过程。因此对这种国族疆土地理景观的变化也由人物的吃穿住行、见闻感知而如实展现。在南京商量行程时大家在三层洋楼上吃西餐、品葡萄酒、喝咖啡，摩登舒适。在中原河南，还可住由平房改建有一层层院落的旅馆，吃黄河鲤鱼。由郑州登车后，正如杨燕秋的同学所感“渐渐的往西走，离开物质文明的地方更远了”①。到了潼关，进入西北的门户，就比较艰苦了，号称条件最好的“中西旅馆”的陈设是：“里面只有一张极大的土炕，铺了两张芦席在上面。靠墙有张四方桌子，桌面已是裂成了三条直缝，有只方凳子塞在桌子下，这以外是什么都没有了。三方面都是土墙，有一方却是芦席夹隔的壁子，和门同一个方向。在土墙上开了个一尺见方的窗户，几根直的木棍，隔出了直格子，还加上一层棉纸，所以这屋里却是漆黑。”② 如此简陋无疑的陈设是对其名字“中西”二字的讽刺。而古都西安已全然不见汉唐气象，秦国

---

① 张恨水：《燕归来》，北岳文艺出版社，1993 年，第 162 页。

② 张恨水：《燕归来》，北岳文艺出版社，1993 年，第 185—186 页。

的都城咸阳附近如今一片荒凉。民国十八年起，一场大旱灾，很多百姓只能拆屋梁逃荒，“路边一排人家，约莫有二三十户。在远处看了，很像是人家，到了近处，这些人家，没有大门，没有窗子，也没有屋顶。只是四周断断续续的几堵黄土墙。”① 参观周陵的一群人“走到堡子中间，乃是个十字路，四周一看，东西南北全是横七竖八的土墙。不但没人影，连人声也听不到，那矮墙缝里，整丛的青草，两个黄毛长耳兔子，听了生人说话乱窜着走了”②。继续西行，到了干旱的甘肃小城平凉，甚至连“喝泥汤水”也已成生活常态。杨燕秋的朋友在茶馆喝茶，他们端起茶杯，吃了一惊，因为“不到两三分钟的工夫，那杯子底上，已经澄着一层浮泥，看去总有两三分厚”③。

小说通过人物的行旅，将西北纳入国族内部差序发展的空间格局。在发现风景的过程中，地理空间和社会形态按高低有序的等级建构起来。西北的贫瘠荒凉，让它成为中国版图上远离现代文明的一角，但并不意味着它是一片蛮荒之地。恰恰相反，西北可以说是中华文明诞生、发展的根源所在。因此，小说不断描写人物对各地历史名胜的探访和游玩，透过风景来联接过去与现在，通过风景的连续性来建构出国族疆域的空间连续性。

《燕归来》《小西天》都对西北风景进行了历史化的发现，通过人物探寻之旅，将西北表述为中国国族诞生、发展、繁盛的根源所在，这里有周朝文明、秦国辉煌、汉唐气象。小说以“熟悉化”的策略，描述人物足迹所到之处，皆有各种历史文物作为久远文明的证据。即使是甘肃小城的一间荒祠中，也有精美绝伦的唐朝文物（《燕归来》第二十九回，意外遭逢荒祠看古物），就连险恶的六盘山顶，也曾有成吉思汗设下的避暑行宫。

这种熟悉化的策略还包括在特定的地理空间与地景中，赋予独特的文化意义，加上一些考据性的文字，将历史、神话、记忆投射到一块地理空间。《小西天》中程志前一行拜谒周陵，沿途所见的尽是废墟式的村庄，但向导提醒大家：

① 张恨水：《小西天》，北岳文艺出版社，1993 年，第 13 页。
② 张恨水：《小西天》，北岳文艺出版社，1993 年，第 16 页。
③ 张恨水：《燕归来》，北岳文艺出版社，1993 年，第 407 页。

“别看这里荒凉，据说是秦国的都城附近，几千年前，秦始皇曾在这里统一了中国，筑下了万里长城。”一行人登上简陋的渡船，向导又道：“这里就是渭水了，姜子牙钓鱼，就在上流。”对面岸上，有块木牌坊，写了“咸阳古渡”四个字。于是大家看看咸阳古城，渭河古水，望两岸平原无边，只是那无古今的太阳照着，却也让人生出一番感慨①。如今的周陵并没有唐松汉柏，气象巍巍。远近无非就是些黄土房子、黄土疙瘩，就连门口栽的柏树也不是苍绿的，乃是焦黄的。陵墓本身也十分朴素，高有五六丈，长七八丈，陵前立了一块高大的碑，大书周文王陵。但正如程志前所言：大家来瞻仰的是周文王的精神、人格，“古代皇帝茅茨土阶，卑宫室而尽力乎沟恤的本旨。而且这才是平民化”②。

由眼前的风景发怀古之感慨，并进而联想到祖先的“精神、人格”，显然已由历史遗迹的寻访深入到了对国族本源精神的探求。因为，在国族创生的神话中，国族奠基的时刻，便孕育了国族的独特精神与本真性价值。在中国现代国族建构过程中，对文化认同的索求，对失落的国族精神的重振，就是对这种根源精神的重新回归。

这种对国族本源精神的探求其实也是重新发现和阐释历史的过程。先祖已逝，在承载着传说、记忆的特定地理空间，现代人以自己的方式理解、重述历史，将周文王的“茅茨土阶”阐释为现代“平民化”精神即是如此。同样，西北河流山川、田畴旷野，是先民繁衍生息之地，他们留下了不少桥梁、沟渠等工程。在《燕归来》第十七回中，杨燕秋一行在“灞水长桥仰先民伟大”，他们对灞桥的设计赞不绝口：“这桥还是隋朝手里建的，有这些个年了，桥基一点没有损坏。在科学的立场上说，应当说是古人一切不如今人，可是今人造一道桥，谁能保一千年的险。”灞桥是西安城外的一个著名景点，古人远行时常常在此和亲友告别，“灞桥折柳”成了伤感离别的典故。可以说，这是一座层积着文化想象的桥，看到它就容易联想到“天涯羁旅”“离愁别恨”等中国古典诗情。但这群东南

---

① 张恨水：《小西天》，北岳文艺出版社，1993年，第15页。

② 张恨水：《小西天》（第一回），北岳文艺出版社，1993年，第19—20页。

来的大学生却以“科学”的眼光重新打量这座桥，关注的是它的桥基、建筑年代、损坏程度，他们拂去了这座桥旧有的文化堆积，以现代科学精神重新确定其价值。

当然，在西北发现风景，赋予历史名胜新的意义，还是为了当下的国族动员，而这种动员往往通过一种观景仪式行为来实现：面对历史人文景观，感慨古今远近，被“想象共同体”的时空连续性所召唤，进而产生情感的震撼、共鸣、升华，甚至会有付诸行动的意愿与冲动。《燕归来》中，杨燕秋等即将到达西安时，在灞河之滨，同行的“西北通”陈公干向他们介绍“八水绕长安”的盛大工程：

> 这个古帝都，几乎是水包围起来的，于今闻名世界的新建筑泾惠渠，花了款子好几百万，其实不是新建筑，不过把古来的渠，缩小到十分之一二，修理一下而已。这个渠，在秦汉时代就有了。据水利专家说：要用现代科学方法恢复以前到巨观，非几千万元不可。古人可是用民力硬修到，然则我们先民的精神，是多么伟大……大家听了这位老先生的话，向灞河上下游一看，只见平沙浩荡，夹了浅水分流，灞河两岸，平原无垠，往南方，隐隐有些山顶的影子。大家立刻有一种新的感慨：到西北来，可以想见中国伟大，同时也就觉得中国人太抛弃了这伟大的土地。不去利用。①

应该说，灞河并无特别的景致，就是一条西北常见的河流。但这群东来的大学生听典故、观远近、思古今，由感动于先民的伟大，而慨叹在今日中国版图上西北未被利用的抛弃，由此感到需“为西北做一点事”。这其实正是一个颇具仪式感的文化实践行为。正如格尔兹所认为的，仪式是一种通向虚拟的社会结构的“召唤”。在仪式中，生存世界与想象世界借助一组象征符号得到融合，变成同一个世界，从而使人们的现实感产生了独特转变。一方面是有情绪和动机，另一方面是形而上的概念，缠绕在一起。它们形成了一个民族的精神意识②。这场观景

① 张恨水：《小西天》，北岳文艺出版社，1993年，第237页。
② 克利福德·格尔兹：《文化的解释》，韩莉译，译林出版社，1999年，第138页。

仪式即是如此，一条普通的西北河流，在典故、传说等象征符号的指引下，激发一种惭愧又昂扬的情绪，最后召唤出大家愿意为之奋斗的国族共同体概念。

显然，建构一个完整而统一的中国国族时，还需要将零散而分歧的异质空间，凝聚、转化为统整而同质的国族空间。因此，在国族共同体概念的形成中，借由对“他者”的指认，来建构一套“中国”的国族认同也是一种重要策略。20世纪30年代，帝国主义入侵和国族危机带来了对西北风景的关注，对西北风景的再现不仅是国内政治和民族观念的问题，而且是国际的、全球的现象，这与帝国主义话语密切相关。

因此，想象一个同质性的西北，第一个就是国族外部的“他者”——帝国主义。显然，这两部小说对帝国主义的态度有点矛盾犹疑，整体倾向于将帝国主义作为入侵西北，危害中国国族统一的负面形象。力图证明正是帝国主义阻碍了西北与内地的联系交通、构成完整的共同体。这与20世纪30年代诸多意识形态化写作的西北游记并无二致。当时不少游记都写到帝国主义对西北的觊觎，如林竞于河套一带见基督教势力庞大，提醒国人注意其包藏祸心，借宗教行侵略之实；顾执中游青海，在潼关往西安的长途车中，发现许多来自英、法、德、土等国的传教士和探险家，他们拟赴青海、宁夏、新疆等地，他深信这些人“是帝国主义派来侦查我国内地的密探”；范长江更是亲见挂着太阳旗的日本军车在西北横行无忌①。这两部小说中也有类似的帝国主义“他者”形象。

《小西天》开篇即写到，西兰公路开通，从东方来的车子越来越多，载的人大多是同胞，货物却基本是进口的。一辆德国商人自用的车子，坐着两个德国人和他们雇佣的伙计。这两个德国人成了外来经济侵略的代表，他们四处搜买文物，手上戴着西安市上的翠玉戒指，就连陕西老汉出于感激送给程志前的古董骆驼也被他们觊觎。而他们来此的主要目的是为了卖汽油。正如他们自己说的“西北公路刚刚成了两条干线，汽车已有好几百辆，将来，汽车更多，汽油是需要大

---

① 沈松侨：《江山如此多娇——1930年代的西北旅行书写与国族想像》，《台大历史学报》2006年6月第36期，第187页。

量供给的。我现时很想到兰州去，调查需要汽油的量数”。这让志在振兴西北的程志前很愤慨，他的爱国情绪由此被激发，挺起颈脖子道：“汽油，中国也会有的。便是陕西，也就预备开采油矿呢。”①

除了搜买文物、经济侵略，这两个德国人还处处留心，对中国的工程进行调查测量，是否意味着他们就是“帝国主义派来侦查我国内地的密探”呢？例如来到千年古桥灞桥：

> 这桥平平的横走一条黄河上，约莫四五十丈长。桥是不窄，宽到一丈二三，在桥的两边，就用长石条卧倒，当了栏杆。桥面离着水面，至高不过是三尺。河面虽宽，水流却小，仅仅是在黄沙滩上，屈曲两道丈来阔的水道。……桥的两头，都有一座牌坊。……牌坊正中有两个大字：灞桥。……两个德国人下了车，有一个手上拿了一卷皮尺，在桥上由西向东走，量这个桥的长度。另一个人，却捧了照相机，上下照了几张相。②

这段风景的呈现很有意思，虽然后文才写德国人的测量、拍照，但前文对灞桥的描写已基本是以一种科学的方式了，介绍灞桥的长宽高，河流水文情况，桥的整体布局，俨然是德国人眼中的灞桥概况。这种以“他者”的眼光发现西北风景的内容，恰恰也不经意间流露了作者对帝国主义的矛盾态度。

帝国主义诚然与入侵相关，但在全球化格局中，中国的风景却需要帝国主义的价值体系予以确认。《燕归来》中，几个年轻人虽然对“西北的古董，出洋的也很多”不满，痛心于中国文物的流失。但在西北荒僻小城发现一口唐代铜钟，他们想到的还是“倘若我们同伴之中，有一个外国人，他看到了之后，寄一封西文通信，中西文报上发表，然后再由中外报纸翻译出来，这就可以轰动一时了”③。因为他们清楚，这件文物与西北的其他风景一样，要引起大家的关注，必须置于西方/帝国主义的认知框架和知识体系之中，无论是考古的、艺术的或科学的。

---

① 张恨水：《小西天》（第十四回），北岳文艺出版社，1993年，第195页。

② 张恨水：《小西天》，北岳文艺出版社，1993年，第6页。

③ 张恨水：《燕归来》（第二十九回），北岳文艺出版社，1993年，第419页。

小说显然表明了，西北这片疆土，唯有融入这种帝国主义主导的规则体系中，才能有未来。如何纳入这种新的地球空间和关系模式当中呢？《燕归来》给出了西北的希望所在，就是那群学识卓越又扎实做事的工程师，他们都毕业于著名高校，精通外语。其中最被推重的是程力行，他南开毕业后，留学德国，学土木工程，然后回国投身西北建设。和杨燕秋相识时，他正忙于泾河大桥工程，以及西北各地的测绘工作，所以“衣袋里日记本、皮尺、地图，都有些露在外面，这似乎表示他时刻都在工作着”①。程力行的测绘工作和随身携带的地图在此显得很有深意，因为，绘制地图对于民族主义想象至关重要。地图是对现代地理学中一种推测的空间对象的编码。作为一种符号，地图通过它自己的方式把空间对象抽象化，纳入新的符号体系②。地图不仅发挥着媒介的功能，它还可能成为假想真实性的创造者。通过这种编码所再现的国家被纳入一种新的地球空间当中，这种地球空间具有另一套规则和惯例、另一种关系模式③。程力行的努力无疑证明了，西北风景唯有通过这套来自帝国主义的现代制图技术，经过测量、统计、绘制，进入一个新的空间和关系模式中，才能被发现和关注。虽然，在将西北统整进一个同质的国族版图想象时，外部的帝国主义“他者”成为威胁国族统一的负面形象。但程力行的留学背景和随身装备，恰恰表明了，西北风景的发现其实是在帝国主义话语体系之中进行的。

对于西北这片疆域而言，国族内部的“他者”——东边，也是其风景想象的重要参照。小说对“东边”的界定比较模糊，大致指东南的南京上海一带，也包括华北的北京天津等经济文化发达地区。东边和东边人有时是拯救、启蒙的正面“他者”，《燕归来》中杨燕秋遭遇荒年，全家逃难，兄长被抓壮丁，父母病重，她不得已卖身救父母。杨燕秋被黄委员买下带到南京，但不被黄妻所容。她被赶出

---

① 张恨水：《燕归来》（第二十八回），北岳文艺出版社，1993 年，第 400 页。

② 通猜·威尼差恭：《图绘暹罗：一部国家地缘机体的历史》，译林出版社，2016 年，第 69 页。

③ 通猜·威尼差恭：《图绘暹罗：一部国家地缘机体的历史》，译林出版社，2016 年，第 71 页。

家门无路可走时，被一老先生所救，认她做义女，让她过上了优裕的现代生活，并成为南京某大学附属中学的优秀学生。在这位老先生的养育、教育之下，杨燕秋成长为一个摩登的都市姑娘，并被同学誉为体育皇后。在这位老先生去世后，杨燕秋决定重回西北，以自己所学建设西北。东边人与西北的遭遇往往伴随着对其苦难、落后的发现，《小西天》中程志前来西北考察，除了寻访古迹，重点考察教育，到一所小学，他看到的景象是：

> （学校设在）一所古庙，教室倒有两三个。然而一批二十上下年纪的小学生，他们并不在课堂上课，各人捧了一本线装书，有的在院子里徘徊，有的在屋檐下土阶上高声朗诵。或者念"山不在高，有仙则名"。或者念孟子见梁惠王，"王曰叟"。还有两个八九岁的孩子，带走带跳，大声念着"骆驼、大车、书包、马、牛"。原来在念幼稚园里用的看图识字。①

学校教学环境简陋，桌椅板凳、书本笔墨等基本教学设施极度匮乏；学生生活艰苦，啃黑馍、喝小米汤，缺少灯油只能趴在外面土阶上抄书写字；师资严重不足，教师薪水极其微薄，难以糊口。程志前于是打算"邀合一些同志，编辑那带地方性的教科书，以及成人教育的书籍"，呼吁在西安等地创办小学教员训练所②。程志前又结识了一个当地高中生王北海，王北海有志将来报考北平的大学，程志前义务帮他复习功课。一个是用功学习，一个尽心辅导。20世纪30年代，在"到西北去"的口号鼓舞下，不少如程志前一样的东边人来到西北，他们在此发现风景，发现历史，将西北描绘成中华民族发祥的起源，孕育中国国族独特精神与本真价值的"家园"。更重要的是，他们想规划西北的未来，这片落后荒凉的土地既然作为中国版图的重要组成部分，就应如东边一样进入现代化发展的设计构想中。他们或者相信教育的影响，希望为西北培养具备现代知识的人才；或者相信新闻舆论的作用，通过他们的书写，吸引更多的人为西北贡献力量。

当然，东边也并不仅仅扮演着启蒙拯救的角色，有时它也是将西北带向浮华

---

① 张恨水：《小西天》，北岳文艺出版社，1993年，第172页。

② 张恨水：《小西天》，北岳文艺出版社，1993年，第176页。

堕落的他者形象。东边来的人，目的各异，有来考察建设的，自然也不乏想来求官发财，猎奇猎艳的。在这些“南方混得烦厌了想到西北来换换口味”的人眼中，西北就成了欲望的对象。一批来自东南沿海的实业家表面上积极响应国家政策的号召，打着“建设西北”的旗号，实际上谋取私利，榨取西北人民的血汗。《小西天》中，来到西北谋取税务捐局差事的李士廉，在荒凉的秦国故都，在程志前等感慨古今时，他却眼尖地发现：“两处拆了屋顶的人家中间，还存留着黄土墙带木板门的屋子，那木板门上挂了一块牌，正是某省某县某区烟酒征收分处的一块木牌子。”他心里想到的是烟酒税尚是大有可为，因为“民情似铁，官法如炉，天下没有榨不出油的豆子”。还有银行家贾多才被派往陕西，大言不惭地声称“这个年月，不挣钱的事，哪有人干？银行业呢，就是以钱挣钱的商业，若是他也干无利可图的事，那是屠户不用刀了”。他名为办合作社救济农村，而实际上却干着投机钻营，大发横财的勾当。

在张恨水的叙述中，西北虽然落后贫穷，但尚是一片质朴天真之地。这群利欲熏心之徒，带来了东边的浮薄空气，污染了西北这片土地。在西安最好的旅馆“小西天”，一道常见的风景就是女子如待价而沽的物品。逃难投亲而来西安的年轻女子月英，为了让祖母、母亲能有口饭吃，在茶房、媒人的威逼利诱之下，屡次来小西天屈辱地被鉴赏被估价，委身于银行家成为姨太太。而一些虚荣的西北女子在东边人的引诱下主动走上堕落的道路，在小西天有一群“跑饭店”的姑娘。正如本地人所说的：“这两年，交通便利了，东方的人，纷纷的向这里来，时装的女子，常常可以在街上碰到。小姑娘，跟着东方的女人学。爱上摩登，家里弄不到钱，就到外面去找，小西天就是她们第一个找钱的地方。”①

在小说中，无论是担任着启蒙拯救还是欲望引诱的角色，东边之于西北都有一种经济文化上的优越感。在进步/落后、现代/原始、浮华/质朴的二元框架中，东边与西北呈现不平等的关系。其时兰州、西安尚未通电，被东南来的年轻人称之为“十六七世纪的古都”，这其实就是将地理空间的差异转化为时间的差异，

---

① 张恨水：《小西天》，北岳文艺出版社，1993年，第151页。

不同的地域差异被置于社会进化的不同阶段。无疑，张恨水接受并认可一种现代化的论述基调：来自东边的启蒙知识分子，代表着顺应世界潮流、符合现代生活需要，进步而理性的普世性知识与文明，而西北是落后而停滞的历史遗留。西北是蛮荒的、有待发现的，西北人质朴贫困，但缺乏建设好自己家乡的能力，必须在东边人的启蒙引导下“追赶”东边，消除现存的时间差。应该说，这样的书写，既建构了特定的国族认同，也形塑或巩固了国族内部地域差异构成的不平等的权利关系。

很明显，小说对西北与东边不平等的权力关系的呈现与形塑，与特定的文化生产/消费语境有关。张恨水自言他作陕甘之游纯粹是个人行为，“意在调查西北民生疾苦，写入稗官”①。但实际上他接受了南京《民生报》和北平《世界日报》的共同邀请，约定此次西北之游，“不才已受本报及北平《世界日报》之约，有时间性之见闻，尤其西北农村社会之实况，当随时记录邮寄两报发表”②。同时，他又被北平的《实报》《世界日报》以及上海的《晶报》《旅行杂志》聘为旅行记者③。

除了传媒资本的介入，张恨水的西北行还受到官方政治意识形态的影响。20世纪30年代，在国亡无日的危机驱迫下，国民政府开始重视西北地区。“九一八”失东三省后，如何建设西北的课题被提出。1932年，南京国民政府在淞沪战事的压力下，一度宣布迁都洛阳，成立西京筹备委员会，并打算一旦中日战事全面爆发，立即迁都西安。国民党四届三中全会及国民政府中央政治会议，相继讨论通过“开发西北”的议案。1934年，全国经济委员会成立西北办事处，积极推进移民垦殖、交通建设、兴修水利、勘探矿产等各项计划。同时，各级政府机关，制定奖励办法、筹备考察团体，鼓励国人前赴西北游历考察④。

---

① 张恨水：《西游小记（一）》，《旅行杂志》1934年8卷第9号。

② 谢家顺：《张恨水年谱》，安徽文艺出版社，2014年，第324页。

③ 孙强、路早艳：《张恨水的西北行旅考论》，《西部学刊》2018年3期。

④ 沈松侨：《江山如此多娇——1930年代的西北旅行书写与国族想像》，《台大历史学报》2006年6月第36期，第162页。

尽管严独鹤等编者为推重《燕归来》《小西天》的价值，刻意强调张恨水不同于那些政府官员、考察团体只是游历一般的转圈子，而是“单身旅行，种种见闻，特别来得真切”①。张恨水在“那与物质文明隔绝的所在，住窑洞，喝泥汤，设法的和老百姓接近”②。但实际上，张恨水的西北游还是受惠于政府的支持赞助，他自己也承认：（从潼关到西安）我是蒙经济委员会一位卢姓工程师，将他架来的坐车，带我走的。据说，那汽车是宋子文先生留在西安的，其舒服也就不言而喻了③。另外，在西安，他还受到政府要员的接待。因此，张恨水的陕甘行并不完全是自觉的行为，而是有传媒和政府介入，那么，他的写作也必然会打上资本和政治的烙印。

某种意义上，这两部以西北行旅为题材的小说，其实是传媒资本和政治意识形态相结合而催生出的产物。这两部小说都是连载在上海的报纸上，《燕归来》在《新闻报》副刊《快活林》上连载。《小西天》则刊于《申报》副刊《春秋》。虽然《申报·春秋》的编者在连载开篇时，在按语中讽刺一般作家高喊“到民间去”的口号，却住在高大的洋房中，时常光顾的是咖啡馆、跑狗场、百乐门跳舞厅④。但事实上，张恨水的这些西北书写，恰恰需要满足这些住洋房泡咖啡馆的都市人士对西北的想象，因此风景成了消费社会的景观/景象。景观/景象（spectacle）是居伊·德波提出的概念，它是由一种经济生产的自动化体系的具体成功所导致的意识形态物质化⑤。在景观/景象社会中，旧的强势统治方式逐渐被取代，以文化意识形态为主导的新型霸权统治模式逐渐完善。而这种新的意识形态化统治往往以媒介为手段，通过大众媒介，景观/景象以它特有的形式，诸如信息或宣传资料，广告或直接的娱乐消费，成为主导社会生活的现存模式。最终，景观/景象不再是现实世界的补充或额外的装饰，它成了现实社会非现实主

① 独鹤：《谈话·燕归来》，《新闻报》1934年7月24日。
② 编者：《介绍小西天》，《申报》1934年8月20日。
③ 张恨水：《西游小记六》，《旅行杂志》1935年9卷第2号。
④ 编者：《介绍小西天》，《申报》1934年8月20日。
⑤ 居伊·德波：《景观社会》，王昭风译，南京大学出版社，2007年，第99页。

义的核心①。分离的、虚幻的媒介形象甚至取代了直接的生活体验和社会关系。

张恨水的西北书写即是如此，西北是被消费的风景，小说连载于上海的报纸副刊上，深深浸染于海派言情文化中。因此，一方面是苦难与危险，一方面则是奇迹与艳闻。风景的发现伴随着情爱关系的微妙展开，杨燕秋和三个暗恋自己的男同学一起启程，回乡之旅也是考验选择之途，最终她遇到了留学归来的工程师，芳心另有所属。高一虹在行旅中邂逅洪朗珠，一场一见钟情式的恋爱无疑点缀了西北之游。而《小西天》中那个被侮辱被损害的西北女子月英，最终在一群激昂的女权分子的帮助下，得以与心上人王北海携手。但处于国族主义的语境中，张恨水并没有让相恋的小儿女只沉迷于狭小的爱情天地，而是让他们都转向了爱国之情。他们敢爱，并且拥有愿意为一种新型的民族想象共同体而献身的勇气②。

同时，西北也是主导读者想象和体验的景观/景象。小说呈现一个落后荒凉，有待开发的西北，让读者“感觉到这西北的民间，是中国的另一世界”③，既是“中国的”，作为同胞的东边人以及其他区域的人就有义务帮扶他们；而作为“另一世界”，西北与东边的差异被刻画，但也因此忽略了西北内部的族群、阶级、性别等差异，小说给读者描绘的是一个同质性的西北。西北之所以落后贫困，其原因在于长期被忽视，自然条件恶化而未能得到很好的治理。只要真正的重视西北，响应政府“开发西北”“建设西北”的号召，西北就会迈向发达与现代。正如《燕归来》的结尾，杨燕秋选择和程力行结为伴侣，共同致力于西北建设，并与老同学约下十年之期。与左翼作家的斗争立场不同，张恨水并没有对现存秩序颠覆的革命冲动，他认为西北的未来在于开发和建设，而不是一次翻天覆地的革命。

［作者单位：西南大学文学院］

① ［法］居伊·德波：《景象的社会》，肖伟胜译，《文化研究》（第3辑），天津社会科学出版社，第60页。

② ［美］李海燕：《心灵革命：1900—1950现代中国爱情的谱系》，修佳明译，北京大学出版社，2018年，第85页。

③ 编者：《介绍小西天》，《申报》1934年8月20日。

何其芳《新年有感》的发表考释[①]

□熊飞宇

【摘要】1946 年元旦上海《文汇报》所刊何其芳《新年有感》，后以《过年有感》为题，收入其《星火集续编》。该文于 1945 年 12 月 25 日作于重庆，因中共党员作家叶以群之故，得以在其主编的副刊《世纪风》上发表。作者对“愚公移山”与“三座大山”的借用，是其思想转向后的自然延伸与自觉表露。对《世纪风》同期刊发的文章，亦有整体性的解读。

【关键词】何其芳；《新年有感》；发表

1946 年 1 月 1 日，《文汇报》增刊第四版的《世纪风》，刊有何其芳的《新年有感》，其文如下：

还没有写过新年随笔之类。但从有记忆之日起，年却是过得很多很多了。

很想借用鲁迅先生的一半句话，我总要上下四方寻求，得到一种最黑最黑的咒文[②]，先来诅咒那应随昨日之死而死者，先来诅咒那应随昨日之死而死但却偏不肯死者。

① 基金项目：本文为国家社科基金重大项目“抗战大后方文学史料数据库建设研究”（项目编号：16ZDA191）的阶段性成果。

② 《星火集续编》作“求得一种最黑，最黑，最黑的咒文”。

昨日①害丧，予及女偕亡！应死而偏不肯死，来源久矣，② 在这个意义上，诅咒，③ 似乎无用。当然，我这样说，也即是等于说在另外的意义上诅咒也还还④是很有用的。要不然，嬴政流⑤为什么那样恐慌⑥，那样手忙脚乱，以至于要偶语者弃市呢？

诅咒是需要的。不停止不满足于诅咒也是需要的。或者说，更是需要的。

最近有一个比较年长的朋友对我说："压在石头底下的草的生长总是弯曲的。是弯曲地生长好呢？还是不生长好呢？"当然，虽弯曲而仍生长着的好⑦。这是一种通达之论。⑧ 他这是对被压在应死而偏不肯死的黑色事物之下的文化艺术而言。就是说，弱点呀，甚至于错误呀，都是难免的。应取其大而略其小，⑨ 应祝贺其生长而宽容其著作⑩。但是，他这譬喻还可以用到更积极的方面，⑪ 人到底不是草，可以不那样盲目。黑色事物也不等于石头，并不那样简单。能够充分地研究压在我们头上的该诅咒者，洞澈其应死而偏没有死之理，又寻得有步骤的有效验的加速其死之方，则我们就可以使新的事物的生长减少一些不必要的弯曲与挫折；⑫ 那就更可祝贺了。

最近又有一个比较年轻的朋友来看我——说得更具体一点，是⑬在一个中学里教过的学生，他现在也在中学里作教员了，这很使我震惊于时光的流逝。我们谈了许久，谈到很夜深。我问他一个问题。我说：在辛亥⑭命以前，

---

① "昨日"，《星火集续编》作"时日"。
② 《星火集续编》用句号。
③ 《星火集续编》无逗号。
④ 其中一"还"系衍字。
⑤ 《星火集续编》为"之流"。
⑥ "恐慌"，《星火集续编》作"恐惧"。
⑦ 《星火集续编》作"虽弯曲然而生长着的好"。
⑧ 《星火集续编》之后另有"也就是所谓唯物论之论"。
⑨ 《星火集续编》为句号。
⑩ "著作"，《星火集续编》为"芜杂"。
⑪ 《星火集续编》为句号。
⑫ 《星火集续编》为"……弯曲与挫折了。"
⑬ 《星火集续编》有"我"字。
⑭ 此处有"革"字脱落。

在第一次大革命以前，据我所知，那时的知识青年颇多狂热的民族主义者①民主主义者，而后一个阶段，更不少认识了唯有能②大的下层民众得到解放才是中华民族的真正解放的真理；然而，在我这一代，③ 据我所知，则消沉颓唐的颇多，连民族思想都很淡漠了，这是屠伯们用青年的血来恐吓青年的结果；现在我所④知道的是，在你所接触的这新的一代，到底还是消沉与蒙昧的多呢，还是觉醒与倾向于觉醒的多呢？

他说：⑤“消沉的时期也是有过的；但现在，却是逐渐走向觉醒的多了。”

真的如此，那又是一种更可祝贺的生长。我们这古老的民族，自从被海外的⑥大炮所震撼所攻击以来，就不断地有忠实的儿女为她的新生而流血⑦而苦斗，而摸索道路。已经一百年还多了。这真是一个动人的愚公移山的故事。然而也真的移掉了一匹大山，日本侵略者垮台了。这就证明了这些愚公并不愚，这些愚公的子子孙孙也并不愚，⑧ 即使还有一座大山，两座大山⑨阻挡着我们走向理想的新中国之路，终有完全被移掉的一天的。

思绪总是这样沉重，似乎与过年毫不相干，那么——就停笔了吧。

十二月廿五日，一九四五年⑩

该文以《过年有感》为题，收入何其芳的《星火集续编》(第16—18页)，群益出版社（上海四川北路八五〇号）1949年11月刊行。后亦收入蓝棣之主编的《何其芳全集》第二卷（河北人民出版社，2000年5月)。《星火集续编》系“群益文艺丛书”之一，初版本卷末附有丛书各册简介，其中关于《星火集续编》(杂

① 《星火集续编》有逗号。
② “能”，或为“最”之误。《星火集续编》作“广”。
③ 《星火集续编》中另有“即大革命失败后的这一代”。
④ “所”，《星火集续编》作“想”。
⑤ 《星火集续编》用逗号。
⑥ 《星火集续编》无“的”字。
⑦ 《星火集续编》有逗号。
⑧ 《星火集续编》用句号。
⑨ “一座”“两座”，《星火集续编》作“一匹”“两匹”。
⑩ 《星火集续编》作“一九四五年十二月二十五日”。

文）的介绍云：

> 这是一九四四到四七年，作者在重庆新华日报副刊和其他杂志副刊发表的一些杂文。共分四集：第一辑是抨击反动派的政治文章和纠正偏向的文艺短论。第二辑是用笔记体写延安的回忆文。第三辑是纪念死者的文章。第四辑是写给青年们的读物。我们从《星火集续编》，可以看到作者两次从延安到重庆，在反动派统治下坚持战斗的全貌了。

《过年有感》与《新年有感》的文本差异，前已通过注释予以说明。除排印时的误植之外，两者之间的增删，或更足堪玩味。

《新年有感》末署“十二月廿五日，一九四五年”，其写作时间，已十分明确；但其写作地点，则尚需推求。《星火集续编》的作者《后记》（1949 年 8 月 24 日作于北平）云：“一九四四年四月我曾到重庆去过一次，一九四五年一月才回延安。一九四五年九月，我又到重庆去工作，一直到一九四七年三月被国民党反动派强迫撤退为止。这两次在重庆的时候，曾为了新华日报副刊和其他杂志副刊的需要，写了一些杂文。”① 具体而言，何其芳曾两度被派驻重庆。一是 1944 年 4 月，随中共代表团离延安至重庆，住红岩村八路军办事处，任宣传组宣传部副部长，兼《新华日报》副刊编辑。同年与刘白羽向中共中央宣传部呈交书面汇报，建议重庆文化界进行“整风”，得到采纳，由周恩来主持“重庆文艺座谈会”。至 1945 年 1 月，调回延安。二是 1945 年 9 月，奉周恩来之命，再度前往重庆，初居上清寺，后迁至曾家岩五十号“周公馆”，负责文艺界统一战线工作，并接替邵荃麟编辑《联合特刊》（即《中原》《文哨》《希望》《文艺杂志》四刊物之综合版）。其间，兼任中共中央“西南局”文委委员、中共四川省委委员、新华日报社副社长。1946 年 7 月，《联合特刊》结束，同月“文协”重庆分会出版《萌芽》月刊，任编辑委员（主编艾芜）。至 1947 年 3 月，方随中共驻渝办事机构最后一

① 何其芳：《星火集续编》，群益出版社，1949 年，第 230 页。

批人员，撤返延安①。据此来看，《新年有感》一文，应是作于重庆。

不过，《后记》又说："从《'自由太多'屋丛话》到《过年有感》，是第一次在重庆的时候写的。"②《过年有感》(《新年有感》)的写作时间已经非常明确，显系作者第二次到重庆后所写，不应纳入"第一次在重庆"写作的篇目。

但作者的记忆或许并未失误。按川地风俗，"过年"之说，多指农历(阴历)；而所谓"新年"，则用于公历(阳历)。《过年有感》可能作于甲申年(1944年)岁尾，而彼时何其芳正在重庆，只是当时未曾发表，后因1946年新年将至，故将旧稿改于1945年12月25日，题目亦随之换为《新年有感》。此番推测，聊备一说。

现就此文的发表情况与思想内容再略做说明。

如前所述，《新年有感》发表于《文汇报》的副刊《世纪风》。《文汇报》，1938年1月25日创刊于上海，雇请英国人克明担任名义上的董事长兼发行人、总主笔，实际主持工作的是经理严宝礼、总编胡惠生。1939年5月18日被迫终刊。抗战胜利后，于1945年8月18日复刊，共出号外19天。自9月6日起，正式复刊。1947年5月24日被勒令停刊。1948年9月9日创办香港《文汇报》。1949年6月21日，《文汇报·上海版》复刊③。

既然《文汇报》出版于上海，而何其芳时在重庆，且身为新华日报社副社长，为何《新年有感》的发表会舍近求远？

我们要明白个中缘由，首先需了解副刊《世纪风》的来龙去脉。

《世纪风》创刊于1938年2月11日，由柯灵主编。一开始，即得到中共党员和进步作家茅盾、巴金、阿英、梅益、王统照、王任叔、王元化等的大力支持，坚持思想性、战斗性、艺术性并重，成为上海"孤岛"的文学堡垒④。《文汇报》

① 刘绍唐主编：《民国人物小传》(第6册)，上海：生活·读书·新知三联书店，2015年，第47页。

② 何其芳：《星火集续编》，群益出版社，1949年，第230页。

③ 叶再生：《中国近现代出版通史》(第4卷)，华文出版社，2002年，第340—341页。

④ 邱沛篁、吴信训、向纯武等主编：《新闻传播百科全书》，四川人民出版社，1998年，第615页。

复刊后所出号外，反响平淡，严宝礼遂急电徐铸成、柯灵，请求相助。9月6日，改版后的四开大报《文汇报》出版，柯灵任主笔兼副刊主任。《世纪风》同日复刊①。但因总编班子“政治态度动摇”②，销数并不见涨，报纸经营出现危机。11月，徐铸成推荐原《前线日报》总编辑宦乡主持编辑工作③（后任副总主笔）。自1946年元旦，《文汇报》开始弃旧图新，转到拥护政治协商会议的立场，重新树起鲜明的进步旗帜④。此后，从版面到内容，均有系列新变。《世纪风》从1月1日起，由柯灵、叶以群、陈尚藩共同主编。因柯灵将主要精力放在新设副刊《读者的话》，《世纪风》的编辑工作，多由叶以群负责⑤。

叶以群（1911—1966），原名叶元灿，笔名以群、华蒂、杨华等。安徽歙县人。1938年，参加中华全国文艺界抗敌协会，任《抗战文艺》编委。1939年6月，在重庆参加作家战地访问团。同年8月中旬，与刘白羽等成立中华全国文艺界抗敌协会晋东南分会。后根据周恩来的安排，赴重庆协助茅盾工作，被誉为“茅盾的参谋长”。1943年，用中共地下党经费，创办新群出版社，出版文艺丛书。1944年，任重庆中外文艺联络社总编辑⑥。中外文艺联络社，简称“文联社”，其主要任务是“协调作者与编者之间的供需关系，传播文化出版信息，开展中外文艺往来等”⑦。文联社虽由“茅盾任社长”，但“实际工作是由总编辑叶以群和经理冯亦代两人负责”⑧。或云：“该社是叶以群创建的，邀茅盾担任社长，具体工作由叶以群、冯乃超负责。”⑨ 1946年，叶以群奉命至上海，开展革命文艺工作。其主编《世纪风》期间，使之发展成为政论性副刊。《星火集续编·后

① 林伟：《唐弢评传》，沈阳出版社，2019年，第175页。

② 叶再生：《中国近现代出版通史》（第4卷），华文出版社，2002年，第340页。

③ 林伟：《唐弢评传》，沈阳出版社，2019年，第175页。

④ 邱沛篁、吴信训、向纯武等主编：《新闻传播百科全书》，四川人民出版社，1998年，第615页。

⑤ 林伟：《唐弢评传》，沈阳出版社，2019年，第175页。

⑥ 杨永生、汪大白主编：《徽州名人家训》，中国科学技术大学出版社，2018年，第229—230页。

⑦ 范泉主编：《中国现代文学社团流派辞典》，上海书店出版社，1993年，第69页。

⑧ 闻黎明：《民盟历史人物：闻一多》，群言出版社，2012年，第326页。

⑨ 闻黎明编著：《闻一多年谱》，群言出版社，2014年，第492页。

记》亦云："除了新华日报副刊和《萌芽》而外，这个集子里的文章刊载过的地方还有重庆的大公报副刊、新生报、新民报副刊，上海的《文联》和中外文化联络社所发去的其他各地的报纸副刊。"① 由此可见，《新年有感》应是叶以群通过中外文化联络社发表于由其本人主持的《文汇报·世纪风》之上。

对该期《世纪风》，《文汇报史略》曾做过介绍云："第一期就发表了郭沫若、何其芳、陶行知、臧克家等的文章。"② 具体来说，该期《世纪风》刊发的文章，除《新年有感》之外，另有臧克家的《大年初一的小愿望》、力扬的《胜利以后第一个新年》(1945 年 12 月 26 日作于重庆)、陶行知的《新年的希望》(新诗)、酒泉的《元旦致马歇尔将军》以及郭沫若的《历史在大转变》(作于 1945 年 12 月 15 日)。而同日《新华日报》的《新华副刊》发表的文章主要有：1. 陶行知的《民主到那里去——向全国农人贺新年》。据作者附记，该诗"成于三十三年十月，当时登不出来，近新华记者索新年诗，特抄录以充篇幅"。2. 葛洛的《给抗属送年礼》。文章作于 1945 年 2 月 8 日，主要"写三三年除夕，边区的一个乡政府给抗属送年礼的事情"。此外另有汉夫③的《"我是重庆来的"》，秦牧④的《迎"民国"卅五年》及何思敬⑤的《新年之希望》等。两相比较，《新华副刊》发表的多为旧作，可见当时重庆进步文化界对《文汇报》及其副刊《世纪风》支持力度之大。

---

① 何其芳：《星火集续编》，群益出版社，1949 年，第 233 页。

② 文汇报报史研究室编写：《文汇报史略（1938.1—1939.5，1945.8—1947.5）》，文汇出版社，1988 年，第 85 页。

③ "汉夫"即章汉夫，新华日报社新闻编辑部主任、总编辑。

④ 1944 年，桂林失陷，秦牧随湘桂大撤退的难民洪流，步行千里，到达桂黔边境的六寨，又辗转进入贵州，曾在熊佛西主编的《力报》担任编辑部主任。该报倒闭后，于 1945 年初到达重庆，加入中国民主同盟，参加《中华论坛》《再生》的编辑工作，结识了许涤新、林默涵、刘白羽、胡绳等进步文化人，经常在《新华日报》发表散文，并辑成第一本书《秦牧杂文》，经叶圣陶编审，1947 年由开明书店出版。1946 年，参加中国劳动协会机关刊物《中国工人》编辑工作。该刊移至上海，秦牧随之离渝赴沪。参见张振金《秦牧年谱简编》。

⑤ 何思敬（1896—1968），翻译家、法学家和哲学家。别名何畏。浙江杭县人。抗战胜利后，作为中国代表团的法律顾问，参加重庆谈判，协助毛泽东、周恩来拟定谈判原则、方案。"双十协定"签订后，随同周恩来等留重庆，就未能达成协议的问题继续会谈。

同一副刊同一版面的文章，往往会因为彼此之间的互文性而形成一个共同体。本组文章即拥有一个共同的主题：反对内战，争取和平；反对专制，争取民主；反对黑暗，争取光明。而郭沫若的《历史在大转变》更是登高而呼："中国是中国人的中国，不应该是某一党的中国。人民是国家的主人，是历史的主人，为了应付大时代，大转变，国家的根本组织法都可以变，兢兢于既成的法统之争，那完全是近视眼式的见解。"进而指出："历史在大转变！谁能领导这个转变的便是民族的英雄，谁要阻挠并逆扭这个转变的便是民族的死敌。人民在希望着新英雄的出现！"

单就何其芳的《新年有感》而言，作者在新年即将到来之际，面对"应随昨日之死而死但却偏不肯死者"，发出"最黑最黑"的诅咒；同时也意识到，仅有诅咒还远远不够。那么，接下来应该采取什么态度与措施呢？作者引用一位"比较年长的朋友"的观点，认为在"黑色事物"的重压之下，更多的只能"弯曲地生长"。但在作者看来，对这些"该诅咒者"，应该更加积极地"充分地研究"，"洞澈其应死而偏没有死之理"，"寻得有步骤的有效验的加速其死之方"，从而使新事物的生长，"减少一些不必要的弯曲与挫折"。作者又通过与一位"比较年轻的朋友"的交流，了解到"新的一代"，正"逐渐走向觉醒"。最后，作者希望"我们这古老的民族""忠实的儿女"，发扬愚公移山的精神，在"移掉""日本侵略者"这座大山之后，进而"移掉"前面的"一座大山，两座大山"，"走向理想的新中国之路"。

"愚公移山"是延安话语系统中的关键词。正是毛泽东，第一次把愚公移山精神与改变中华民族命运、打败日本帝国主义侵略联系起来，同时也第一次把愚公移山精神与挖掉中国头上的"三座大山"、夺取新民主主义革命胜利联系起来①。1938年4月30日，在抗大第三期第二大队毕业典礼上，毛泽东对即将开赴太行山等地的干部们提出：要"学习愚公挖山的精神，把帝国主义、封建主义和

---

① 张战伟：《毛泽东对愚公移山精神的阐释与升华——写在毛泽东主席〈愚公移山〉发表75周年之际》，《济源日报》2020年6月9日第1版。

资本主义三座大山统统移掉”①。1945年6月11日七大闭幕会上，毛泽东发表题为《愚公移山》的重要讲话，表示“现在也有两座压在中国人民头上的大山，一座叫做帝国主义，一座叫做封建主义。中国共产党早就下了决心，要挖掉这两座山。我们一定要坚持下去，一定要不断地工作，我们也会感动上帝的。这个上帝不是别人，就是全中国的人民大众”②。抗战时期，何其芳于1938年8月，与沙汀、卞之琳由成都出发，沿川陕公路往延安；9月，获毛泽东接见③。1942年2月，毛泽东在延安发起整顿“三风”（学风、党风、文风）运动。“整风”期间，何其芳任“鲁艺”整风学习委员会主任。5月，参加延安文艺座谈会，毛泽东在会上发表讲话，提出为工农兵服务的文艺政策④。何其芳自是开始转向，奉行毛泽东的文艺路线而不渝。而《新年有感》的诞生，正是其写作“回忆延安”系列文章的时期。文章对“愚公移山”“三座大山”的借用，无疑是何其芳转向后思想的自然延伸与自觉表露。

《新年有感》不仅有延安精神的传承，更多的是对时势的针砭。该文写作之后的第三天，即1945年12月28日，何其芳又写下短论《走向更大的胜利》，发表于《中原·希望·文艺杂志·文哨联合特刊》第1卷第1期（1946年1月出版）。论者认为，其脱稿之日，恰逢前来重庆出席政治协商会议的中共七人代表团与国民党展开正式谈判的第二天，同时距离政协会议的召开，已不足半月。何其芳此时发表这篇号令式文章，目的正在于强化文艺界统战工作，“加强文艺战斗与政治战斗的配合”，为即将召开的政治协商会议做好准备⑤。两文并观，足以

① 中共中央文献研究室编，逄先知主编：《毛泽东年谱（1893—1949）》（中卷），人民出版社、中央文献出版社，1993年，第65页。

② 中共中央文献研究室编：《毛泽东在七大的报告和讲话集（1945.4—1945.6）》，中央文献出版社，1995年，第235页。

③ 刘绍唐主编：《民国人物小传》（第6册），上海：生活·读书·新知三联书店，2015年，第46页。

④ 刘绍唐主编：《民国人物小传》（第6册），上海：生活·读书·新知三联书店，2015年，第46—47页。

⑤ 李朝平、张雅：《“转折期”文艺思想的斑驳面影——何其芳五篇佚作释读》，《重庆三峡学院学报》2020年第3期，第98页。

显见何其芳的战斗精神。

最后来看此文的收录情况。《新年有感》作为《过年有感》最早的发表形态，似乎极少得到学界关注。按易明善所编《何其芳抗战时期简谱》（发表于《四川作家研究》第二集，亦即《四川大学学报丛刊》第十九辑，1983 年 9 月），搜罗何其芳 1937 年 9 月至 1947 年 3 月的文章篇目，其所录者为《过年有感》。陆文璧《何其芳著作系年》（载易明善编《何其芳研究专集》，四川文艺出版社，1986 年 3 月），金钦俊《何其芳年表》（载《何其芳作品欣赏》，广西人民出版社，1986 年 12 月）以及王雪伟《何其芳年谱》（载《何其芳的延安之路：一个理想主义者的心灵轨迹》，河南人民出版社，2008 年 8 月）等，均只著录《过年有感》，且无发表信息。

问题随之而来：既然何其芳的《新年有感》未曾受到重视，同版其余篇目的际遇，是否同样如此？此处亦一并分解：

1. 臧克家《大年初一的小愿望》。又发表于 1946 年 1 月 5 日贵阳《大刚报》。冯光廉、刘增人《臧克家著作系年》著录："大年初一的小愿望（杂文），载 1946 年 1 月 1 日上海《文汇报·世纪风》。"① 后收入《臧克家文集》及《臧克家全集》（第 8 卷），末署"1945 年 12 月末"。

2. 力扬《胜利以后第一个新年》。未见刊于它处。时力扬任教于育才学校。王文金《力扬年谱简编》未著录。

3. 陶行知《新年的希望》。初发表于《民主》星期刊第 14 期（第 2 版），1945 年 12 月 29 日出版。末署"卅五年元旦"。全诗分三节，每节均有小标题，分别是：（一）和平年；（二）民主年；（三）联合政府年。注释有二。《文汇报》发表时，删去了小标题及注释。后又刊于《半月文萃》复刊第 2 期（第 34—35 页），1946 年 1 月 16 日出版，末署"重庆《民主星期刊》第十四期"。该诗"表达对抗战胜利后建设民主共和国家的期盼"②，收入《陶行知全集》第 7 卷。

---

① 冯光廉、刘增人编：《臧克家研究资料》，甘肃人民出版社，1990 年，第 823 页。

② 王文岭：《陶行知年谱长编》，四川教育出版社，2012 年，第 677 页。

4. 酒泉《元旦致马歇尔将军》。未见刊于它处。“酒泉”，据韩丽梅《袁水拍笔名笺注》，系袁水拍笔名。“1939 年至 1962 年使用。1939 年 2 月在香港《大公报》发表读书杂记《地狱的故事》时第一次使用，后多用于发表杂感和诗。”① 该诗尚未进入研究者视野。

5. 郭沫若《历史在大转变》。据《郭沫若专集（2）：著译系年目录（解放前部分）》，“历史在大转变（论文），1945 年 12 月 15 日脱稿；载 1946 年 1 月 1 日上海《文汇报》；初收 1946 年 11 月《一二・一民主运动纪念集》；又收 1961 年 10 月人民文学出版社北京第 1 版《沫若文集》第 13 卷。注：此篇收入《一二・一民主运动纪念集》作为序，篇名题《序〈历史的大转变〉》。”②《一二・一民主运动纪念集》由于再先生纪念委员会编辑发行，镇华出版社出版。篇名应是《序——历史的大转变》。陪都各界反对内战联合会编印的《昆明一二・一学生爱国运动》亦将此文收入，题作《历史的大转变（代序）》。后又收入郭沫若的《天地玄黄》（大众书店，1948 年 9 月）。

[作者单位：重庆师范大学文学院，重庆市抗战文史研究基地]

---

① 韩丽梅编著：《袁水拍研究资料》，中国国际广播出版社，2003 年，第 98 页。

② 上海图书馆编注：《郭沫若专集》（2），四川人民出版社，1984 年，第 258 页。

学衔

·思潮研究·

20世纪50—60年代农业合作化小说中的地主形象构型①

□曾利君

【摘要】中华人民共和国成立初期的阶级政策和社会主义革命的新形势决定了地主的政治处境和现实境遇，也影响到文学中地主形象的构型。20世纪50—60年代农业合作化小说中的地主形象大多以“阶级敌人”的面目出现，其时代性特征集中体现在反动性与破坏性上。农业合作化小说中地主形象的塑形有助于革命叙事的完成、英雄形象的衬托，但“继续革命”的逻辑和对地主单一的阶级属性、阶级品质的强调不可避免地使地主形象走向政治化与同质化，这在一定程度上遮蔽了地主形象的真切性与丰富性。

【关键词】农业合作化小说；地主形象；特征；局限

20世纪50年代初期兴起的农业合作化运动是继土地改革之后中国农村又一场深刻的社会革命，这场变革不仅为中国的社会经济制度和乡村生活带来巨大变化，也为文学创作提供了丰富的源泉，催生了一大批农业合作化小说。这些农业合作化小说写到了合作化运动的过程和农村的生活场景，也写到了合作化时期农村不同阶层、不同群体的精神风貌，包括拥护合作化政策、走集体化道路的乡村干部和积极分子，有私有观念、摆动在两条道路之间的中间人物，以及反对合作

① 基金项目：本文为中央高校基本科研项目“中国当代小说与古代文学传统”（项目编号：SWU1909210）阶段性成果。

化运动的敌对分子如地主、富农、敌特等。就人物形象的塑造而言，对地主、富农、敌特等反派形象的描写是为言说“合作化运动”这场革命的合法性与艰巨性服务的。在 20 世纪 50—60 年代的合作化小说中，地主形象虽不及中华人民共和国成立前的土改小说或中华人民共和国成立后的抗日小说中的地主形象那样丰富多样，但出于表现阶级斗争和迎合主流意识形态的需要，作家依然会写到地主形象。从合作化小说对地主形象的构建来看，地主形象不仅联系着合作化时期的阶级政策与农村的阶级状况，体现出反动性与破坏性的阶级特征，也有着特定的叙事作用。与此同时，作为反面形象，地主形象的塑形存在着简单化、政治化、同质化的现象。

一　特定历史语境中“地主”的现实境遇及其文学形象

从“地主”这一名称来看，我国古代就有了“地主”“田主”一类的称谓，但“地主”一词究竟起于何时，似乎是一桩“历史悬案”①，至今尚无定论。不过，对于“地主”一词的界定，毛泽东的说法颇有影响力。1933 年，毛泽东在《怎样分析农村阶级》一文中认为，“占有土地，自己不劳动，或只有附带的劳动，而靠剥削农民为生的，叫做地主”②。这里，毛泽东从土地的占有情况、生存方式和剥削特征来定位地主，这一定义成为土地革命时期进行阶级划分和制定阶级政策的重要依据。

在 20 世纪 30—50 年代的中国土地革命中，“地主”成了革命的对象。追溯起来，这一土地革命的经验来自俄国，“通过大规模的土地改革运动，运用暴力手段，剥夺地主的土地财产，以满足贫苦农民生产和生活的需要，来解决农村中生产资料占有和贫富不均的问题，发源于俄国的十月革命，并逐渐成为包括中国在

① 章有义：《关于我国地主名称的原始》，《中国社会经济史研究》1992 年第 2 期。

② 毛泽东：《怎样分析农村阶级》，《毛泽东选集》（第一卷），人民出版社，1951 年，第 113 页。

内的各国共产党在革命中和革命胜利后共同效仿的做法”①。根据苏俄模式，中国共产党在民主革命时期的红色根据地发起了打土豪、分田地的土地革命，实行“消灭地主阶级”的政策；在抗日战争时期，又实行地主减租减息的政策；抗日战争结束后，民族矛盾转变为阶级矛盾，作为“剥削阶级”的地主再次成为革命的对象。在1947年10月，中国共产党颁布的《中国土地法大纲》中规定，“废除一切地主的土地所有权”，“乡村农会接收地主的牲畜、农具、房屋、粮食及其他财产”②。中华人民共和国成立之初，新解放区的土地革命基本上延续了《中国土地法大纲》中对地主的政策，1950年6月颁布的《中华人民共和国土地改革法》明确提出，要“废除地主阶级封建剥削的土地所有制，实行农民的土地所有制”，“没收地主的土地、耕畜、农具、多余粮食及其在农村中多余的房屋”，与此同时，也给地主以出路，分配土地时，“对地主亦分给同样的一份，使地主也能依靠自己的劳动维持生活，并在劳动中改造自己”③。这些政策规定决定了土地革命时期地主的政治处境与现实境遇，从政治处境看，“地主”既是一种政治身份，也成为鲜明的阶级标识，“剥削阶级”的属性将其锁定在“阶级敌人”的阵营，并被剥夺财产和政治权力。而从现实境遇来看，在将地主阶级的土地所有制变为农民的土地所有制的土地革命大潮中，作为革命对象的“地主”不是被打倒，就是被消灭，或者被改造。

而在合作化运动中，社会革命形势和农村的阶级状况都发生了变化，地主的现实处境又如何呢？

20世纪50年代初期兴起的农业合作化运动，是一场规模盛大且极具时代特征的乡村革命运动，它与此前的土地改革截然不同，“合作化运动及其继起的人民公社却是一场与土地改革性质完全不同的‘社会主义革命’，是一场与几千年的私有制为对象的现代性的革命，在这场革命中，农民由土地革命中的革命主体

---

① 杨奎松：《新中国土改背景下的地主问题》，《史林》2008年第6期。

② 中央档案馆编：《中共中央在西柏坡》，海天出版社，1998年，第231页。

③ 中共中央文献研究室编：《建国以来重要文献选编》（第一册），中央文献出版社，1992年，第336—338页。

变为革命对象”①。在这场运动中，作为“封建剥削的土地所有制”化身的地主已经退出历史舞台，不再是“革命”的对象。不过，合作化运动并没有忘记地主或把地主排斥在外。从当时对地主的阶级政策来看，在中华人民共和国成立初期，毛泽东曾经主张把地主“改造”成农民，也考虑到要让地主走上“合作化”之路，在1955年《关于农业合作化问题》的报告中，毛泽东曾明确提出：“在已经基本上合作化了的地区，在那些已经巩固的合作社内，则可以有条件地分批分期地接收那些早已放弃剥削、从事劳动，并且遵守政府法令的原来的地主分子和富农分子加入合作社，参加集体的劳动，并且在劳动中继续改造他们。”②

但地主是可以改造好的吗？人们对此的看法似乎并不一致，在当时一份地方性文件中，曾经有这样的规定：“在土地分配已经完成地区，为了防止地主反攻复辟、窃取农民的斗争果实，继续压迫农民，必须对他们提高警惕，并严格地进行管制，不能稍有麻痹懈怠。”③ 对地主“改造”问题的意见分歧在文学中也有所反映。早在1950年初，秦兆阳在短篇小说《改造》中就写到了土改时期地主的改造问题，作者相信，像王有德那样的小地主，经过劳动改造后是可以脱胎换骨重新做人的。不过，有人对此并不认同，曾经有批评者指责这篇小说“缺乏阶级分析”，“无原则的歌颂了一个地主如何成了个‘新人’”，把“我们对阶级敌人的态度和对贫雇农的二流子的态度混为一谈了”④，批评者也不满意小说所写的对地主的“平和”改造和“温和”斗争。对此，刊登《改造》的《人民文学》编辑部也做了工作检讨，说这篇小说“把地主阶级在对农民阶级剥削中的残忍、阴险、狠毒的面貌给模糊了。因而也冲淡了地主阶级和农民阶级之间的对立关系”⑤，这些

① 李杨：《50—70年代中国文学经典再解读》，山东教育出版社，2003年，第144页。

② 毛泽东：《关于农业合作化问题》，《毛泽东选集》（第五卷），人民出版社，1977年，第178—179页。

③ 《中共中央转发华东局〈关于土地改革后管制和改造地主的规定（草案）〉》，中共中央文献研究室编：《建国以来重要文献选编》（第二册），中央文献出版社，1992年，第347页。

④ 罗溟：《掩盖了阶级矛盾的本质》，《人民文学》1950年第2期。

⑤ 《人民文学》编辑部：《改进我们的工作——本刊第一卷编辑工作检讨》，《人民文学》1950年第2期。

批评意见与说法实际上“否定了地主改造的可能性”①，也导致了其后文学作品中“正面地主形象”的缺席。

而事实上，毛泽东也不相信所有地主在中华人民共和国成立后的农村社会主义革命中都会安分守己、接受改造。在谈到合作化时期农村各阶级的状况时，毛泽东曾说，“贫下中农对于合作化最积极，许多中农要‘再看一看’”，而富裕中农则有可能“勾结地主富农做坏事”②，包括地主在内的“反革命破坏合作化运动的问题，是一个普遍的问题”③。所以在中华人民共和国成立初期的合作化运动中，地主在很大程度上依然被视为阻碍合作化运动、对新社会心存报复之心的敌对势力。

文学与社会生活紧密相连，伴随着现实中的合作化进程，中国在20世纪50—60年代涌现出了数量众多的合作化题材的小说。据不完全统计，有100多篇，较有代表性的有柳青的《创业史》、赵树理的《三里湾》、周立波的《山乡巨变》、秦兆阳的《在田野上，前进!》、于逢的《金沙洲》、胡正的《汾水长流》、浩然的《艳阳天》、陈登科的《风雷》、冀汸的《这里没有冬天》、刘澍德的《桥》、刘绍棠的《运河的桨声》、方之的《浪头与石头》、李准的《不能走那条路》、吴晨笳的《互助的故事》、王汶石的《风雪之夜》等等，其中有不少作品都写到地主形象。虽然在合作化时期地主阶级大势已去，农民和地主的矛盾不再是农村的主要矛盾，合作化运动所针对的“革命”对象也由土改时对地主阶级的革命转变为对农村小生产方式和私有观念的革命，但合作化小说仍然依照阶级立场和地主不会安分守己的政治判断而把地主作为“继续革命”的对象和“敌对势力”来加以描写和阐释，因而合作化小说中的地主形象大多是否定性形象。

在合作化小说中，我们看到，合作化的过程不仅是农民不断与土地私有制相脱离的过程，或者说农民与根深蒂固的私有观念以及传统文化心理做斗争的过

① 蔡翔：《〈改造〉以及改造的故事——劳动或者劳动乌托邦的叙述（之二）》，《文艺理论与批评》2009年第6期。

② 毛泽东：《〈中国农村的社会主义高潮〉的按语》，《毛泽东选集》（第五卷），人民出版社，1977年，第241—242页。

③ 毛泽东：《〈中国农村的社会主义高潮〉的按语》，《毛泽东选集》（第五卷），人民出版社，1977年，第246页。

程，也是为保证运动的顺利进行而和地主、富农等“阶级敌人”进行较量的过程。比如《运河的桨声》中说，“秋收也不远了，地主、反动富农以及一切反革命分子的活动也会加多”；《山乡巨变》写，清溪乡的民兵在插秧时节高度警惕，严防着曾为地主的反动分子龚子元之流的破坏活动，民兵们“白天出工，夜间巡逻，为的是护秧”；而《艳阳天》则“集合了合作化小说中几乎所有的反面人物类型”①，以此来凸显合作化时期农村激烈的阶级斗争。在作家笔下，地主虽然早已被打倒，威风不再、丧失了话语权，但他们总是伺机破坏合作化。也就是说，在做不成“黄世仁”“周扒皮”的时代，地主依然在做“坏人”。所以在合作化小说中，很难看到偃旗息鼓、被改造成“新人”的地主形象。

不过，与20世纪30年代小说中贪婪吝啬的封建地主和40年代小说中凶恶阴险、血债累累的恶霸地主形象相比，20世纪50—60年代合作化小说中的地主形象具有了一些不同的特征：其一，地主不再是乡村社会的统治者，他们不再高高在上、作威作福，或拥有独立的武装力量、掌控着乡村秩序。作为被打倒的阶级，他们在新政权的管制和人民群众的监督下心态惶惶，苟延残喘。其二，作家在塑造地主形象时，不再着眼于阶级剥削和阶级压迫，而是关注其对新社会的敌视和对社会主义建设所具有的破坏性。所以作家在合作化小说中不再像周立波的《暴风骤雨》或萧红的《王阿嫂之死》那样写地主阶级的嚣张气焰，或者写他们对农民的灭绝人性的肉体摧残和残酷剥削，而是写他们在被打倒之后夹起尾巴做人之时的图谋不轨和垂死挣扎。

二　合作化小说对地主的反动性与破坏性的叙述与想象

尽管“在现实中，对农业合作化运动有抵触、敌对情绪的群体，并非是已被打倒的地主阶级，而是普通农民，甚至是贫农和党员干部”②，但中华人民共和国

① 易晖：《“革命的第二天”——合作化小说中的乡村治理》，《中国现代文学研究丛刊》2014年第1期。

② 林霆：《论十七年农业合作化题材小说的真实性》，《文史哲》2012年第1期。

成立初的作家仍然按照官方对合作化运动的宣传阐释来呈现合作化小说的主题，并把农民、干部对合作化的抵制“解释为阶级斗争与路线斗争，解释为敌人的捣乱与破坏”①。在合作化小说中，作家在叙述合作化所遭遇的曲折或严峻形势时，总是把账算在包括地主在内的敌对分子头上，而当涉笔地主形象时，多注重揭示其反动性与破坏性，并由此构织和想象描摹出被打倒的地主在合作化时期“继续作恶”的种种言行表现：

一是散布谣言动摇人心，破坏生产工具，降低农业互助合作的影响，打击互助组员或合作社员的积极性。比如周杰夫的《赶》（1964）中的地主说天灾是“老天爷反对人民公社”的证明；段荃法的《鞋》（1963）里的恶霸地主三姨太老是说破坏话，偷盗公共财产；束为的《老长工》（1958）中，地主老生姜为了搞破坏而入社，他在社里劳动的时候偷懒，退社时想拉走作价给社里的耕牛，见拉不走，就把黄牛的腿打坏；敖德斯尔的《礼物》（1964）中的地主松岱也暗中伤害集体的羊。

二是混入农业互助合作组织，腐蚀干部和积极分子，并利用掌握的权力来进行破坏。沙汀的《一场风波》（1963）中，地主张兴照和蜕化贫农结成家族同盟，试图争夺生产队的领导权，并利用思想蜕变的生产队队长，要求多划增种地，造谣投机并企图挤掉会计小汪，把社里保管的余粮拿到外省去卖。刘绍棠的《运河的桨声》（1955）中，“地主破鞋”嫁给农业社会计股长赵明福后，腐蚀了赵明福，“使赵明福蜕化了！”

三是对新社会心怀仇恨，随时准备用武力推翻社会主义或者杀人作恶。如《山乡巨变》中的外来反革命分子龚子元，中华人民共和国成立前是地主兼绸布商人，潜逃到清溪乡后伪装成贫农暗地破坏合作化，不仅挑起农业社领导之间的纠纷，指使老婆砍伤社里的耕牛，还私藏定时弹、尖刀、步枪及子弹，和国民党特务联络，想在农业社开庆祝夏收会时搞暴动、拉队伍上山。《艳阳天》中的地

---

① 李新宇：《揭示乌托邦神话的奥秘——序林霆〈被规训的叙事——十七年农业合作化题材小说研究〉》，《海南师范大学学报（社会科学版）》2015年第2期。

主马小辫，不仅和阶级异己分子马之悦相互勾结，进行倒卖粮食、抢粮库、煽动富农中农闹事等破坏活动，还试图暗杀合作化的带头人萧长春，并把萧长春的儿子小石头推下悬崖害死，还想杀害前去报案的儿媳李秀敏。

从上述描写可见，合作化小说中的地主形象多是以“阶级敌人”的面目出现的，他们的言行具有阶级属性所决定的反动性特征：他们与贫下中农对立，处心积虑对抗或破坏合作化运动，甚至走向杀人放火或试图颠覆新社会，但其结局大多以失败收场。这些地主形象的共性特征是：表面上老实，内心则阴险狠毒，时刻梦想着变天，暗地里进行破坏活动。

而从合作化小说对地主形象的写法和艺术处理来看，大致可分为两种：一种是粗略勾勒、点到为止，把地主形象淡化或处理成跑龙套的角色；一种是大幅度夸张渲染，把地主形象处理成合作化大舞台上的跳梁小丑。前者如赵树理的《三里湾》和柳青的《创业史》，后者如周立波的《山乡巨变》与浩然的《艳阳天》。

赵树理对合作化时期乡村的新形势以及地主阶级的现实处境有着清醒的认识，由于地主已是退出历史舞台的阶层，无法在合作化时期的生活中发挥重要作用，所以赵树理的《三里湾》不再把地主作为重要的书写对象，甚至将其淡化至无，他在《三里湾》开头便对地主形象的缺席做了交代：这里像刘老五那样的地主因为当了日军的维持会会长，成了汉奸，早在1942年就“叫政府捉住枪毙了”，地主刘老五的宅院现在已经成了三里湾村级党政组织的办公场所。这段介绍暗示作为阶级敌人的地主已被消灭，阶级斗争不再是重点。所以《三里湾》着重描写的不是地主和农民的争斗，而是合作化时期农村各家庭的矛盾纷争。与同时期的其他作品相比，它“既没有表现农业合作化运动的史诗构架，也没有‘干预生活’作品中亢奋的理想化追求，其中诙谐幽默的叙述语言，妙趣横生的故事结构，消解了同类题材剑拔弩张的阶级斗争火药味”①，《三里湾》也因此淡化了政治意识形态的叙述立场，而带有从民间立场叙述合作化时期的乡村社会的特点。

---

① 董之林：《关于“十七年”文学研究的历史反思——以赵树理小说为例》，《中国社会科学》2006年第4期。

如果说《三里湾》基于阶级斗争已然完成的判断舍弃了对地主的描写，《创业史》则以“社会主义革命头几年”的眼光透视农村生活，发现地主大势已去，因而也没有对地主做正面描写，而对其做了淡化处理。小说主要在“题叙”里提到吕二细鬼和杨大剥皮两个地主，在其后的叙述里说起他们时，也多是一笔带过。至于两个地主的“劣迹”，也不过是：中华人民共和国成立前，吕二细鬼的儿子从地上抓起脏土洒在13岁的长工娃——梁生宝的碗里，欺侮这个长工娃；吕二细鬼还曾把一头母牛死后没奶吃的小牛犊以高价（五块银洋）卖给长工梁生宝；而杨大剥皮所干的“坏事”则是多次唆使农民梁大去汉中替他背回烟土。小说也简略提及土改后这两个地主大势已去的命运结局：土改快结束时，“除了给地主自己留一份以外，杨大剥皮和吕二细鬼的地，竟被分光了”，吕二细鬼已被“收监关押”。在合作化时期，两个地主虽然尚在人世，但对当下已不构成威胁，他们只是作为警示现在的“过去”和农民忆苦思甜的素材而存在，而被地主欺凌的记忆也将成为正面人物拥护新社会、坚决走合作化道路的心理基础。所以在《创业史》中，这两个地主形象只是代表过去时代的“影子”或“符号”，并未在合作化时期的生活中产生什么影响。

但在《山乡巨变》《艳阳天》等作品中，地主形象又得到凸显，其背后的缘由与作者迎合政治、反映阶级斗争的创作思维有关。尽管地主的罪恶似乎已属于历史，但为了突出阶级斗争，为了表现合作化运动的艰巨性，为了反衬英雄的高大顽强和塑造社会主义新人形象，《山乡巨变》与《艳阳天》不仅让地主抛头露面，而且为合作化时期的地主设定了新的罪恶，写他们在合作化时期大搞破坏活动，与人民为敌、与新社会为敌。

周立波亲自参加过农村的合作化运动，却没有接触过地主，也许是由于乡下穷凶极恶的地主已经绝迹，而主流意识形态又需要文学凸显阶级斗争，所以周立波在《山乡巨变》中才设计了一个从外乡逃亡而来的地主龚子元的形象。这篇小说下卷的矛盾冲突除了公与私、先进与落后的矛盾外，主要是与地主分子龚子元之间的敌我矛盾。地主龚子元是一个带有反革命特征的地主形象，他存在的目的似乎就是为了破坏合作化、与新社会为敌。作品为了说明其政治背景的复杂和危害的严重，还有意安排他和国民党残留的敌特分子搅和在一起，写他去杨泗庙联络同党，与敌特密谋暴动，妄图拉队伍上山，颠覆农业社和社会主义。在龚子元形象的塑造上，作家的本意是让这个地主分子的存在成为农村阶级斗争的注解与佐证，但今天看来，小说描写龚子元的种种破坏活动的情节“耸人听闻而又显得不大合情理”，“夸大了反革命分子的破坏作用”①。

在《艳阳天》中，农村阶级斗争也演变成正面人物与地主阶级的殊死搏斗。在浩然等作家看来，任何时期都没有“不流血”的革命，即使是在中华人民共和国成立后的和平时期，搞合作化运动也会遭遇地主丧心病狂的破坏，所以浩然在《艳阳天》中借乡党委书记王国忠之口说，虽然天下太平了，但是“刀枪是不能入库哇!”又借韩伯仲之口说：比之于民主革命时期，眼下的“阶级斗争越来越深入，越来越复杂了”，基于对合作化时期乡村革命的认识理解和对阶级斗争的强调，浩然在《艳阳天》中描写了一个垂死挣扎的地主马小辫，他让“地主马小辫依然生活在东山坞并利用一切机会继续作恶，成为‘过去’延伸进入‘现在’、阶级斗争依然激烈的鲜活人证”②。

为了表现激烈的阶级斗争，浩然描写已被打倒八九年的地主马小辫贼心不死，一直伺机破坏合作化，这使得马小辫阵营与萧长春阵营之间硝烟弥漫，颇有两军对垒、你死我活的意味。而在迎合主流意识形态的时代语境中，这一带有夸张想象的安排设计，并得到了评论家的认可和赞扬，比如有论者说，《艳阳天》的成功就在于深刻地反映了“农村中尖锐、复杂的阶级斗争，艺术地再现了农业集体化中两条道路的争夺战”③。而写马小辫的狗急跳墙、行凶杀人无疑是作家出于对地主斗争的需要而刻意所作的“艺术创造”。

不过，浩然在具体描写马小辫这一地主形象时，却出现了创作实际与创作意图的悖离：作者的本意是把马小辫写成政治上反动邪恶的合作化的敌人，可是我

---

① 胡光凡：《周立波评传》，湖南文艺出版社，1986年，第294页。

② 邵明：《复述中的“修正”与“厚描”——〈三里湾〉〈创业史〉〈艳阳天〉：合作化叙事经典文本的比较阅读》，《重庆三峡学院学报》2009年第6期。

③ 王圭玉：《评长篇小说〈艳阳天〉》，《中国现代、当代文学》1965年第2期。

们从小说中看到的却是一个遵循古老的道德观念、崇古敬祖、富有人情味的地主马小辫——马小辫之所以仇恨萧长春，不仅仅是因为萧长春代表着另一个阶级或者是合作化的带头人，更是因为萧长春坏了他家祖坟的风水。马小辫对萧长春仇恨的起因和延续均与此有关：先是土改后，萧长春和民兵把分给他们的原来属于马小辫家坟山的树木都砍掉了，马小辫认为这破坏了他家的风水，不免心生仇恨。尔后在1956年抗击水灾时因要垒坝拦洪，出于节省人力、就地取材的考虑，萧长春和社员就把马家坟茔上三座并排而立的石碑都移走了，还在马家坟地挖了一道排水沟。在马小辫看来，此举让祖坟受到亵渎，祖先受到冒犯和侮辱，这是家族与个人的奇耻大辱，不免对萧长春心生报复之意。所以从某种意义上说，马小辫的"坏"和对萧长春的刻骨仇恨并不仅仅源自阶级意识，也源自广泛存在于中国人心理深处的祖先崇拜意识，这种崇古敬祖的情感使得马小辫形象带上了人情味，让读者不由得对他产生几分同情，而这或许是作者所没有料到的。

这里大有意味的是，浩然处处"用阶级眼光看事情"，却在实际描写的过程中表明马小辫犯下罪无可恕的恶行并非完全出自阶级本性，这不免违背了创作初衷。这也说明，"浩然既有俯就政治观念的一面，同时又有坚持画出灵魂的一面"①，浩然在马小辫形象的设定上虽然带有图解阶级斗争理论的痕迹，但在马小辫形象的具体描绘中却在一定程度上突破了意识形态的拘囿。在写人物的行为方式、性格特点和情感方式等方面，又有真切的生活韵味，这拉近了马小辫形象与现实中的地主形象的距离，也造成了作家的主观意图与读者的阅读感受之间的巨大反差，使得这一地主形象的塑造具有了一定张力。

从《山乡巨变》《艳阳天》等合作化小说对地主形象的艺术处理可以看出，政治语境和阶级斗争理论对合作化小说中的地主形象描写有着重要的规范作用。时代的规训影响了作家的艺术创造，那些革命化的文艺工作者更是"把文学作为阶级斗争的教科书和土地改革的小册子"②，而自己则"充当了阶级斗争的吹鼓手

---

① 雷达：《浩然，"十七年文学"的最后一个歌者》，《光明日报》2008年3月21日。

② 李泽厚：《世纪新梦》，安徽文艺出版社，1998年，第367页。

和应声虫”①，在自我工具化的同时丧失了创作主体性。但有时作家的笔墨也会在无意识中溢出规范、偏离僵化的“阶级斗争理论”，写出地主作为“人”的一面和乡村趋于常态化的人情世态。

三　合作化小说中地主形象的叙事功用及其局限

作为合作化小说中的反面人物，地主形象不仅联系着合作化时期农村的阶级状况，具有鲜明的时代性特征，也在文本中有着特定的叙事功用。归结起来，合作化小说中地主形象的叙事功用主要表现在以下方面：

一是有助于革命叙事的完成。合作化小说展示的是 20 世纪 50 年代发生在中国乡村的一场变革——农业合作化运动，特定的题材内容决定了合作化小说的革命叙事特性。农业合作化是一个逐渐把土地从农民手里集中到国家集体的一个过程，这场农业革命并不是一帆风顺的。毛泽东指出，对于反革命破坏合作化运动的问题要有充分的思想准备，“合作社一定要在艰苦奋斗中建立起来，任何新生事物的成长都是要经过艰难曲折的。在社会主义事业中，要想不经过艰难曲折，不付出极大努力，总是一帆风顺，容易得到成功，这种想法，只是幻想”②，所以“农业合作化运动，从一开始，就是一种严重的思想的和政治的斗争。每一个合作社，不经过这样的一场斗争，就不能创立”③。为了对新时代的这场革命作出回应，并与官方的思想认识保持一致，作家们从意识形态角度出发，讲述了农业合作化的革命历程，诉说地主、富农、敌特等坏分子对这场革命造成的损害和破坏，并描述了这场革命的最终胜利，借此凸显这场革命的必要性及其历史合法性，而地主作为这场革命的阻碍力量和破坏者之一，成为作家讲述革命胜利过程

① 王宏任：《地主—— 一个百年难尽的话题》，《书屋》2010 年第 8 期。

② 毛泽东：《关于正确处理人民内部矛盾的问题》，《毛泽东选集》（第五卷），人民出版社，1977 年，第 379 页。

③ 毛泽东：《〈中国农村的社会主义高潮〉的按语》，《毛泽东选集》（第五卷），人民出版社，1977 年，第 243—244 页。

的必要环节，其形象的设计无疑对这一革命叙事的完成起到了辅助作用。不过，地主形象进入合作化的革命叙事之中，在某种程度上也造成合作化小说的局限，即：农业合作化小说常常以阶级斗争学说、两条道路的斗争意识和二元对立的思维模式，来观照当时的整个农村社会及其各阶层的心态，这些作品对合作化运动及农村社会所进行的想象性书写和真实性论证难免出现偏颇。

二是反衬英雄形象。在十七年文学中，英雄人物高大完美的形象似乎总离不开反面人物的衬托。有人认为，“英雄人物和反面人物的关系，是革命和反革命的关系，是一个阶级消灭一个阶级的生死搏斗的关系。在社会主义舞台上，反面人物永远是正面人物的陪衬；在气势上，后者一定要压倒前者”①。合作化小说在英雄人物的塑造上也不例外，为了强化英雄形象，作家们在合作化小说中常常以包括地主在内的敌对势力作为反衬力量来完成对正面英雄的塑造，来说明“我们时代的英雄人物，都是在阶级斗争和路线斗争的大风大浪中锻炼成长起来的”②，也是在和地主等阶级敌人的顽强斗争中成熟起来的。基于此，合作化小说少不了描写地主的阴谋诡计和破坏活动，而地主的破坏活动和进攻反扑往往成为展现正面人物英雄本色的绝佳背景和坚实基础。当然，英雄人物和地主等反面人物的关系设定，也使得二者处于一种黑白分明的状态，形成一种二元对立的人物模式。

三是推动情节发展。从故事情节的构造角度看，在合作化小说中，地主虽然很少作为主要的叙述对象而出现，但他们往往是矛盾的中心和矛盾制造者，他们常常以隐蔽的方式介入错综复杂的矛盾冲突中，正因如此，地主形象的设置使得作品的情节发展更为波澜起伏，充满张力。比如《艳阳天》在围绕萧长春的各种矛盾中，凸显了萧长春与马之悦、马小辫的矛盾斗争这一主线，小说的情节由此得以展开和推进：在东山坞的合作化进程中，马之悦、马小辫千方百计制造障碍，他们不仅挑动部分中农闹土地分红，还试图破坏麦收活动，由此与萧长春阵

---

① 上海京剧团《智取威虎山》剧组：《努力塑造无产阶级英雄人物的形象》，《红旗》1969年第11期。

② 初澜：《在矛盾冲突中塑造无产阶级英雄典型——评长篇小说〈艳阳天〉》，《人民日报》1974年5月5日。

营产生了激烈的矛盾冲突，在矛盾冲突的高潮阶段，马小辫狗急跳墙，害死了萧长春的独生儿子小石头，面对马之悦、马小辫挑起的种种矛盾，萧长春则从容迎战，最终“牛鬼蛇神在真理面前，原形毕露，农业社获得了决定性的胜利”①，马小辫等人被逮捕归案。

当然，合作化小说在地主形象的塑造上所暴露出的局限也很明显，其局限主要表现在地主形象描摹的政治化与简单化，以及地主形象的同质化等方面。

20世纪50—60年代的合作化小说大多从阶级论角度出发，用文学的方式来阐释地主这一特定阶层的阶级属性。虽然这在一定程度上加深了人们对地主的认识——使人们认识到，地主在旧社会具有封建性、剥削性和反动性，而到了合作化时期其主要特征则是反动性与破坏性，但合作化小说对地主单一的阶级属性、阶级品质的强调遮蔽了人性深层次的丰富性和复杂性。

作为反面形象，合作化小说中的地主形象在作家笔下也大多是政治化与简单化的形象。实际上，在合作化时期，地主阶级威风扫地，与国家政权、与乡村土地革命的紧张关系已不复存在。但在“千万不要忘记阶级斗争”的口号下，绝大多数作家创作时自觉不自觉地带上了阶级斗争的观察视角和审美维度，而将合作化过程中的所有矛盾冲突纳入阶级斗争的框架，并以此设定地主形象。为了凸显地主的“坏”与“反动”，作家大量描写地主阶级的破坏活动，甚至不惜上纲上线，但实际上，其反动行为“在现实生活的逻辑上都经不起推敲”②，无论是马小辫的穷凶极恶、行凶杀人，还是龚子元的武装暴动，都显得牵强滑稽，这些描写虽然增强了小说的尖锐冲突性和波澜起伏性，烘托和突出了阶级斗争，反衬了英雄的高大顽强，但却损害了作品的历史真实性。这也是至今“在许多人的意识中”，认为整个十七年农业合作化题材小说的“文学旋律就仅仅是阶级斗争的鼓角和两条道路的火并厮杀声”③ 的一个重要原因。

当然，从另一方面看，这也为莫言等新时期作家对地主形象的翻案式描写埋

---

① 参见人民文学出版社1972年版《艳阳天》重印本的“内容说明”。

② 刘洪涛：《周立波：民间文化与主流意识形态》，《文艺理论研究》1997年第3期。

③ 吴培显：《当代小说叙事话语范式初探》，湖南师范大学出版社，2003年，第50页。

下了伏笔。如果说土改小说、合作化小说在某种程度上是地主罪行的“判决书”的话，莫言发表于新千年初期的《生死疲劳》无疑是为地主抱屈的“洗冤录”。在莫言以合作化为题材的长篇小说《生死疲劳》中，地主西门闹是那样令人同情：西门闹有财富，也有道德、学识和声望，在他身上，更多地呈现出了跟“反动”无关的正面品质，比如热爱劳动、勤俭持家、修桥补路、乐善好施等等，这些品质让读者看到，地主并不都是好逸恶劳剥削成性，他们与农民的关系并不都像《暴风骤雨》《艳阳天》等作品所讲的那样紧张，他们积累财富的方式也并不都是凭借权势巧取豪夺、盘剥欺诈，而是克勤克俭，正如西门闹自己所说：“我家粮囤里的每粒粮食上，都沾着我的汗水；我家钱柜里的每个铜板上，都浸透了我的心血。我是靠劳动致富，用智慧发家。”显然，莫言笔下的地主与20世纪50—60年代合作化小说中的地主形象已不可同日而语。《生死疲劳》既有对革命中的过激行为的反思，又纠正了此前文学作品对地主形象的负面阐释成规，否定了“地主没有不坏的”这一先验结论，塑造了独特的地主形象。

另外，合作化小说对地主形象的描绘大多是粗线条的勾勒和简单化的阐释，很少深入解剖其个性心理，读者甚至不用详细研读，对其行为作派也能猜测十之八九。这不仅损害了人物形象的丰富性与复杂性，也造成了地主形象的脸谱化和同质化。

地主形象的同质化不仅表现在众多地主形象的趋同性上，也表现在地主形象与富农形象的雷同性上。地主、富农虽然属于不同的阶层，但都是生活在乡村的人物，作家也时常把地主和富农联系起来加以描写，甚至把地主、富农等同观之，着力凸显其反动性与人格道德的缺陷等共性特征。在合作化小说中，地主和富农同属反动阵营，地主常常与富农分子或敌特勾结在一起，沆瀣一气，比如在《艳阳天》中，马小辫把出身富农家庭的马之悦当作军师，把富农马斋当作自己的“传令官和说客”，去从事破坏活动。由于作家把地主和富农当作“一丘之貉”来看待，在合作化小说中地主和富农免不了被一并归入“反面人物”的范畴，且其言行表现与思想特征几乎无甚差别，这在一定程度上造成了地主形象与富农形象的同质化现象。

四 结 语

归结起来，合作化小说中的地主形象多被设定为破坏合作化的反动人物，是否定性形象。合作化小说对地主形象的构型和想象有着特定的现实背景，其中既牵涉阶级政策的影响和乡村阶级状况的变化，也折射出主流意识形态对文学创作的规约。虽然地主形象在文本中有着不尽相同的言行表现和特定的叙事作用，但合作化小说中的地主形象的建构并没能超越中华人民共和国成立初期“一体化”文学对反面人物的阐释逻辑，以至于消解了地主群体的复杂性，使得地主形象大多政治化与同质化，这不仅有损人物形象的个性化和丰富性，也违背了生活真实，影响到对地主阶层的价值评判。合作化时期地主的真实面目究竟是怎样的？这似乎需要不断拂去历史的尘埃，在当代文学中进一步加以清晰、理性的呈现。

［作者单位：西南大学文学院］

“红色中国”命名的文化意蕴[①]

□黄　静

【摘要】“红色”具有从视觉色彩到文化意蕴的意义能指。它与人类的生产、生活和战争经验息息相关。这种以颜色命名国家的方式，是近现代频发的世界政治运动及革命的产物，由意识形态和文化立场的差异而产生意义的分化与共指。“红色中国”的命名方式发生在世界红色思潮高涨的历史语境之中，它源于中国的新民主主义革命，同时也被西方所建构和传播。“红色中国”，从“红区热”时期“国中之国”的西北一隅到“照耀”世界的大国形象，既是西方来华的左翼作家热情书写的对象，也映射出他们在构筑理想社会时的激情与梦想。

【关键词】红色中国；文化意蕴；意识形态

从社会学角度来看，颜色与意识形态的对应关系不言而喻。色彩喻指国家形象或某个社会事件是时兴的政治隐喻，也是人类在生存和生产的历史经验中沉淀下来的特定的表征符号。自然词汇语义是在自然、文化及认知心理等多重语境下与语言符号产生对应的指称关系。其中，文化语境是自然词汇语义生成及演变的重要因素，“自然词汇与客观物质世界的存在物的对应关系是受到语言主体所存在的人文社会的文化影响的，在这种影响之下，自然词汇的语义内涵变得丰富起

①　基金项目：本文为重庆市社会科学规划培育项目“抗战时期西方视域中的‘陪都形象’研究”（项目编号：2016PY75）和西南大学教改项目“大学英语混合式教学模式构建研究”（项目编号：2019JY107）阶段性成果。

来，自然词汇也变得更具表现力”①。语言既是文化的重要载体，也是文化的重要组成部分，两者不可分割。以“红色中国”命名中国的方式便与近代中西文化中激进的政治思潮和革命运动分不开。

一、西方的“红色”：战争、革命与意识形态

红色，从作为一种客观物存在的视觉色彩到文明社会赋予其象征义，经历了一个漫长的过程。其象征义受到人类两个基本生活经验的影响：血和火。血与战争相关，在罗马神话中，玛尔斯是战争之神，身披红色战衣。在各国文化中，战场上的红旗、红色战衣、红色战车等都象征着军队的强大。火赋予红色更多的是权力和欲望的含义。焰火会威胁生命，常被联想为邪恶、不可控的力量。如在古埃及，红色象征“邪恶”和“破坏”，与荒漠的炙热一样，给人以威胁感。在中世纪，官方规定只有贵族才能穿红色外套，当时人们迷信红色给予人强势和权力。由于“血”和“火”之间存在天然联系，也因人类社会的战争接连不断，而且战争的规模越来越大，“红色”的“暴力性”与“不可预知性”的意义得以沉淀，在世界各文化中便将“革命”的语义固定下来。红旗、红星、红军等都是与革命息息相关的意象。

红旗象征着战士的鲜血和激进的革命，一再出现在近代重要的历史事件中。1792 年雅各宾党人用它来象征自由；1834 年里昂的缫丝工人用它号召工人团结起来，争取政治权益；1864 年共产第一国际成立时，使用的是红色会标；1871 年，第一国际将红旗和《国际歌》定为左派的象征；1917 年俄国十月革命成功，布尔什维克建立苏维埃联邦共和国，带有镰刀和铁锤的红旗成为苏维埃政权的象征。锤子与镰刀代表着工业无产阶级和农民，成为共产主义的象征之一，红星也成为共产党的标志之一。在历史演变的过程中，红色象征“自由”“工人运动”“社会主义”和“共产主义”的意义越来越明确。列宁领导的俄国共产党取得政权后建

① 魏向清：《双语词典译义研究》，上海译文出版社，2005 年，第 61 页。

立了苏军（Soviet Military），因为是共产党领导的军队，所以又称红军（Red Army）。红色在俄语中还意指美好的事物。“红色”和“美丽”“美好”“好”“珍贵”同属一个词族。莫斯科的“红场”意为“美丽的广场”。“红”成为苏维埃国家意识形态的主色调。诺贝尔奖得主、德国色彩专家威廉·奥斯瓦尔德说：“色彩蕴含着深层次的意识形态性，色彩运用于艺术时应当是意识形态的产物，是社会意识的基础。”① 色彩成为国家权力叙事在视觉文化方面的一种表达形式。

“红色”在西方逐渐被“意识形态化”，象征着“苏维埃（的）”“社会主义或共产主义（的）”②。这一新生的政治语义的所指逐渐与词语能指之间建立了稳定的对应关系，为公众所接受并频繁出现在报刊媒体上，各国无产阶级掀起的一轮“红＝苏维埃”的认知模式在革命风头正劲的20世纪二三十年代被广泛地接受，在东、西方传播的过程中也产生了不同的结果。

自列宁宣布成立“第三国际”，将其设为全世界共产党和共产主义的国际联合组织后，“从1919年3月起到1921年初夏，短短的时间里，保加利亚、南斯拉夫、美国、墨西哥、丹麦、英国、法国这7个国家，相继成立了共产党，引起了资本主义世界深深的不安。当时的欧洲，各国共产党纷纷成立，革命浪潮此起彼伏：1918年1月27日芬兰共产党领导了芬兰革命，芬兰赤卫队占领了首都赫尔辛基的政府机关。翌日，宣告芬兰革命政府——人民代表苏维埃——成立。但是，芬兰苏维埃政权在存在了三个月后就被消灭。紧接着，1918年6月24日，匈牙利共产党夺取政权，在首都布达佩斯宣布成立工人苏维埃。同年11月3日德国基尔港水兵在德国共产党领导下起义，升起了红旗，宣布成立‘苏维埃’”③。《共产党宣言》的发表，第一、二、三国际的先后建立并领导国际工人运动，特别是产业无产阶级组织的一些罢工示威活动让资本主义世界感到恐慌，害怕马克

① ［墨西哥］埃乌拉里奥·费雷尔：《色彩的语言》，归溢等译，译林出版社，2004年，第191页。

② ［德］爱娃·海勒：《色彩的文化》，吴彤译，中央编译出版社，2004年，第41页。

③ 叶永烈：《红色的起点——中国共产党建党始末》，四川人民出版社，2015年，第31—32页。

思、恩格斯的预言——无产阶级革命将会推翻资产阶级社会，废除私有财产制，创造一个无阶级、无国家的共产主义社会——将会实现。因此，在20世纪20年代，西方普遍爆发了大规模的“恐赤症”。“红色”或者说“赤色”，成为一个十分敏感的意识形态术语。随着“红色苏维埃”“红色中国”“红色撒马尔罕”等词相继出现，“红色”成为左派、激进、暴力的代名词，对既存体制和保守文化构成了一种威胁。“共产主义”“共产党”与苏联模式等同起来，成为“极权统治”“阶级斗争”及“反资本主义”的代名词①。“红色”被西方右派进行有意歪曲。甚至，一些西方国家认为共产党领导的人民运动是恐怖主义活动，将其归入恐怖组织之列，如“红色军团”“红色高棉”和日本的赤军等，以乱视听。

1946年，因丘吉尔的“铁幕演说”产生的极大号召力，共产主义被视为“战争与暴政”的同义词。该演说呼吁西方资本主义国家联手共同遏制苏联共产主义的蔓延，由此拉开了“冷战”的序幕。特别是在美国麦卡锡主义泛滥时期，“红色恐怖”② 的意义被媒体大肆渲染、影响空前。在1950年12月11日《时代》的封面上，标题为《红色中国的毛泽东》，毛泽东大头像周围是成千上万、源源不绝漫延开来的蝗虫。红色的背景与铺天盖地的蝗虫表现出强烈的妖魔化味道。这是美国主流媒体刻意营造的由一位可怖的、妖魔化的中国共产党领袖领导下的新中国形象，带有明显的诋毁和仇视的心理。在东西方阵营对峙的几十年间，西方对中国怀有深深的敌意。代表苏联和中国的红色在西方人眼中是“专制”“独裁”的代名词。加上这一时期文化交流的封闭，中国很难向西方世界展现友好的姿态，而西方各国出于意识形态的差异故意进行恶意宣传，诋毁中国的“红色政

---

① ［美］埃德温·埃默里、迈克尔·埃默里《美国新闻史——报业与政治、经济和社会潮流的关系》，苏金琥译，新华出版社，1982年，第442—444页。

② 红色恐怖（red scare）：美国政府为迫害共产党人和进步人士而制造借口时所使用的一个名词，意指“共产党对美国产生的威胁”。1917年俄国十月革命后，美国许多无政府主义者、和平主义者、共产党人和改革者被视为“赤色分子”而遭逮捕，1920年，政府借“消除红色恐怖”为名，进行大搜捕，政治迫害达到高潮。第二次世界大战后，随着社会主义阵营的扩大和冷战的加剧，所谓的“共产主义威胁论”被无限扩大，先后发生了“忠诚调查”、希斯案等恶性事件，对共产党人和进步人士进行残酷迫害。参见杨生茂、张友伦等编：《美国历史百科辞典》（*Dictionary of American History Encyclopedia*），上海辞书出版社，2004年，第157页。

权”。除了1949年美国《时代》发表了毛泽东第一张正面肖像后，直到1970年，《时代》封面上的中国几乎全是负面形象。

二、中国的“红色”：喜庆、赤化与新生

处于内忧外患的中国在黑暗中看到了俄国“十月革命”所带来的希望的曙光。1921年成立的中国共产党，在封建旧势力、国民党反动派扑杀和帝国主义联合镇压的夹缝中顽强地生存，遭遇了一系列挫折后，在江西井冈山建立了根据地，并于1931年成立中华苏维埃共和国。在大革命后，中国共产党是政治禁忌，被国民党称为“赤匪”“共匪”，即便在左翼报刊上，被称为“××党”①，共产主义也被称为“××主义”②。国民党用“赤”字来渲染共产党人的邪恶，表达鄙夷和憎恶。不过，在中国的传统文化中，不管是“红”，还是“赤”，都表达吉祥的寓意。

中国自商周时期起就崇尚红色。中华民族又称炎黄子孙。炎黄二帝的传说都与太阳有关，说明中华民族形成之初就有强烈的“红色崇拜”。在中国人过年传统中，贴红色对联、窗花，点红色灯笼、蜡烛，放红色鞭炮，以吓跑名叫“年”的怪兽。“红色”被视为辟邪和吉祥的颜色，被赋予喜庆、吉祥、发达、阳刚、坚强和胜利的含义③。隋唐时期，“红”与“赤”在表义上基本相同。皇宫的屋顶、平座、栏杆都是红色，是尊贵的象征。“红”自宋代开始在民间流行。明代，“红”被老百姓赋予了喜庆的内涵，并一直影响至今。

自20世纪20年代，红色吸纳了西方文化中的政治寓意。俄国苏维埃政权的建立鼓舞了很多国家，也鼓舞了由共产党领导的新民主主义革命。在抗日救亡的革命炮火的洗礼中，红色沉淀出“革命、政治觉悟高”的重要义项。然而，由于国民党的“妖魔化”宣传，在白色恐怖的氛围下，“红”意味着“危险”和“坐

---

① 晞明：《批评介绍：“中国见闻录”》，《学习》1941年第4卷第11期。
② ［美］埃德加·斯诺：《抗日民主势力在西北》，《人民之友》1937年第1卷第1期。
③ 曲青山：《关于发展红色旅游的战略思考》，《党史文苑》2012年第10期。

牢”。而且，受西方文化的影响，现代社会中红色具有“警告”和“禁止”的意思，被广泛地应用于社会生活的方方面面。英语中红色象征危险、紧张、残暴、流血，如 red alert（警报），red traffic light（红灯），the red rules of tooth and claw（残杀和暴力统治）。现代汉语中的“红绿灯”“亮红牌”“亮红灯”等词便是从中衍生出来的①。透过红色的意义在中国文化史上演变的过程，可以清晰地看到，由于外来文化的影响，红色自 20 世纪 20 年代起增加了重要义项，它一直以来在中国语汇中积极的、正面的象征义被打断，成为一个意义含糊的、具有争议的象征色。从国民党代表的国内反动势力及国外的保守派来看，它是恐怖和邪恶的象征；而从共产党代表的农工、小资产阶级和国际左翼来看，它是民主、进步和光明的预兆。中国共产党选择红色作为标志，一是秉承中国崇尚红色的传统，二是受苏联革命的影响。江西瑞金所在的中华苏维埃临时共和国所在地被称为“红都”，中国共产党所领导和管辖的区域为“红区”。土地革命战争时期，中国共产党领导的武装力量为中国工农红军（简称为“红军”，有说仿效苏联红军），党旗是红色的，军旗是红色的，国旗也是红色的。在文化宣传方面，1930 年 8 月创刊于上海的《红旗日报》是中国共产党中央委员会的机关报，因国民党的不断破坏，被迫于 1931 年 3 月停刊，后成为记录中共在国统区斗争的重要史料。1931 年 12 月开始发行的《红色中华》成为中华苏维埃共和国临时中央政府的机关报。同时期发行的《红星报》成为中国工农红军军事委员会机关报。

1949 年中华人民共和国成立，红色便成了名副其实的中国色。汉语词典中“红”的词条得到了极大的丰富，出现了一系列具有革命意义的词汇，如“红色政权”“红色文化”“红色经典”“红色旅游”“红色记忆”“红色歌曲”“红色档案”等等。除了国民党和西方媒体的恶意诋毁，“红色”在中国文化中一直以来是正面的、积极的含义。它是“中华民族最具有代表意义的喜庆、吉祥、庄严、高贵之色；是百年来国家独立、民族复兴的象征之色，是一代代中国人奋发、进取、

① 潘峰、李锂：《红色文化义初探》，《汉字文化》2009 年第 5 期。

拼搏的精神气节之色”①。在20世纪中国新旧文化的转型期，红色取代了象征着皇权、尊贵的明黄色，从传统民间文化中的吉祥之色转变为象征着无产阶级的国家权力和意志，表达了新中国作为世界现代国家中一员的政治诉求，代表着中华民族对自身传统文化的认同和对未来社会、政治秩序的一种展望。

三、“红色中国”：西方左翼作家的建构

历史往往是由细节构筑的，既然已经明确了“红色”与特定时期特定的意识形态相关联，那从词源学的角度考察“红色中国”这一指称的来历就显得意义非凡。事实上，这与美国著名记者、作家埃德加·斯诺的《红星照耀中国》（*Red Star over China*，又名《西行漫记》）书写西北红区的成功密不可分。斯诺在白区生活、工作了8年（1928—1936年），精通中国古代历史，了解现实中国，成为第一位真正走进西北红区的西方记者。1936年11月14日发表在上海《密勒氏评论》（*The China Weekly Review*）上的《毛泽东访问记》（“Interview Mao Tse-tung Communist”）是斯诺从红区返回后的第一篇文章。文章中，一系列大写的英文“红色”扑面而来：“红军”（Red Army）、“红区”（Red areas）、“红色游击队”（Red partisans）、“红色历史”（Red history）、“红色道路”（Red roads）、“红色指挥员”（Red commander），以及由此汇成的“红色中国”（Red China）。可以说，“红色”构成了斯诺这次红区印象的主色调。《红星照耀中国》1937年10月由伦敦戈兰茨公司出版，1938年翻译成中文《西行漫记》。书中，“红色中国”指称随处可见。第一章即用“探寻红色中国”来表明斯诺即将踏足西北之行的目的。

斯诺是第一位使用“红色中国”的吗？按常理而言，在没有取得合法承认的共产党管辖区，不管是从辖区面积，还是从政治影响上来说，都是非常有限的，用“红色中国”一词显然言过其实，但在当时却有着特殊的意味。斯诺自己也写

---

① 黄明秋、刘颖吾、罗一平：《色彩中的国家权力叙事与民族集体记忆》，《美术观察》2008年第2期。

道：“这样的一个名词，能正确地用在讨论那些浮泛不定，时常改变的中国内陆地带吗？……这个名词能够适用到现在在红色统治之下的西北的广大区域吗？”① 获得“国家图书奖”，美国畅销书《四亿消费者》（1937）的作者卡尔·克劳（Carl Crow）做出了比较客观的评价。克劳是第一批来中国的“密苏里派”记者，在向西方读者介绍《红星照耀中国》时说道：“它只是中国众多图像中的一张，而且只能这样看待。斯诺最杰出的新闻成就是赋予在整个中国的版图中占相对较小势力的西北共产党以重要性。”② 在此之前，将红色与中国联系到一起的是英国报刊驻京记者辛博森（Bertram Lenox Simpson）。他写了《为什么中国看中了赤色》（“Why China Sees Red”，1926），后报道汉口“红色政权”，发表了《扬子江上的赤色波浪》一文，在租界轰动一时。而持续关注中国共产党的当属急切寻求“同路人”的苏俄报刊。共产国际机关刊物《共产国际》就“五卅运动”发表了《觉醒的中国》，表现出他们发现中国共产党的敏锐性。凭借着强大的媒介，西方世界开始了他们认识中国的过程，像《群众》（1926 年改为《新群众》）《民族》《今日中国》等左翼刊物特别关注中国的革命启蒙，“一些训练有素的西方记者由游行的队列和震天的口号声中，嗅到了一点不祥的气味，也隐隐约约地看到了一面赤色的旗帜”③。《千千万万中国人》（*China's Millions*，1928）便是《群众》杂志上推出的介绍中国革命新动态的畅销书。“汉口的红色力量”、“反动派镇压下的‘红色’湖南”、“赤色地区的崛起”等重要章节都描述了另一位美国记者、作家安娜·露易丝·斯特朗早先在中国追逐红色星火的历程。通过采访和观察，斯特朗对中国革命的前景进行了理性分析和正确预判。1934 年美国左翼作家艾格尼丝·史沫特莱的《中国红军在前进》（*Chinese Army Marches*）也较早地描写了苏维埃时期的反围剿战争、中国共产党和中国红军的生活和战斗，书中用“红旗”象征红军战斗力的意象多达几十处。斯诺《红星照耀中国》一书在中国书名译为

---

① ［美］埃德加·斯诺等：《前西行漫记》，王福时等译，解放军文艺出版社，2006 年，第 105 页。

② Carl Crow，“Books in the News：China”，*The Saturday Review*，March，5，1938.

③ 张功臣：《外国记者与近代中国：1840—1949》，新华出版社，1999 年，第 138 页。

“西行漫记”，是为了掩护译本的刊发、躲避当局的搜查，中华人民共和国成立后，直译为“红星照耀中国”已经成为共识。在伦敦发行的时候，书名与原文稍有不同，印刷工人犯了一个小错误，原名是“Red Star in China”，在印发的时候，误错成“over”，因此却成就了一个经典，因为“over”更加传神地表达了“蔓延开来的辐照”的意蕴。而斯诺原文的介词“in”是否受斯特朗的《红星在撒马尔罕》(1929) 的启发，目前没有直接的材料显示两者之间的关系。

在斯诺踏入西北红区一年前，1935 年 7 月始，范长江曾以《大公报》的“旅行记者”身份对西北地区进行了为期 10 个多月的考察，写就了震撼舆论界、名噪一时的著作——《中国的西北角》。有学者指出，《中国的西北角》是斯诺《西行漫记》的出场标识。范长江开创性地使用“西北”这一地理方位词喻指中国共产党所领导的红色革命根据地的美学意象，被翻译斯诺一书的编辑们所征用。斯诺书中采访时拍摄的大量的珍贵照片，还有两帧描绘精致、生动直观的《长征路线图》和《西北边山区图》，书的“内容的性质便不言自明”，“正是基于先在阅读视域的‘前理解’，当他们刚接触《西行漫记》这一显豁符号，就会不由自主地联想到，这是一部与西北苏区存有千丝万缕联系的非虚构性文本”①。这一联想建立在读者的接受视域之上，的确为当时的中文译名找到了一个合理的解释。从体裁和地理方位上，读者可能会进行联想，但两者还是有较大的区别。《中国的西北角》一书是旅行通讯，突出西北地区的地理风貌和风土人情；而《西行漫记》是报告文学，注重介绍访谈的人物，它第一次以正面形象向世界展现中国共产党领导人的风采。斯诺在书中建构了中国革命全新的面貌，刻画了许许多多优秀的共产党员、可爱的工农红军战士们和觉醒中的农民代表等生动形象以及红区生机勃勃的精神风貌，引起了前所未有的轰动。

不管国民党媒体对红区如何“封锁”和“妖魔化”，斯诺的首创意义在于，他确认了“红色中国”之名的文学、政治和历史意义，承认了红白对峙的权力之争的政治局面，并开启二元模式的比较书写，这一书写思路被同时期很多其他作家

---

① 阮礼义：《斯诺报告文学的多重视域结构分析》，《东南学术》2014 年第 1 期。

在创作中采用。而以红色命名模式的书写中国和外国的作品层出不穷，红潮滚滚。在斯诺发表《西行漫记》之后，单以“红”（red）命名的书有：Nym Wales' *Inside Red China*，1939 & *Red Dust*，1952；Harrison Forman's *Report from Red China*，1945；Gunther Stein's *The Challenge of Red China*，1945；Edgar Snow's *Random Notes on Red China*：1936—1945，1957 & *Red China Today*：*The Other Side of the River*，1970。下面的书除了斯特朗1929年的《红星在撒马尔罕》以外，都比斯诺的书要晚。*Red Star in Samarkand*，1929；*Red Star Over Poland*，1947；*Red Star Over Cuba*，1960；*Red Star Over Africa*，1964；*Red Star Over Bethlehem*，1971；*Red Star on the Nile*，1977；*Red Star Over Southern Africa*，1988；*Red Star Over Hollywood*，2005。显然，斯诺已经开创了一种表述左翼思潮和革命的命名结构。在斯诺、斯特朗和史沫特莱为代表的一批国际左翼记者的建构下，对当时流传的各种有关“红色中国”的谣言进行了祛魅，赋予了更加明晰、积极的内涵，揭示了其丰富的内容，借着国际共产主义运动的高潮在世界广为传播，进而改变了国际上对近代中国“停滞的东方帝国”“黄祸”“鸦片鬼”“苦力”“东亚病夫”等负面形象。在相当长的一个时期，中国同仇敌忾抗击日本法西斯的不屈不挠的形象赢得了世界人民的同情和支持。特别是“红色中国”一时间成为香格里拉般的神奇之境，与他们适实而亲善的报道是分不开的。

由于意识形态不同，西方右派在“冷战”时期煽动的红色恐怖情绪，对“红色中国”的敌意达到顶点。中国共产党在国共内战中取得胜利，引起了美国右翼势力的恐慌，而中国参加朝鲜战争这一事件加剧了这种气氛。而中国在建设社会主义道路中的偏差导致了“红色中国”在20世纪50年代被西方指责为集权、冲动、清洗及无理性。斯诺在1962年出版的《大河彼岸》（又名《今日红色中国》）一书中，用“河”的概念喻指人为地划定国界，讽刺美国对华敌视的政策在两国人民之间制造隔阂。不过，在西方20世纪60年代左翼思潮上演第二次高潮之际，“红色中国”再次成为西方知识分子和艺术家向往的天堂。尽管西方国家对中国实行文化和经济封锁，仍然有一些学者走进中国，如W·E·B·杜波依斯（1958年）、萨特和波伏娃（1955年），他们心满意足地称中国是解决西方问题的钥匙。

“毛主义”也激起了东方的热情，在20世纪60年代的红色日本，许多日本青年尊称毛主席为全世界革命青年的共同导师。他们高举毛主席的巨幅画像，高呼反美口号，在东京、京都、大阪和冲绳的大街小巷游行，《毛泽东选集》《最高指示》以及其他革命文献都是当时流行的读物。1974年，法国原样派代表团访华，参观他们心中的红色圣地。

改革开放以后，中国在经济、政治、文化领域全面开放，与世界的接触日益频繁，取得了举世瞩目的成就，人们在惊叹一个多样化、多元化的中国时，不禁也在怀疑，中国还是“红色”的吗？“红色”意识形态的意味在消解，但是其文化和历史的印迹依然留存，如红歌、红太阳、东方红、红宝书、红卫兵、红色旅游等依然有非常明确的语义所指。美国高盛公司高级顾问、“北京共识”的提出者乔舒亚·雷默给出的答案是“淡色”。在《淡色中国》一书中，他用“淡”字融合水与火的矛盾意象来喻指中国对诸多矛盾因素的融合性，“淡”字体现了中国形象面临的一个最具挑战性的问题：人们如何才能真正理解中国这个充满矛盾的国家？当西方的观察家们正习惯性想用一种颜色来定位中国时，意味着世界眼中的中国正在变得越来越复杂，同时也意味着斯诺他们在30年代所书写的“红色中国”形象已成为一种传统，深深地烙印在世界对中国的认知中。世界对昔日“红色中国”的好奇、同情、恐惧和惊奇，到现在的疑虑，都建立在这些西方左翼作家前理解的基础之上。他们的突出贡献就在于书写了一个有马克思主义信仰的，又脱离苏联卫星辐射力量的干预，具有独立精神和人类未来光明前景国度的雏形。

以斯诺为代表的西方左翼作家将“停滞的东方帝国”拉入到世界革命进程中，并努力向西方世界讲述中国的独特性。在今天来看，他们所做的贡献仍然不容忽视。在一个时期内，他们改变了外界对中国的态度，影响了对华政策，对中国的抗战和新中国建交都产生了积极的影响。不可否认的事实是，在全球化的今天，任何国家都不可能简单地用一种色彩来描述。认识到事物的复杂性和多变性，本身也是世界观察中国的一种进步。在最近出版的一本论述太平洋海权转换的著作中，美国研究海事领域的两位专家吉原恒淑（Toshi Yoshihara）和詹姆斯·霍姆斯（James R. Holmes）谈到中国在太平洋海权的稳定和全面崛起，会挑战美国在西太平洋近70年的统治地位。该书没有采用现在通用的称呼来指称中国，而是使用了“红星”这一有象征语义的词汇，书名为《红星照耀太平洋：中国崛起与美国海上战略》（2010）（*Red Star over the Pacific*：*China's Rise and the Challenge to U. S. Maritime Strategy*）。这一书名明显是沿用“红星照耀中国”的语言结构，利用斯诺一书所产生的广泛的世界影响。时代大不相同，斯诺的“红星”宛若一盏星火之灯，象征着国际共产主义信仰在中国所产生的影响，照亮着中国共产党领导人民为建立一个全新的中国而奋战的方向。昔日“红星”表达对中国政治体制和文化的一种认同，书名体现出斯诺时代对西方世界接受今日中国的历史影响。“红色中国”表达了世界对中国认知模式上的概念化和意识形态化，仍然带给人们历史上、政治上、文化上的想象。

［作者单位：西南大学外国语学院］

唐宋文言小说仙道类形象片论

——以融通儒释为中心

□赵章超

【摘要】有别于魏晋六朝时期的道佛、道儒争胜，唐宋时期小说中的仙道类形象，体现出了佛化和儒化的特征，本文联系唐宋学者对道教重要典籍《道德经》的阐释，揭示了时代哲学思潮的演变是这一现象产生的原因，并以外丹服食为例，指出仙道类形象在融通儒释的同时，也保留了道教最本质的特征。

【关键词】仙道类形象；儒释化；外丹服食

释道虽同为中国古代文化的重要基础，但由于产生的社会基础及发展历史的不同，道教排佛的事件是相当多的。史籍所载二者在民间的个体或群体互相污谩诋毁、势若水火、你死我活的恶斗自不计其数。其大者如北魏时期的排佛运动，太武帝站在道士寇谦之及道教拥护者大臣崔浩一边，在诛杀了长安所有沙门之后，随即进一步诏令全国："有司宣告征镇诸军、刺史，诸有佛图形像及胡经，尽皆击破焚烧，沙门无少长悉坑之"；私匿沙门者，满门抄斩（《魏书》卷一百一十四）。北周武帝受道士张宾等煽惑，在佛道纷争中，采取了融佛焚经、驱僧破塔的行动，"三方释子减三百万"（《房录》卷十一），僧人被强制还俗者达三百万。唐武宗崇信道教，毁弃佛法。道士趁机落井下石，造谣谓："孔子言黑衣（此处指僧人）继十八子为天子"①，倡言和尚会篡夺李唐王朝的天下，排诋僧尼，不遗余

① 汤用彤撰：《隋唐佛教史稿》，北京大学出版社，2010年，第34页。

力。这次运动中，寺庙被拆除及僧尼无端获罪者难以数计。仅会昌三年九月京城的一次搜查，“近住寺僧，不委来由者，尽捉按问。投新裹头僧于府中，打杀至三百余人”①。乃至祸及枯骨，天下“僧墓塔等，有敕皆令毁拆”②。斥道者如《闻见后录》卷二十九载：“北齐敕道士剃发为沙门”……凡此种种，都可见其酷烈。

但唐宋时期特别是两宋文言小说仙道类形象却呈现出了新的时代特征，融佛入道的现象非常明显。《酉阳杂俎》续集卷三载韦氏女以读佛经而成仙。《搜神秘览》卷中载蓬莱仙境之中，群仙聆听高僧讲说佛法。《容斋随笔》之《四笔》卷二载道士张天觉自述“老夫行年七十有四，日阅佛书四五卷”。《仙传拾遗》卷四之惠虚“慕道，好丹石”，却最终皈依佛门以得长生不老之术。《鬼董》卷三道士青阳某先语人某日“午时天大雷风，汝观中惊出一佛”，实喻已得证仙果，“其人笑曰：‘道士乃谈佛乎？’至期果澍雨大震电，视青阳已坐脱矣。手持一纸卷，有偈曰：‘雷声霹雳，撒手便行，踪迹混融，万法皆空。’”《东坡志林》卷六载道士陈太初之尸解，是“趺坐而逝。焚之，举城人見烟焰上眇眇焉有一陈道人也”，皆全同于高僧之证果。《类说》卷十七载大名鼎鼎的八仙之一的吕洞宾在潭州兴化寺设斋供佛以结释家之缘。《太平广记》卷二百六十二之《道流》记载道士周行天下募缘时穿的衣服是和尚的紫袈裟。又有欲见道士，先问和尚，和尚为道士把守大门者，如《默记》卷中载吕文穆、张文定、钱宣靖等人“一日同渡水谒道士王抱一求相，有僧应门曰：‘师出矣’”。《泊宅编》卷九言农家子张生，遇钟离先生饮之以水，“顿觉精爽非常，自此绝粒。忽识字，能为诗，颇言人未来事”。本为神仙之弟子，却“后祝发为浮屠”。《默记》卷中载神仙王抱一之弟子亦出家为僧。又《夷坚支戊》卷第一《万寿寺门子》载神仙化缘以修佛寺者。《洛阳缙绅旧闻记》卷四之《水中照见王者服冕》条载炼丹时“群僧高声念佛”以保护丹炉，《杜阳杂编》卷中载唐宪宗让道士田佐元与僧人大通于宫禁炼制外丹……

以上现象出现的原因，肇始于唐宋时期佛道融合的哲学思潮，这直接导致了

① 汤用彤撰：《隋唐佛教史稿》，北京大学出版社，2010 年，第 33 页。

② 汤用彤撰：《隋唐佛教史稿》，北京大学出版社，2010 年，第 35 页。

众多道藏经典的援佛入道的社会倾向。《道德经》为道教最重要之经典。张君相所编之《道德真经集解》集其时诸家注释之大成，故以此为例来讨论道教于唐宋时之佛化现象。

《道德真经注疏》卷三分别解释老子之“善行无辙迹，善言无瑕谪，善计不用筹策”三句谓：“此明身业净”“语默不异，故无口过之责，谓圣人之言，既无的当，无所之诣，此明口业净”“妙悟诸法，同一虚假。不舍虚假，即假体真无，劳算计划。然明了此明意业净”①。

老子此段话意谓善行无为之道者，求之于身，不下堂，不出门，故无辙迹。善以道计事者，则守一不移，所计不多，则不用筹策而可知。《道德真经集解》所谓“业”即业力，是佛教之重要概念之一，是组成有情因果关系、因果报应的元素。业力指的是有情个人在过去、现在的行为所引发的结果的集合。业力的结果会主导现在及将来的经历，是有情众生轮回六趣的因，不仅影响现世，还会生生不息地延伸至来世。业有三大类，即身业、口业、意业。身业即有情的身体行为所做的业；口业即语言行为所做的业；意业即念头所做之业，身行、口行之所以造业，皆为随念头所造之业，念善即造善业，念恶即造恶业。《道德真经集解》释此三句为超脱身业、口业、意业，远离人世苦难之意。但老子之意与因果报应没有任何关系。

《道德真经注疏》卷三解释老子之“是以圣人常善救人，故无弃人”谓：“圣人即是三业清净，六根解脱之人也。为能发宏誓愿，救度众生，故常在世间，有感斯应，慈善平等，终不遗弃也。”②

老子此句话之本意，乃是善于根据人才的不同长处而恰到好处地随才任使，并非佛教普度众生脱离苦海之意。

《道德真经注疏》卷三解释老子之“自知者明”谓：“自知己身宿命善恶，三世报应，无不明了，此是宿命智。”③

---

① 佚名：《道德真经注疏》（卷三），华夏出版社，2004 年，《中华道藏》（第十册），第 223 页。
② 佚名：《道德真经注疏》（卷三），华夏出版社，2004 年，《中华道藏》（第十册），第 224 页。
③ 佚名：《道德真经注疏》（卷三），华夏出版社，2004 年，《中华道藏》（第十册），第 230 页。

老子此句话之本意是指人能自知贤不肖，故为明。并非是明了自身因果报应之意。

张君相《道德真经集解》卷四解释老子之“侯王若能守，万物将自化”谓：“心得一空，资用不失，万神从化，伏邪归正。”

张君相《道德真经集解》卷六解释老子之“学不学，复众人之所过”谓：“圣人灵照自天，不同凡智，了知诸境空幻，不见可欲之物。”

张君相《道德真经集解》卷七解释老子之“吾不敢为主，而为客”谓：“主者我身也，客者前尘也。言根尘两空，物我俱幻，既无我身之能缘，亦无前尘之可染也。”

以上三例皆涉及佛教的“空”这一概念。佛教把一切物质现象归纳为四种基本要素，即坚性的地、湿性的水、暖性的火、动性的风，称为“四大”。“四大”分为内外两大类：同心识和合而形成众生肉体的为“内四大”，不同心识和合而形成山河大地等的“外四大”。佛教教义有四大皆空之说，指世界上一切都是空虚的，人生如同梦幻泡影，都是不真实的。人不要迷恋执着，方能解脱于人世苦难，入于正道。此为张君相所载诸家注释阐发《道德经》上述三句话时所持之意。然就《道德经》之本意来说，“侯王若能守，万物将自化”意谓侯王若能守道无为，则虽无心于化物而物将自化，万物将自宾服从于其德。即以无为达无不为之目的。“学不学，复众人之所过”之意为学习一般人不深入学习的平常道理，吸取众人失败的教训。“吾不敢为主，而为客”乃申述用兵之意，《道德经》认为战争乃大不祥之事，不敢为主即不会主动开启兵端，为客者乃不得已而应敌之意。是知三例皆非佛教空幻之意。

这种以牵强附会的解释来融佛入道的思想在其他注释《道德经》的典籍中，如白玉蟾注释《道德经》之“是以圣人终不为大，故能成其大”谓：“诸佛法身入我性，我性同共如来合。”① ……此不一一列举。

---

① 白玉蟾：《道德宝章》之《任成》章第三十四（《老子集成》本），宗教文化出版社，2011年。

老庄的道家与孔孟的儒家，同为春秋战国时期的诸子百家之一，一则出世倡导清静无为，屏斥仁义，蔑弃忠孝，摣提礼智，希望人类能恢复到结绳而治无知无欲的原始社会的生存状态。一则入世主张修齐治平，即使明知不可为亦复为之。由于彼此哲学理念、政治见解等的天壤之隔，在其产生之时，就经常有横眉冷对式的争锋论辩。至于汉之时，如《史记》卷六十三《老子列传》记载："世之学老子者则绌儒学，儒学亦绌老子。"后来道教形成，正统儒家学者咒骂道士的口头禅就是斥之为不忠不孝无父无君之徒，弃若敝屣，视如狗豕，都可见到相互势不两立的关系。道教追求的最高目标是了道成仙，成仙的过程往往充满艰辛，迥异于儒家，自有其特色。如《列仙传》之宁封子，积火自焚其躯以成灰烬，《列仙传》之平常生"数死复生"，尸解中之兵解则要遭刀剑斧钺之戮，以舔臭恶脓血、食腐烂尸骨、跳万丈悬崖等试求道者之诚意，也是史不绝书于历代仙传……这些常常都是成仙过程中之必要环节，也是道教信仰的核心组成部分。但是在唐宋时期的文言小说中，不少仙道类形象之成仙，已经没有了这些道教的显著特征，往往变而为只要坚守儒家伦理之忠孝仁义礼智信即可证成仙果了，援儒入道的入世特征非常明显。如《夷坚丙志》卷二之道士罗赤脚，因王志行夫妇为其前身父母，而对其备极孝敬。《酉阳杂俎》前集卷二谓："至忠至孝之人，命终皆为地下主者"（地下主者为神仙之一类），《青琐高议后集》卷之十《蓝先生续补》讲成仙最重要的条件就是"孝于亲，谨于兄，睦于族，信于朋友"。《乐善录》卷四云"严君平卜筮于成都市，以为卜筮者贱业而可以惠众人。有邪恶非正之问则依蓍筮为言利害；与人子言依于孝，与人弟言依于顺，与人臣言依于忠，各因执导之以善"，遂以此而"证仙果"。以节义登仙阶者如《乐善录》卷八云王进贤被贼人抓住时，因恪守贞节而被度为地仙。《乐善录》卷四、《乐善录》卷十载庄君平、太尉刘文饶以仁恕得获度世。《乐善录》卷八讲救济逆旅中困穷者"措之安乐之域，即是诸佛行处，菩萨用心，便可立证仙阶，更无可疑者"。《搜神秘览》卷中载儒家功行卓越者如裴度等死后即已名系仙籍。《青琐高议》前集卷之二《群玉峰仙籍》言儒家知识分子中之达官显宦如富弼、吕夷简等去世后即为神仙中人……其他如《仙传拾遗》卷三之道士邓德诚，每焚香，常誓佐国拯世等。

这一现象形成的原因，则在于唐宋之时，特别是两宋，继汉之统绪，儒学重新被定为独尊，号曰中兴，时人对道教经典的解释有了化道为儒的倾向，此仍以《道德经》为例以阐述之。

这种以儒家五经思想解释《道德经》之倾向在唐五代初露端倪，《道德真经取善集》之《上德不德》章第三十八引吴筠解释“上礼为之而莫之应，则攘臂而仍之”谓：“礼智者制乱之大防也，道德者抚乱之宏纲也。然则道为礼之本，礼为道之末。执本者易而固持末者难而危，故人主以道为心，以德为体，以仁义为车服，以礼智为冠冕，则垂拱而天下化矣。”① 吴筠认为老庄之道德和儒家之仁义礼智都是缺一不可、相互融通的。不过其基本观点则还是道本儒末。

杜光庭《道德真经广圣义》卷三十解释“夫礼者忠信之薄而乱之首”谓：“乱者，理也……忠信既薄，上下离心，圣人设礼以教之，约法以检之，明尊卑上下以劝之，著降杀等伦以节之。虽忠衰信薄，人不敢为乱者，由行礼以理之也矣。”然老子之本意，则是谓礼乃祸乱世界之根本。

至于宋代，以儒家经典思想解释《道德经》的方法则蔚为一代风气。此仅举最能代表其时代思想者以阐述之。

《老子道德经古本集注》解释“道可道，非常道”谓：“道一而已，有体用焉。未有不得其体而知其用者也。必先体立然后用有以行。老氏说经，先明其体。常者，言其体也；可道者，言其用也。体用一源，非有二道也。今夫仁义礼智，可言者也，皆道之用也。人徒知恻隐之心仁之端也，羞恶之心义之端也，辞让之心礼之端也，是非之心智之端也，而不知其体之一，则是道也。”②

体与用是中国古代哲学的一组重要范畴。体是内在的本质的，用则是体的外在表现，是由体衍生出的。上例言孔老学说仅仅是体与用的差别而已，就其核心的内容则是完全一致的，儒家伦理观念正是老子“道德”的表现。与上述见解一

① 李霖：《道德真经取善集》之《上德不德》章第三十八（《老子集成》本），宗教文化出版社，2011 年。

② 范应元：《老子道德经古本集注》之《道可道》章第一（《老子集成》本），宗教文化出版社，2011 年。

致者还如南宋章甫撰《自鸣集》卷六谓："吾观佛者皆谈仁义，竟不知何者为仁，何者为义。比读庄周书曰：'古之治道者，以知养恬，以恬养知。'和生于恬，理出于知。德，和也；道，理也。德无不容，仁也；道无不理，义也。然则道德为仁义之体，仁义为道德之用。后世人忘其本，止知有仁义而不知有道德，故老子有激而云，逆求其言，盖欲合仁义于道德而言之也，岂真搥提仁义者哉?"也同样认为《道德经》之本意是激扬仁义的。

宋《道德真经取善集》之《序》谓："老氏当商之季，悯其世道衰微由乎文弊，于是思复太古之纯，载畅玄风以激其流俗。至于轻蔑仁义，屏斥礼学，盖非过直无以矫枉。仲尼所以钦服，既见则叹其犹龙，惟圣知圣始云其然也。关尹睹紫气之瑞，识其真人度关，虔诚叩请，方垂至言。议者咸谓五经浩浩，不如二篇之约，良有以也。"①

此言老子屏弃仁义礼学并非是其本意，而是在世衰道微、礼崩乐坏的情况下采取的一种从权的做法，即通过矫枉过正的方式来达到兴复仁义礼学的目的。孔子对这一做法是非常服膺的，所以赞老子为犹龙。所以现在的学者也深谙其妙，并且评价说儒家五经内容繁复，比不上《道德经》那么简明扼要，提纲挈领。此类评价颇能代表有宋一代之风气，如南宋之《类说》卷五十谓："老子能言道德，不能言仁义。盖人亦有能远而不能近、能高而不能下者。老子岂不知仁义之为益于世？我欲盛言大道之美，故提起仁义耳。"与上之论述有异曲同工之妙。

苏辙注《道德经》之"绝圣去智，民利百倍；绝仁弃义，民复孝慈；绝巧弃利，盗贼无有"谓："见素抱朴，少私寡欲，而天下各复其性，虽有三者，无所用之矣。故曰'我无为而民自化，我好静而民自正，我无事而民自富，我无欲而民自朴。'此则圣智之大，仁义之至，巧利之极也。然孔子以仁义礼乐治天下，老子绝而弃之，或者以为不同。《易》曰：'形而上者谓之道，形而下者谓之器'，孔子之虑后世也深，故示人以器而晦其道，使中人以下守其器，不为道之所眩，以不失为君子。而中人以上，自是以上达也。老子则不然，志于明道而急于开人心，

---

① 李霖：《道德真经取善集》之《序》（《老子集成》本），宗教文化出版社，2011年。

故示人以道而薄于器。”①

先秦儒家与道家之根本对立的重要方面即是政治观点迥然不同，儒家提倡仁义礼智，崇贤尚才。《道德经》则认为“大道废，有仁义；智惠出，有大伪”“失道而后德，失德而后仁，失仁而后义，失义而后礼。夫礼者忠信之薄，而乱之首”，认为仁义礼智只是世道衰微季世末代的象征，不但不能带来太平盛世，反而会导致邪恶变乱。所以老子认为理想的社会是抛弃仁义礼智等规范，回到原始社会结绳而治的淳朴年代，让民无知无欲，重归小国寡民的纯真时期。而苏辙之注，则认为儒道仅是道器之不同而已，认为《道德经》之实质仍是提倡儒家礼仪的。

苏辙注《道德经》之“为学日益，为道日损”谓：“不知道而务学，闻见日多而无以一之，未免为累也……苟一日知道，顾视万物无一非妄，去妄以求复性，是谓之损。孔子谓子贡曰：‘女以予为多学而识之者与?’曰：‘然，非与?’曰：‘非也。予一以贯之’。”②

老子是从根本上反对智慧的，因此也是反对学习的。用后来庄子的话说，“吾生也有涯，而知也无涯，以有涯随无涯，殆已”，学习只会给自己带来困窘伤害。此之“为学日益，为道日损”也是同样的道理，意即学习越勤奋，就离自然无为之道越远。苏辙曲解其意，谓为学习过程中须如孔子之说“一以贯之”，不能泛泛而学。而孔子之“一以贯之”者，乃是先人后己、大公无私、己欲立而立人、己欲达而达人、己所不欲勿施于人之忠恕之道。

与苏辙此类解释一致者还如宋员兴宗撰《九华集》卷二十三阐述《道德经》之“不尚贤使民不争”谓：“贤者，国之器也。如不用贤，大则削，小则弱，不用斯可乎？曰乌可哉。圣人能以贤治天下，不能贵天下以贤。能以贤治天下，是以用贤；不能贵天下以贤，是以不尚贤也。盖尚者争之端、伪之首也。”也为以儒家

---

① 苏辙：《苏子由道德经注》上经之《俗薄》第十八（《老子集成》本），宗教文化出版社，2011年。

② 苏辙：《苏子由道德经注》下经之《忘知》第十一（《老子集成》本），宗教文化出版社，2011年。

观念曲解《道德经》之意。

东坡之赞赏苏辙注《道德经》也谓："使汉初有此书，则孔老为一"[1]，都可看出宋代以儒释道之倾向。这种倾向不但体现在以上学者以及王安石等人的著作中，就连金元时期的全真教创始人王重阳，传教时就先教人学儒家之《孝经》及道家之《道德经》。其所撰《立教十五论》就包含了丰富的儒家思想。宋代其他以儒家理念解释《道德经》之颇有影响者还包括林东、程大昌、白玉蟾、德异等，此不一一论及。

道教的入世之儒化特征也体现在社会生活中，《太平广记》卷四百载道士成弼盗其丹，为唐太宗"造金凡数万斤"以资国用。《青箱杂记》卷十具言道士王犍于真宗时"前后贡药金银累巨万数，辉彩绝异，不类世宝，当时赐天下天庆观金宝牌，即其金所铸也……此近古所未闻也"，本为成仙而设的道教炼丹术，却变成为了增加国家财用的重要手段。

道教的儒化也体现在道士被任以官职而对国家政治事务的参与上，如《开天传信记》载唐玄宗时"道士叶法善，精于符箓之术，上累拜为鸿胪卿"。《古今事文类聚》前集卷三十四载唐高宗时，道士叶静能"入直翰林为国子祭酒"。《名贤氏族言行类稿》卷四十六载："唐尚献甫，卫州汲人，善占候，武后召见，由道士擢太史令。"《湘山野录》卷下载："蜀先主开建初，赐道士杜光庭为广德先生、户部侍郎、蔡国公"……更有道士自求官职者，《北梦琐言》卷十九载："道士解元龟……上表乞西都留守，兼三川制置使。"

以上论述了仙道类人物形象的佛化和儒化特征及其原因。作为该类形象的另一突出现象，唐宋时期文言小说中的仙道类人物最大的特征仍然体现出的是道教自身的特征。此仅以外丹服食为例，讨论这一情况。

《真诰》是外丹服食的集大成之作，兹以该书为例，说说道教外丹服食之概

---

① 苏辙：《苏子由道德经注》之《题老子道德经后》（《老子集成》本），宗教文化出版社，2011年。

况。《真诰》一方面介绍了丹药服食后人身体的状况，如卷四谓：“得道去世，或显或隐。托体遗迹，道之隐也。或有再酣琼精而叩棺，一服刀圭而尸烂。鹿皮公吞玉华而流虫出户，仇季子咽金液而臭闻百里。黄帝火九鼎于荆山，尚有桥领之墓；季主服云散以潜升，犹头足异处。墨秋咽虹丹以投水，甯生服石脑而赴火。务光翦韭以入清冷之渊，柏成纳气而肠胃三腐”，也就是说，仙丹服食常常伴随的是尘世肉体的腐烂消失。而《真诰》认为，尘世死亡之形式是判断成仙与否的关键环节，其卷四记载了各种服仙丹而死后尸解成仙的情况：“人死，必视其形。如生人，皆尸解也。视足不青，皮不皱者，亦尸解也。要目光不毁，无异生人，亦尸解也。头发尽脱而失形骨者，皆尸解也。”《真诰》卷十载：“太极真人遗带散，白粉，服一刀圭，当暴心痛如刺。三日欲饮，饮既足一斛，气乃绝，绝即是死也。既敛，失尸所在，但余衣在耳。是为白日解带之仙。”

《真诰》认为，服丹后的这些死亡都仅仅是托迹暂死，实际是成仙化遁而去，故该书另一方面介绍了众人丹药服食以成仙的美好景象，如卷四谓：“若夫琼丹一御，九华三飞，云液晨酣，流黄徘徊，仰咽金浆，咀嚼玉蕤者，立便控景登空，玄升太微也。”《真诰》卷五载：“昔毛伯道、刘道恭、谢稚坚、张兆期皆后汉时人也，学道在王屋山中，积四十余年，共合神丹。毛伯道先服之而死，道恭服之又死。谢稚坚、张兆期见之如此，不敢服之，并捐山而归去。后见伯道、道恭在山上。二人悲愕，遂就请道”，乃谓伯道、道恭服食仙丹而后之死是暂时的，实际上是成仙了。《周易参同契》卷上谓丹药服食后“轻举远游，跨火不焦，入水不濡，能存能亡，长乐无忧”“金砂入五内，雾散若风雨，薰蒸达四肢，颜色悦泽好，发白皆变黑，更生稚牙齿，老翁复丁壮，耆妪成姹女，改形免世厄，号之曰真人”，羽化登仙，与天地同寿。

但外丹服食之恶果，各类典籍乃至道教之经典也颇有载之者。《悬解录》谓：“金丹并诸石药各有本性，怀大毒在其中。道士服之，从羲轩以来，万不存一，未有不死者。”（《正统道藏》如帙）史书载唐代一半以上的皇帝热衷仙丹服食，其中唐太宗、宪宗、穆宗、敬宗、武宗、宣宗皆因服食仙丹而亡。韩愈总结谓：“余不知服食说自何世起，杀人不可计，而世慕向之益至，此其惑也。在文书所记及耳闻传者不说，今直取目见亲与之游而以药败者六七公，以为世诫。工部尚书归登、殿中侍御史李虚中、刑部尚书李逊、逊弟刑部侍郎建、襄阳节度使工部尚书孟简、东川节度御史大夫卢坦、金吾将军李道古，此其人皆有名位，世所共识。”（《五百家注昌黎文集》卷三十四）

此类现象之产生，则基于对宗教的虔诚的信仰。由于宗教之狂热而死于非命者，代不乏其人，其尤为典型者如《朝野佥载》卷五云：“景云中，有长发贺玄景，自称五戒贤者。同为妖者十余人。于陆浑山中结草舍，幻惑愚人子女，倾家产事之。给云至心求者必得成佛。玄景为金簿袈裟，独坐暗室，令愚者窃视，云佛放光，众皆慑伏。缘于悬崖下烧火，遣数人于半崖间披红碧纱为仙衣，随风习飏，令众观之。诳曰：‘此仙也。’各令着仙衣以飞就之，即得成道。克日设斋，饮中置莨菪子，与众餐之。女子好发者，截取为剃头，串仙衣，临崖下视，眼花恍惚，推崖底，一时烧杀，没取资财。事败，官司来检，灰中得焦拳尸骸数百余人。”正是对宗教的一种迷狂状态，导致数百民众为成佛成仙虽赴死地而无悔。又如世谓服蝙蝠过百岁者或白蝙蝠、白蟾蜍可以成仙，《续博物志》卷六载宋刘亮以白蝙蝠、白蟾蜍合仙丹，“得而服之立死”“唐人陈子真，得蝙蝠大如鸦，食之，一夕大泻而死。”……类似例子在唐宋史籍、笔记中颇多记载，此不一一详列。上自皇帝下至达官显宦都数为长生而服食外丹以亡，作为道教的虔诚徒众，就无怪乎不少道士为成仙而义无反顾以服食道教仙真所谓之神丹了。

唐宋文言小说在塑造仙道类形象时也用艺术方式再现了丹药服食后所产生的可怕后果，如《鉴戒录》卷一载“武宗皇帝酷求长生之道，访九转之丹，茅山道士杜元阳制药既成，白日轻举。弟子马全真得残药，诣京表进。上因饵之，遍体生疮，鬓发俱脱，十日而崩”。《夷坚丙志》卷十八言桂生服下大丹后，“是日暮，桂觉五藏间有如火灼。明日，不可忍，跳入门外沼中，不数刻，沼水皆沸，荷花尽萎。屋角树高数丈，能腾立其杪，俄而复下，奔驰叫号。越三昼夜，七窍流血而死”。《夷坚志补》卷第十八载张中书“壮岁时无日不服丹砂……后忽发际生疡，浸淫及顶，巍然若高阜，结为三十六疮。旬余，爆裂有声，疮番而外向，如人口反唇，遂卒”。《夷坚支丁》卷九言单志远服下道士之丹药后，“仅月余，单精采摧惫，阴囊蓄缩，全若阉宦”。《夷坚三志》壬卷第二载楚州陈道人经数年日夕卧于淤泥之中是因“吾为丹所恼，不居泥淖，是身殆无所容”。

但唐宋仙道类小说也同样理想化地再现了道教外丹的神奇功效与服食成仙的美好场面，如《夷坚支庚》卷第九《新安道人》载于岁末一天寒地冻之日，道士先用青幕遮盖住已枯之李树，然后以丹药一粒纳于枯李之根，封以土，“少选揭视，李已著花。又覆其幕如初，及再揭，李已结实。于是三幕之，令遍行酒，遂去幕，则一树全熟，青黄交枝，满座摘食，香味胜于常种”。《夷坚志补》卷第十二载人服下九天玄女所炼之丹后“已飘飘然行池水上，运步如飞。明日，或见其坐水底，水皆涌沸，旬日方去”，得道飞升。《夷坚志补》卷第十二言神丹使枯死已久之树复活谓：“门外有皂荚树甚大，久枯死，士以药粒置树窍中，以泥封之。俄失士所在。是夕树生枝叶，旦而蔚然。”

［作者单位：西南大学文学院］

·中西文论·

扎西才让诗文的空间诗学①

□刘　彪　马云霖

【摘要】甘南作家扎西才让在近三十年的诗文探索中，用诗歌、散文、小说营造了名为“桑多”的艺术世界，显现出空间化的特征，这集中体现为以“桑多河”为中心的自然生态空间，以“桑多镇”为中心的社会历史空间和以“桑多人”为中心的精神信仰空间的构建。在他笔下，自然生态空间、社会历史空间和精神信仰空间是和谐统一的。介于真实与虚构之间的“文学桑多”，有助于扎西才让找到理想的抒情、叙事角度，而且作为一种差异化的追求，在文学经典走进文学史，非经典经典化的过程中亦是一种文化策略。

【关键词】甘南；扎西才让；空间；文学世界

70后诗人扎西才让近年来在诗坛备受关注。他在2015年、2018年先后被评为第二届、第三届甘肃“诗歌八骏”，成为甘肃文坛对外力荐的诗人之一；2017年获第二届《飞天》十年文学奖及第四届“海子诗歌奖”主奖；诗歌、散文多次入选不同版年度优秀诗歌、优秀散文。扎西才让作品地域文化特征鲜明，他用诗歌、散文（散文诗）、小说构建了名为“桑多”的艺术世界，显现出空间化的特征。

① 基金项目：本文为甘肃民族师范学院院长基金——高层次人才项目（项目编号：GSNU-GCCR-1910）阶段性成果。

一、“桑多”：扎西才让的艺术世界

扎西才让的文学创作从1992年发表《白鬃马穿过草地》算起已有近三十年的历史。在这近三十年的持续诗文探索中，他尝试用诗歌、散文（散文诗）、小说营造自己的文学世界。美国作家赫姆林·加兰认为：“艺术的地方色彩是文学生命力的源泉”，扎西才让在创作中对笔下的文学世界进行了艺术提炼，将西部地域文化色彩注入其中，他在《诗边札记：在甘南》自序中说：“我在《诗边札记：在甘南》的写作过程中，融入了更多对故乡的历史文化、宗教风物和百姓生活的观察、反思和呈现。”他也有自己的艺术坚持，想要为散文诗穿上“儒雅不失美丽的外衣”，他曾在《七扇门：扎西才让散文诗选》后记中谈道：“既然是一个为了告别的宴会，在编辑这本集子时，我暗暗地告诫自己：要选个人诗作中自己喜欢且很少有他人痕迹的作品；要选有个人的语言特色的作品；要选表达了真情实意的作品；要选适于读者阅读且有再创造性的作品；要选具有图画美、建筑美和音乐美的作品。”① 最终，他成功构建起一个名为“桑多”的文学地理空间。“桑多”有别于沈从文笔下的“湘西”，贾平凹笔下的“商州”，莫言笔下的“高密东北乡”，它作为文学意义上建构的空间，植根于西部地理环境中，西部人、西部景、西部叙事、西部情感成为其文化内核。“桑多”并非地理学上真实地名，也并非脱离现实凌空虚构，“桑多”藏语的意思是“大夏河源头”，扎西才让在《桑多镇秘史》中转述陈疯子的话：“桑多建镇之前，是一片湿地，千百只羚羊和当地零星的土著在此繁衍生息。”② 而甘肃省合作市被称为“羚城”，意为羚羊出没的地方，洮河和大夏河诸多支流流经此地，合作市在1996年建市之前为夏河县下设的合作镇。由此可推测，“桑多”的原型为甘南合作市建市之前的合作镇附近区域。介于真实与虚构之间的“文学桑多”，达到的是文学意义上的真实，不仅有助于

① 扎西才让：《七扇门：扎西才让散文诗选》，大众文艺出版社，2010年，第116页。
② 扎西才让：《诗边札记：在甘南》，民族出版社，2018年，第54页。

扎西才让找到理想的抒情、叙事角度，打破时空束缚，打破小说、诗歌、散文之间的体裁界限，进而重绘甘南文化的多元图景，而且作为一种差异化的追求，在文学经典走进文学史，非经典经典化的过程中亦是一种文化策略。文化学者陶东风认为："文化艺术生产场的重要驱动力来自对差异的追求。每个作家，特别是那些新生的、在文化场域还没有占据统计地位，还没有得到经典化的作家，想要在文化场域中立足，就必须采取革命的姿态、颠覆的姿态，必须追求差异。重复只能是死路一条。这种没有止境寻求差异的冲动，促使文化生产场持续地生产出竞争性的新文化与知识形式。"①

二、以"桑多河"为中心的自然生态空间

在扎西才让诗歌、散文诗中，以"桑多河"为表现中心，构建了"文学桑多"的自然生态时空。扎西才让说："桑多河纯粹是我的文学版图中的河名，若要对位的话，其实是甘南州夏河县境内两条河的合并。一条，是大夏河，藏话名桑曲，史书上叫漓水，是甘肃省中部重要河流之一，属黄河水系，发源于甘南州境内。另外一条，叫多河，也叫格河，是穿越甘南州首府合作市的一条小河。我将两条河合二为一，称之为桑多河。"② 然而作者有意无意让读者将"桑多河"与"大夏河"相对应，在扎西才让不同的诗集、散文集中，与"桑多河"和"大夏河"有关的部分诗文，所写内容相同，能指都为同一条河流，只是河流名称不一样。如，《大夏河畔》中的《大夏河的四季》《大夏河晨景》与《诗边札记·在甘南》中的《桑多河的四季》《桑多河晨景》相比，重要内容不无二致，《大夏河畔》称之为"大夏河"，《诗边札记·在甘南》则称之为"桑多河"。考虑到《七扇门：扎西才让散文诗选》出版时间早于《诗边札记·在甘南》，而作者"也在做着与藏地小村杨庄、小镇桑多有关的文学梦"③，可认为作者已经从宽泛的甘南地域文

① 陶东风：《文学经典与文化权力》，《中国比较文学》2004 年第 3 期。

② 扎西才让：《诗边札记：在甘南》，民族出版社，2018 年，第 119 页。

③ 扎西才让：《诗边札记：在甘南》，民族出版社，2018 年，第 55 页。

化书写逐渐聚焦到“文学桑多”的艺术营造。不管怎样，“大夏河”或“桑多河”在扎西才让诗文中反复出现，已经成为扎西才让文学地理版图标志性符号。

作为重要书写对象，桑多河在“桑多”世界滋养着万物，作者让这里的生态充满西部的原始美感，空旷宁静宛如隔绝于世的桃源。“桑多河畔多么安静，晨曦自东山突现，玻璃瓦的屋顶在光中颤动，波浪般鼓荡不息。”① “在桑多河畔，我再次目睹了这世外的净地：一座寺庙前，晚课的钟声使山林更寂；一轮月晕下，修行的喇嘛已汲取了山泉。”② “太阳尚未在山顶如约升起。桑多一带的/原野上，还不曾开出大片大片的艳丽野菊。//晨雾里，恍若仙境的藏地桑多，完全不同于/他在半月前又憎恶又厌倦的样子。”③ 桑多河畔画面局部的蒲公英也带着浪漫与诗意，“桑多河畔的蒲公英，比想的要多得多。这些多年生的可以入药的菊科植物，看起来是多么珍贵。它们耐着性子，总比迎春、月季、桃、李、杏开得更迟些。黄色的艳艳的的花，在最后一批桑多人奔赴远方之际，就在河的两岸密密麻麻地盛开了，仿佛在来赶赴某个重要的约会。”④ 作者有时也赋予桑多河童话色彩，他让美人鱼的歌声唤醒尘世：“洮河里的美人鱼逆流而上，/在这桑多河畔，/晾晒着她的细密的鳞片。//她本身就是个奇异的梦幻世界。//在桑多镇的浅睡中，/我总是被她的歌声惊醒。”⑤ 作为西方童话符号的美人鱼与作为中国西部符号的洮河、桑多河的融通，将西方与东方，梦幻与现实交织在同一个画面，扩大了“文学桑多”的表现空间。

作者在打造桑多河畔生态空间的同时，让桑多河成为触发哲思的空间。《诗边札记：在甘南》收录的一篇带寓言性的名为《寻找河流》的短文中，主人公桑骥为寻找理想中的河流于是离开家乡的桑多河，他先后遇到黄河、白龙江、大夏河、洮河，而这些都不是理想的河流，有一天，他发现当初的道路完全走错，可

---

① 扎西才让：《诗边札记：在甘南》，民族出版社，2018 年，第 143 页。

② 扎西才让：《诗边札记：在甘南》，民族出版社，2018 年，第 147 页。

③ 扎西才让：《大夏河畔》，作家出版社，2018 年，第 3 页。

④ 扎西才让：《诗边札记：在甘南》，民族出版社，2018 年，第 123 页。

⑤ 扎西才让：《诗边札记：在甘南》，民族出版社，2018 年，第 212 页。

寻找河流的过程中桑骥已气血耗尽，他无法再走回头路，他想如果有来世究竟会选择哪条河流。其实桑骥离开桑多河寻找理想河流意在探寻人何以“诗意地栖居”，作者觉察到他人在“桑多河畔”找到了“诗意地栖居”的目的地，而去藏地桑多旅游，从城市中心到回到自然中心，寄情于山水之间，颐养疗治身心便是通往“诗意地栖居”的捷径。“为了寻找自由，找到理想的生活，很多人选择到藏地旅游。来的人，注意到这里的山，这里的水，这里的人，当然也会注意到这里的神。我曾无数次目睹过这样的情景：‘桑多河畔，游人蜂拥而至，有人极目远眺，有人大呼小叫。有人按动快门，拿走了不属于自己的风景。鹰飞起来，像顶雷锋遗失的棉帽。鱼在河里游走，如水底的珊瑚，星星般闪耀。人类在河边逗留，喟叹。钻进各色各样的铁皮匣子，尘埃一样悄然消失。’”①

当然，作者也不局限在“桑多河”地理空间的描绘上，他还将桑多河由实指转向隐喻，让河流与时间（季节）、人的命运、人的生存发生某种关联。“春天，桑多河安静地舔食着河岸，/我们安静地舔舐着自己的嘴唇，/是群试图求偶的豹子。//秋天，桑多河摧枯拉朽，/暴怒地卷走一切，/我们在愤怒中捶打自己的老婆和儿女，/像极了历代的暴君。//冬天到了，桑多河冷冰冰的，/停止了思考。我们也冷冰冰的，/面对身边的世界，充满着敌意。//只有在夏天，我们跟桑多河一样/喧哗，热情，浑身充满力量。//也只有在夏天，我们/都不愿离开热气腾腾的桑多镇，/在这里逗留喟叹，/男欢女爱，埋葬易逝的青春。”② 在四季原型模式中，春天与东方相对应，颜色为青色，象征着生命的诞生；夏天与南方相对应，颜色为赤色，象征着生命昌盛；秋天与西方相对应，颜色为白色，象征着生命的衰減；冬天与北方相对应，颜色为黑色，象征着生命的凋零。桑多河在复苏——喧哗——摧枯拉朽——藏伏历经四时更迭，桑多人冥冥之中也在躁动——兴奋——愤怒——麻木中感悟四季。

---

① 扎西才让：《诗边札记：在甘南》，民族出版社，2018年，第122页。
② 扎西才让：《诗边札记：在甘南》，民族出版社，2018年，第201页。

三、以“桑多镇”为中心的社会历史空间

扎西才让为“桑多”在地理版图上更生动展现又安排了承载社会生活与历史文化场景的“桑多镇”。“桑多镇的北边，是桑多河……”①，“很多年了，草原上长满阴性的矢车菊，/美化着九月的草原，使得青藏高原边缘的/这个中国小镇，有了隐约可闻的怀旧气息。”② 桑多镇在作者笔下位于青藏高原边缘，桑多河之南。“桑多镇”不仅是空间意义的边地，它处于西部内陆，周围有桑多河和草原环绕，而且也是经济、文化意义上的边地。一方面，它较少地受到现代化和全球化的浸染，民风淳朴。“很多年了，小镇收留了那么多的牧人、匠人和马客，/也允许一个有着浑圆臀部的外地红发女郎，/在夜里接纳了无数无家可归的浪子。”③“桑多镇”以宽容的心态收留了过客，让他们有家可归，也超越道德伦理接纳了失足妇女。从这层意义上讲，“桑多镇”带有“地母原型”的特征，“地母以上善若水的品性、藏污纳垢式的博大宽容和慈祥温暖的母爱光辉，深入到人们的无意识领域中”④。另一方面，它文化变迁进程缓慢，保留着前现代文明的生活方式。“我们把牛羊收进圈里，煮了一锅肉，看那些血沫像晚云一样翻卷开来。草原那头，有人单地唱起来，那歌词好啰嗦啊，根本就不能表现出忧伤的味道。哎，谁说世上没有好歌了？看看这么好的草场牧民新居，和舒服又安逸的生活。谁说世上没有好歌了？看看江山依旧，河水自由流淌，那强壮的牧人徒步或骑马常常站在那高岗上。”⑤ 游牧文明逐水草而居的生活方式和乐天自足的豁达心态仿佛将时空静止，让“桑多”成为远离都市喧嚣的一方净土和牧歌式城邦。

作者也写出了“桑多镇”现代化的图景，“雨雪后的桑多镇，残雪消融，水渍

① 扎西才让：《诗边札记：在甘南》，民族出版社，2018 年，第 201 页。

② 扎西才让：《大夏河畔》，作家出版社，2018 年，第 94 页。

③ 扎西才让：《大夏河畔》，作家出版社，2018 年，第 94 页

④ 孙萌：《类型、结构与地母原型：〈汪洋中的一条船〉》，《贵州大学学报（艺术版）》2016 年第 3 期。

⑤ 扎西才让：《诗边札记：在甘南》，民族出版社，2018 年，第 133 页。

遍地。/天空在林立的高楼间露出寒冷的青色，/绘有靓丽女人的广告牌/在高处，那么热闹，又那么招摇。”① “有人路过桑多镇，看到桑多的樱桃红了，/桑多的秋天深了，桑多姑娘扎西吉早就成熟了。/她站在一面广告牌下，像个失足的少女。”② 象征现代文明和商品诱惑的“广告牌”在封闭守成的“桑多镇”显得格格不入，“桑多镇”古朴的生态留存延续源自对现代文明的敌视和阻拒。对此，有学者指出：“当现代性思想及其规划向乡土世界扩张时，乡土世界并非一个惰性的存在，它自身独特的社会结构、文化传统、价值结构、生活方式以及人们的自我理解等都会对现代性规划产生影响，甚至是抵制。”③ “广告牌下，一个烤红薯的老人/正准备打开他的推位/一辆汽车从远处的寒风中缓缓驶来。”④ 现代文明神话也并未成为救赎苦难的药方，反而在现实生活中拉大了贫富差距，制造了人与人之间的隔膜。不仅如此，随着现代文明对乡土世界的入侵，“乡村和城市的分裂和对立造成了现代的病态和创痛。人们在乡村和城市之间游弋徘徊，充满了矛盾和困惑”⑤。一部分人选择逃离故乡，一部分人在城市梦碎后回到故乡，在“离去—归来”的循环中寻找可栖居的家园，酝酿了浓重的“文化乡愁”。扎西才让出生在甘南，后离开甘南到位居兰州的西北师范大学求学，之后再次回到甘南工作，他以“城市”和“乡村”亲历者的身份，写出了“桑多人”的这种心理。“如果是三月，儿女们就会离开故土，/去那遥远的内蒙、青海和新疆。//听说那里新农村即将形成，棉花又开始生长。”⑥ “仿佛此地是个起点，/有人去了北京，有人去了西藏，/有人点燃了内心的野火，/毅然决然地去了国外。”⑦ “像一群屈辱的士兵回到故里，/带着内战时悲哀的神情，/更像一群精力过剩的野兽，/在异域受伤后，精疲力竭地回来了。//前方桥头，是我的桑多镇。”⑧ 或许，只有当城市和

---

① 扎西才让：《大夏河畔》，作家出版社，2018 年，第 77 页。
② 扎西才让：《大夏河畔》，作家出版社，2018 年，第 72 页。
③ 吴海清：《乡土世界的现代性想象》，南开大学出版社，2011 年，第 30 页。
④ 扎西才让：《大夏河畔》，作家出版社，2018 年，第 77 页。
⑤ 旷新年：《现代化的乡愁：一边逃离，一边眷恋》，《决策探索》2014 年第 10 期。
⑥ 扎西才让：《大夏河畔》，作家出版社，2018 年，第 155 页。
⑦ 扎西才让：《大夏河畔》，作家出版社，2018 年，第 131 页。
⑧ 扎西才让：《大夏河畔》，作家出版社，2018 年，第 97 页。

乡村的紧张关系得以缓和，个体的不安才能得以释缓。

扎西才让在《诗边札记：在甘南》自序中说："人一过四十，就想找到灵肉的归宿：我是谁？从哪里来？到哪里去？在这样的追问中，越来越看清了自己的处境——过去四十年，只是偏执地追问这三个问题的精神求索过程。"带着这样的思索，作者有意为"桑多镇"写一段民族的秘史，植入可溯源的民族文化想象和族群记忆。族群记忆有着独特的文化功能。"族群记忆属于'集体记忆'，它的一个基本功能将'我群'与'他群'区分开来。"① 我们可按图索骥，在《边札记：在甘南》中的《新的小镇》《一本史书》《桑多镇酒歌》等篇什中可找到桑多镇的尘封的历史：西藏兄弟部落之间产生纷争，失势的部落不得离开故土另谋出路，最终他们在桑多河边找到了栖居的归所，建起了桑多镇。后来不同民族在此贸易交往，繁衍生息。桑多镇历经土司、马家军掌控，在 20 世纪 20 年代被外国人发现，那位外国人随即向世界宣布：这里最适合人类诗意地栖居。

受藏传佛教悲悯情怀和宗教道德影响，作者着力关注的是"桑多镇"上普通人的生存状态。他的诗歌和散文分镜头记录了桑多普通人的状况。这些人如藏历铁虎年正月十五演藏戏的人（《演藏戏的人》），默默承受命运的小镇上的女人（《小镇上的女人》），恋爱中情侣（《拥抱的情侣》），自信的私营老板（《私营老板德本加》），患重感冒的人（《重感冒患者》），无名的画家（《一个民间画家》），面貌缺乏美感内心却宽厚善良的金刚婶婶（《金刚婶婶》）。正是这些人物的出现，才使"桑多"的人物画廊变得更加丰满，"桑多镇"充满市井气和烟火味。

四、以"桑多人"为中心的精神信仰空间

在扎西才让笔下，"桑多"是多民族聚居的区域，"桑多人"随藏族部落迁徙到"桑多河"从而确立自己的身份，"桑多人"身上无意识地显现出包括藏族世界观、藏族宗教信仰等在内的文化遗留。

---

① 彭兆荣：《人类学仪式的理论与实践》，民族出版社，2007 年，第 243 页。

“桑多人”认识世界的方式始终和民间信仰、宗教联系在一起。“神山崇拜是藏族地区普遍流行的一种带有浓厚民间氛围的传统信仰模式，在世界宗教信仰范围内，既异于自然崇拜，又有别于图腾崇拜，也不是严格意义上的正统宗教信仰，故暂时归类于民间信仰的范畴，它兼顾世俗世界与神圣世界，此岸世界与彼岸世界，因而既有神圣性的一面，也有世俗性的特质。”① “神山崇拜”的信仰植根在“桑多人”心中。作者写道：“这是我祖父巡视并守护过的神山。//她的丛林里定居着守诺的神灵，/她仰望的蓝天隐藏着怀春的仙女，/她身旁的河水游弋着黑头藏人的子嗣。”②“阿尼玛卿山神，还未收留自由骄傲的太阳，/湖泊里骚动不安的月亮，早就穿上了/欢喜佛用银叶打就的熠熠发光的裙裳。”③“我们手执火把，上了高山。祭祀山神的夜晚，/那些山顶的积雪，又一次被火光照亮。”④ 在“桑多人”看来，自然万物都有灵性。他们把高山人格化，相信每座山都有守护的山神，而山神也像人一样有自己的喜怒哀乐，有自己的哀怨情仇，展现出世俗性的一面：“酒香里飞出蝴蝶，扑进花丛，山梁上走来曾经到处游荡的山神，他们也坐着，也说话，也发怒，看上去，让人无可奈何，又心怀担忧。”⑤“在白天，那些异性的山神们，/让风温柔地吹拂着树梢，/让草轻手轻脚绕过岩石，/让飞禽走兽安详地沉睡于自己的领地。//而在夜里，因为倾慕与向往，/她们偷偷地让山体相互移近了几许。”⑥ 煨桑祭祀仪式是沟通神山与人的途经。“每个人都可以随时将现实生活中遇到的困难以及所怀有的各种希望，通过祭祀的方式向神山倾诉并祈求得到解决或实现。”⑦ 诗歌中写道：“桑烟在夜空中升起，又被北风吹散了……仿佛他们活着时未完成的夙愿，/在此时，在此地，或许会被我们一一实现。”⑧ 煨桑祭祀仪式发挥了安慰民众心灵，调和人与世界关系的功能。

---

① 尕藏加：《藏区宗教文化生态》，社会科学文献出版社，2010年，第133页。
② 扎西才让：《大夏河畔》，作家出版社，2018年，第179页。
③ 扎西才让：《大夏河畔》，作家出版社，2018年，第72页。
④ 扎西才让：《大夏河畔》，作家出版社，2018年，第63页。
⑤ 扎西才让：《大夏河畔》，作家出版社，2018年，第73页。
⑥ 扎西才让：《大夏河畔》，作家出版社，2018年，第43页。
⑦ 尕藏加：《藏区宗教文化生》，社会科学文献出版社，2010年，第136页。
⑧ 扎西才让：《大夏河畔》，作家出版社，2018年，第63页。

藏传佛教是藏族人的普遍宗教信仰。“桑多人”的生活与藏传佛教的诸多事项联系在一起，宗教活动无意识地成为“桑多人”生活的一部分。“这里的农民，在山坳里藏起几座寺院，在沟里拉起经幡，/让风念经，让水念经，让光念经，从正月到腊月，/春夏秋冬，就是四座金碧辉煌的经堂。”① 这里的人们追寻超远虚静的宗教境界：“海螺声里，我们头顶的大海/泛起浪花一样的云朵，久久不能平息。”② 神与人同在亦是“桑多人”独特的感悟：“在家里，神灵和我们住在一起，/享受着人间烟火。祖先们也在餐桌旁，/听我和家人聊天，谈论国家大事。”③“桑多”的守护神有时就是那些饱经沧桑，领悟人生的老人：“很多年了，雨水带不走草原上的守护神，他们/逡巡在各自的领地，有时化为彩虹，有时变为晚霞，/有时，就是我们身旁这些闭幕养神的老人。”④

总之，扎西才让用他的诗文不断建构起充满西部地域文化特色的“桑多”世界，拓展了当代文学的地理版图，也为读者提供了西部文化想象的又一条路径。在他笔下，以“桑多河”为中心的自然生态空间，以“桑多镇”为中心的社会历史空间，以“桑多人”为中心的精神信仰空间和谐统一。“桑多河”原始自然的生态为“桑多镇”的建立和“桑多人”的栖居提供了空间；“桑多镇”地处青藏高原边地。相对封闭的地理空间，延缓了现代化的渗透和城市化扩张，让“桑多河”源源流淌，让“桑多河”文化绵延不断流，也为“桑多人”的宗教和民间信仰活动留有一方净土；“桑多人”的宗教观念和道德修养限制了人的世俗欲望，让人怀着悲悯之心调整人与自然，人与社会的关系。这使得“桑多河”成为他者眼中的“诗意地栖居”旅行地，“桑多镇”成为收留过客的安居之所。

［作者单位：山西忻州师范学院中文系　甘肃民族师范学院汉语系］

① 扎西才让：《大夏河畔》，作家出版社，2018 年，第 101 页。
② 扎西才让：《大夏河畔》，作家出版社，2018 年，第 87 页。
③ 扎西才让：《大夏河畔》，作家出版社，2018 年，第 160 页。
④ 扎西才让：《大夏河畔》，作家出版社，2018 年，第 94 页。

斯皮瓦克论“行星”

□李国栋

【摘要】 斯皮瓦克阐扬了“行星”这一概念，提议用“行星”“行星性”替代“全球”“全球化”等概念，试图构建新的归属观念和他者想象方式。她对“行星”进行了精神分析学的解读，将其“诡秘”体验转换成了“昔日人类的家园”，论证了这一概念的合理性和可行性。斯皮瓦克的行星理念将后殖民性介入到当代文化观念之中，为比较文学提供了新的学科构想，拓宽了后殖民理论的实践场域，推动了当代文化批评的“行星转向”。但是，由于“行星”还存在着创生期较短、理论难度较大和内部思想矛盾突出等问题，所以“行星转向”这一命题尚还处于预测的阶段。

【关键词】 斯皮瓦克；行星；异质性；后殖民主义；比较文学

盖娅特里·斯皮瓦克（Gayatri C. Spivak）的“行星”（planet）概念在当代西方人文学界已成为一个重要的理论关键词。艾米·埃利亚斯（Amy J. Elias）和克里斯蒂安·莫拉鲁（Christian Moraru）在《行星转向：二十一世纪的关系性与地缘美学》中指出：“为了回应21世纪的世界以及后现代理论对其解释力的下降，行星话语将其自身呈现为一种新的意识结构，一种具有文化剧烈扩张的、行星性特征的、地缘主题学（geothematics）的方法性接受能力（methodical receptivity）。”① 行星话语之所以在当代具有如此强烈的阐释张力，与斯皮瓦克对这一概念的阐扬密不可分②。在后殖民主义的立场上，斯皮瓦克将“行星”作为“全球”（globe）的替代性概念来回应当今世界的文化关系问题，以自身的批判立场走向了更为宽广的第三世界历史和文化空间。她所提出的具体实践方案是重建一门“行星性”（planetarity）的“新比较文学”（the New Comparative Literature），以摆脱长久以来的“比较文学危机论”话语，同时也使“行星”的后殖民性能借助这种文本策略发挥更广泛的文化作用。但鉴于斯皮瓦克的晦涩表述和理论难度，学界对“行星”概念的含义、译法和论证逻辑仍存在着不少误译与误释之处。本文即试图厘清“行星”的基本含义，梳理这一概念的论证逻辑，阐释其复杂的文化意涵，以期进一步地反思斯皮瓦克的文化批判观念和当代行星话语等问题。

一、“行星”及其相关概念译释

斯皮瓦克的“行星”首先潜在地依托了其词源学含义，在此基础上，她又进一步添加了更为丰富的含义，并重新阐释了其文化意义。斯皮瓦克特别强调的是“行星”与“全球”的对立：要定义“行星”的内涵，就要从“全球”的对立面出发。与此类似，“行星性”与“行星主义”（planetarism）等衍生概念，也要从“全球化”（globalization）与“全球主义”（globalism）等概念的对立面进行转化

---

① Amy J. Elias，Christian Moraru，eds.，*The Planetary Turn：Relationality and Geoaesthetics in the Twenty-First Century*，Evanston：Northwestern University Press，2015，p. xi.

② 斯皮瓦克对“行星”的阐释主要集中于《必须重新想象“行星”》（1999）与《一门学科之死》（2003）这两本书中。前者后来又被收录于《全球化时代的美学教育》（2011）一书，原文略有改动，参见：Gayatri C. Spivak，*Imperatives to Re-Imagine the Planet/Imperative zur Neuerfindung des Planeten*，Willi Goestschel，ed.，Vienna：Passagen，1999. Gayatri C. Spivak，“Imperative to Re-Imagine the Planet”，in *An Aesthetic Education in the Era of Globalization*，Cambridge：Harvard University，2011，pp. 335—350.

和理解。斯皮瓦克的最终目的是用“行星”“行星性”代替“全球”“全球化”等概念，以此重建我们的归属观念和他者想象方式。

“行星”在词源学上可以追溯到古希腊时期，那时人们把天上“流动的星”（wandering stars）与“固定的星”（fixed stars）区分开来，把前者称之为“πλάνητεsἀστέρεs”，或简称为“πλανῆται”，这一词形即为“planet”的前身①。因为当时还普遍流行着“地心说”，所以，“流动的星”被看作围绕着地球这一“固定的星”转动。到了18世纪，当哥白尼、伽利略和开普勒的日心模型说流行开来，“行星”则表示为围绕着太阳转动的星体，地球也被列入行星的名单。此后，随着现代天文学的发展，新发现的直接围绕太阳运行的星体都被科学界列为“行星”，其数量因此大增。由此可见，“行星”与“地球”这两个概念的差别就在于何者为旋转的中心。“行星”概念的现代发现不仅在科学层面上具有重大的意义，在思想层面上也贯穿着旧世纪宗教神学的解体和现代哲学观念兴起的主线。在现代技术的观测中，科学家们发现太阳也有自身运行的轨道，在严格意义上也不是“固定的”星体，因此现今的“行星”概念更凸显了其有限性和非中心化思想。

“planetarity”是斯皮瓦克发明的新词，从英语的一般构词法来讲，它的前身应该是“planetary”。因为词缀“－ity”就是将形容词所描述的状态、属性或质量名词化，所以“planetarity”的正确译法应该是“行星性”。译为“星球性”也颇为不妥，因为“planetarity”从构成上来看不包含“球体”之类的含义，而且“planetarity”与“globe”/“globalization”（地球/全球化）是作为对立的概念出现的，前者的目的就是要纠正后者的技术同质化想象。

表述“地球”概念的英文词汇有“globe”和“Earth”，这两个词在汉语中往往都会翻译为“地球”，但两者的词义其实是有差别的。单词“globe”从拉丁语“globus”而来，原义为“圆形物体或团块”（a round body or mass），后来延伸出多重含义，包括“地球”。但这一含义往往出现于特指中（“the globe”），其标准

---

① H. G. Liddell，R. Scott，*A Greek - English Lexicon*（*ninth edition*），Oxford：Clarendon Press，1940，p. 1411.

拼写为“the globe of (the) earth，of the world；the earthly or terrestrial globe”①，其中显然有对球体特性的强调。而单词“Earth”的词义从一开始就指涉我们所寓居的世界。在古英语（约 450—1150 年）中，它多拼写为“eorðe”，主要含义有“土地”（the ground）、“陆地”（dry land）、“人类世界”（the human world）、“地壳表面”（the surface of the world including the sea）等。在现代英语中，随着“earth”的首字母变为大写，它便特指我们所居住的“地球”，与“土地”“泥土”等含义区别开来②。需要注意的是，“Earth”从词源上看没有描述其球体特征的语义，它的核心要义是“人类的寓居世界”，所以在中文语义上似乎更偏向于“大地”一词。仔细看来，汉语中的“地球”一词恰巧是“大地”（Earth）和“球体”（globe）的组合拼法，巧妙地联结了这两个词的词义；但是，这样的简拼却容易忽略掉它们的英文差异。

“globalization”的中译也带来了这样的问题。“globalization”是在近代才出现的词汇，它明显是由名词“global”和动词“globalize”衍生出来的，我们将其翻译为“全球化”，其含义更倾向于世界的整体化、统一化和普遍化，但就其词根构成来看，它原可直译为“球体化”，强调的是一个以物理概念为导向的球状空间，其中，人类文化被现代技术体系高度同质化，共同构成了没有褶皱和差别的命运共同体。随着“全球化”成为流行的现代用语，这一概念已经成了当代主导性的世界想象方式，并具有强烈的西方中心主义色彩，因为它是西方资本主义体系和技术网络对世界各地方的经济体系、文化价值和政治局势的重构，各地方不得不依附于这一强势的全球化体系。诚如金惠敏所说：“‘全球化’不是主体间性的交互全球化，而是主体对他者的全球化，是现代认识论的全球化，是强势力量的全球化……现代性就是帝国主义，或者换言之，全球化是现代性的帝国主义阶段。”③

---

① R. W. Burchfield, ed., *The Oxford English Dictionary* (Ⅵ), London: Oxford University Press, 1989, p. 582.

② R. W. Burchfield, ed., *The Oxford English Dictionary* (Ⅴ), London: Oxford University Press, 1989, pp. 27—28.

③ 金惠敏：《全球对话主义：21 世纪的文化政治学》，新星出版社，2013 年，第 34 页。

在批判全球化的立场上，斯皮瓦克试图利用“行星”这一概念体系来颠覆全球化观念。她认为，“行星”与“全球”所带来的文化想象是对立的，前者必须要覆盖后者：

> 我建议用“行星”重写“全球”。全球化就是将相同的交换系统强加到所有地方。在电子资本的网格中，我们已经实现了用经度和纬度覆盖在这抽象的球体上，用虚拟的线条将其切割；它曾经由赤道和热带地区切割，现在则是在地理信息系统的需求下绘图。未经检验的环境主义指向了一个未经切分的“自然”空间而不是一个差异化了的政治空间，以此来谈论行星话题可以在如此这般的抽象模型中为全球化作出贡献。（与此相关的是我一直坚持这样的观点：将南半球文学转换为一个英语的未经差异化的空间而不是一个差异化了的政治空间）所谓的“全球”就是我们的计算机。没有人居住在那里。它会让我们去想着以控制它为目的。行星则是在他异性的物种之中，从属于另外的体系。我们至今寓居其中，但却是借住。它不愿意与全球相比较。我不会说：“另一方面，行星……”当我激活了“行星”的时候，我想到的是我们需要付诸努力，从而将这一未被剥夺的直觉下的（不）可能性形象化（figure）。①

如果说“全球”是资本论、技术论和控制论的派生词，那么“行星”则是自然论、生态论和异质论的派生词。在对待他者的态度上，前者运用的是同一性的理性逻辑，僭越他者的边界；而后者则存留了他者的异质性，努力靠近他者的不可确定性和不可抵达性。相比之下，“全球”与“全球化”的概念内涵清晰易懂，而“行星”与“行星性”则矛盾重重：确定那不可确定的他者形象，抵达那不可抵达的他者领域。这类施行语（performative utterance）冲突是解构主义者的偏好

---

① Gayatri C. Spivak, *Death of a Discipline*, New York: Columbia University Press, 2003, p. 72.

之一，其目的不在于再现或复活他者，而在于追踪他者的踪迹或召唤他者的幽灵①。因此，我们唯一能够确定和抵达的就是一种基于他者异质性的否定性经验。正如巴特·穆尔—吉尔伯特（Bart Moore-Gilbert）所说："不是像德里达批评的那样明确地以'承认'他者来同化它，或是用福柯和德勒兹的方式'仁慈地'来确定它的身份，在斯皮瓦克看来实际上更好的办法是将属下的经历保留为'涉及不到的空白'（inaccessible blankness），以用于揭示西方知识的范围和极限。"② 这也就是说，"行星"是一种超越了身份的"设定"或"承认"的对抗性话语，它既不是同质化的身份想象，也不是肤浅的多元文化论，而是将他者转换为一种异质性的"绝对他者"（wholly other）。

在《必须重新想象"行星"》中，斯皮瓦克就认为"行星性"乃是作为"绝对他者"（wholly other）的呼唤而存在的，因此"行星"就变成了想象他者异质性形象的方式③。在这种想象中，"我们"不再是具有主体权力的少数的"我们"，而是囊括了所有他者在内的、全体的"我们"，这样的"我们"才是"行星主体"。在《一门学科之死中》中，斯皮瓦克解释道："如果我们把自己想象成行星主体（planetary subjects）而非全球代理（global agents），行星造物（planetary creatures）而非全球实体（global entities），他异性就会完好地存留于我们；这不是辩证法式的否定（dialectical negation），它涵盖了我们，但程度却等同于它对我们的舍弃。"④ 因此，"行星"是一个既包容了"我们"，又舍弃了"我们"的归属形式，因为它不论"我"是"谁"，都将"我"平等地视作异质性的主体，也就是"我们"中的一员；但这种主体的异质性也同时表明"我"不会被"我们"所化

---

① 较为典型的例子是德里达（Jacques Derrida）喜欢玩弄的亚里士多德的那句话"哦，我的朋友们，朋友是不存在的！"（O my friends, there is no friend!），并将之作为《友谊的政治学》的主旋律。Jacques Derrida, *Politics of Friendship*, trans., George Collins, New York: Verso, 2005.

② ［英］巴特·穆尔—吉尔伯特：《后殖民理论：语境 实践 政治》，陈仲丹译，南京大学出版社，2007年，第81页。

③ Gayatri C. Spivak, "Imperative to Re-Imagine the Planet", in *An Aesthetic Education in the Era of Globalization*, pp. 348—349.

④ Gayatri C. Spivak, *Death of a Discipline*, p. 73.

约，所以“我”也拒绝成为“我们”的奴隶。在互为异质性的行星想象之下，“看”与“被看”、“支配”与“被支配”、“输出”与“被输出”的全球化意识形态或控制体系就可以被超越和重构，从而建立起一种非冲突、非对抗、非侵占的平等对话关系。

二、“行星”的诡秘体验与形象转换

“行星”作为一个新颖的理论术语，必然会引起新异的情感体验与形象表达。用西方形式主义诗学来讲，“行星”具有“陌生化”的诗学效果，间离了我们习以为常的全球化思维模式，引起了陌生的情感反应。“恐惧”就是陌生化效果下的情感反应之一。斯皮瓦克预料到了读者对“行星”的恐惧与抵触，因此对它进行了精神分析学的阐释，将情感上的这种“诡秘”（uncanny）① 转换成了“昔日人类的家园”，刷新了我们对它的理论认知，从而论证了这一概念的合理性和可行性。

斯皮瓦克的设问是：“（行星）会令我们的家园变得诡秘吗？”② 为了审视这种“诡秘”之感，斯皮瓦克追溯到了“诡秘”的一个来源，那就是弗洛伊德（Sigmund Freud）所使用的德语单词“unheimlich”。弗洛伊德在《诡秘》中对单词“unheimlich”进行了考查，结果发现它与单词“heimlich”中的含义重叠，两者竟不是一对反义词，而是同义词：“单词‘heimlich’的词义演进方向是含混的，直到走向了它的反义词——‘unheimlich’。‘unheimlich’在某种意义上可以看作是‘heimlich’的种属（sub-species）。”③ 接着，他用精神分析学的方式来解释“heimlich”异化为“unheimlich”的原因：“诡秘在现实中并不是什么新鲜或异域

---

① “uncanny”的中译有“诡异”“奇异”“恐怖”“恐惧”“神秘”等，笔者在这里将之译为“诡秘”，以涵盖其“诡异”与“神秘”这两重含义。

② Gayatri C. Spivak，*Death of a Discipline*，2003，p. 73.

③ Sigmund Freud，“*The* ‘*Uncanny*’”，trans.，James Strachey，in *The Complete Psychological Works of Sigmund Freud*，London：Vintage Classics，2001，p. 3679.

(alien)之物，而是在我们的心灵中熟悉并早已建立的东西；但它却通过压抑的过程走向了疏离（alienated）的状态。参照这一压抑的因素，我们可以进一步地理解谢林对‘诡秘’的定义：本该一直隐藏的东西却浮现了出来。”① 为了更进一步地说明“unheimlich”与“heimlich”的同源现象，斯皮瓦克引用了弗洛伊德曾在《诡秘》中阐述的一个案例：

> 我将联系到一个精神分析的例子。这个例子不是巧合，而是对诡秘理论的极佳证明。神经质的男人（neurotic men）会宣称女人的性器官有一种诡秘感。然而，这个“unheimlich”的地方却是人类“Heim”（home，家园）的入口。有一句有趣的谚语：“爱是怀乡病（home-sickness）。”当一个男人向往着一个地方或家乡的时候，他其实在做梦。这时，他会对自己说：“这个地方我很熟悉，我以前来过这里。”这时，我们可以用其母亲的性器官或者她的身体来解释这个地方。这个例子也说明了“unheimlich”曾经一度是“heimlich”，前缀“un”是压抑的象征。②

因此，“诡秘”实际上含有一个精神分析学问题，即对所熟悉之物的病态压抑。为了重回家园、克服诡秘感，弗洛伊德会用一贯的精神分析法进行治疗。这里尤其要注意，“uncanny”是由詹姆斯·斯特雷奇（James Stracheys）从弗洛伊德的德语文本中翻译过来的，它与“canny”的关系并不像“unheimlich”与“heimlich”的关系那样在词义上受到了前缀的影响。斯皮瓦克察觉到了詹姆斯·斯特雷奇所带来的这一翻译问题，并认为对这种翻译问题的反思正是“新比较文学”的任务之一。这提醒我们，如果我们以“新比较文学”的方法论来处理这一词汇，即释放翻译所带来的语言压抑而找到语言的始源，也即从“uncanny”还原到“unheimlich”进而还原到“heimlich”，我们就能从词语的联系中发现情感转换的张力，这种“还原”其实就是一种对压抑的精神分析治疗。持此以论，“行星”所带来的诡秘感可能正是我们通向家园的入口，但问题的关键是，我们需要一种

① Sigmund Freud, *The "Uncanny"*, trans., James Strachey, p. 3691.
② Sigmund Freud, *The "Uncanny"*, trans., James Strachey, p. 3694.

进入入口的正确方法，这种转换才具有实践上的可能性。

虽然斯皮瓦克在论述“诡秘”时援引了弗洛伊德的观点，但她仍然没有放松对精神分析法的警惕。在对露西·伊利格瑞（Luce Irigaray）《他者女人的窥镜》（*Speculum of the Other Woman*）的反思中，斯皮瓦克认为精神分析的目的是使主体加强其“代理”（agent），从而利用心理装置来“恢复”（restore）社会生存能力。伊利格瑞为了与精神分析的观点保持一致，成为了一个调节者，而非进入到对象的内部进行分析①。所以斯皮瓦克放弃了精神分析的方式，转而寻求一种真正进入他异性之中的语言工具，这就要求我们在现有的体制中找到那种能够担负精严的语言训练的学科——区域研究（Area Studies）。在《一门学科之死》的第一章中，斯皮瓦克试图通过利用区域研究中的语言学习优势来增补比较文学，从而将两门学科融合成一门“新比较文学”。在这种语言方法论的介入之下，“行星”——某种“诡秘”之物——在“新比较文学”中就能够得到形象的颠转：从“unheimlich”到“heimlich”，从“女人的性器官”到“人类家园的入口”，从诡秘的他者到异质性的行星形象。

为了揭示这种行星形象，斯皮瓦克运用了“文本细读”和“症候阅读”等极其细微的方法进行了文学批评，传递出多部小说中的异质性经验。例如，她将约瑟夫·康拉德（Joseph Conrad）《黑暗的心》（*Heart of Darkness*）中的诡秘描写视作一种呈现他异性经验的诗学方法：“从黑暗的心的结构性再现中，我们是能够学会掌管‘人类昔日的家园’的，它不仅仅是一个洞穴，还是阴道之口。”② 然后她注意到了能够体现“黑暗的心”这一意象的典型人物，即一个处于凝视状态的女性黑人，她诡秘的形象仿佛蕴藏着旺盛而神秘的生命力，其凝视代表着一种灵魂的深度考量，而非传统视角中的无知黑人。又如在对塔依卜·萨利赫（Tayeb Salih）《移居北方的时节》（*Season of Migration to the North*）的解读中，斯皮瓦克将叙事者“我”跳入河水中的举动视作“诡秘时间的空间化”，从“我”

① Gayatri C. Spivak, *Death of a Discipline*, p. 75.

② Gayatri C. Spivak, *Death of a Discipline*, p. 78.

呼喊的古阿拉伯语“救命”（nejda）中解读出了后殖民批判的主题，这种诡秘的死亡体验于是具有了呼唤行星主体的反讽蕴意①。再如在对玛哈丝维塔·黛薇（Mahasweta Devi）《翼手龙、普兰·萨赫和皮尔萨》（*Pterodactyl*，*Puran Sahay and Pirtha*）的解读中，她把“翼手龙”这一诡秘形象视作超越历史叙事的主体，它先于大陆思维而存在，而且可以反过来把整个地球称作自己的他者。这样一来，殖民主体与被殖民主体都不过是翼手龙面前渺小而平等的行星成员②。通过斯皮瓦克的行星性解读，原本处于认知暴力中被压制的他者得到了陌生化的重现，映射出了他者形象背后的复杂文化心理和后殖民异质性经验，这种后殖民性因此也就成了行星主体的话语特征。但需要注意的是，“行星”概念的后殖民意涵与以往的后殖民理论还存在着较大的差异。

三、“行星”概念的后殖民意涵

斯皮瓦克将“行星”视为对“全球”的抵制、批判与置换，其目的就是利用这一概念将后殖民性介入到当代文化观念之中。因此，“行星”可以看作是后殖民理论的演绎，它既吸纳了后殖民理论中的异质性思想，又创造性地提高了后殖民理论的实践能力。后殖民理论在不同的历史政治局势下会遇到不同的困境，其中最为普遍的就是民族主义与殖民主义的对抗。这容易让后殖民主义局限于陈旧的历史化对抗思维之内，难以脱离“身份政治”的思维模式。斯皮瓦克反复强调：“身份政治既不明智，又无益处。与区域研究相系的比较文学却反而走向了他者。”③ 这就是说，身份政治其实是一种难以走向他者的归属幻想，作为行星理念实践场域的“新比较文学”更具有重塑集体性的想象能力，从而抵消作为“通

---

① Gayatri C. Spivak，*Death of a Discipline*，p. 79.
② Gayatri C. Spivak，*Death of a Discipline*，p. 80.
③ Gayatri C. Spivak，*Death of a Discipline*，p. 84.

过重新记忆建构起来的集体想象的产物”① 的民族主义。因此“行星”其实也就是“新比较文学”的研究理念，这对于当今深陷于各类“主义”中的比较文学观念具有重要的指导意义，正如斯皮瓦克所说：“今天，我们需要不断地想象行星性并用它来置换历史的托词。我将这一乌托邦理念作为思考的基要任务，因为如果不这样做的话，我们‘重组’（reformed）的比较文学仍然会陷于五花八门的文化多元主义、镜像式的他异性和赛博化的仁爱之中。”②

“行星”概念的后殖民性主要表现在以下两个问题重心的调整中，这也同时是“新比较文学”重构的契机。其一，文化研究与种族研究的重心从美国移民群体向少数族裔（如古老的非裔、亚裔、西班牙裔）偏移，形成了新的行星性后殖民主体，这一主体正是重建“新比较文学”的基础。斯皮瓦克谈道：“在新移民群体中，文化研究花费了大量的精力。在我看来，行星的比较文学必须要尝试转移这一基础。”③ 这一转移势必超越比较文学的语言学习局限（如主流的英语、法语、德语），从而获取更加丰富的少数民族语言和边缘群体的文化内容。其二，后殖民主义的地缘政治格局需要重新厘定和划分，传统政治单位向更加精细化、差异化和地方化的区域转移，以此颠覆现代性叙事的历史坐标，进入到异质性他者的历史眼光之中。这一地缘视野的调整和深拓会成为“新比较文学”的历史叙事坐标。斯皮瓦克谈道：“不仅是中国，亚太地区还包括东南亚、密克罗尼西亚、波里尼西亚、新西兰，也许还包括澳大利亚、夏威夷、加利福尼亚，其中每个地区都拥有不同的权力的历史。在此之下，那些亚裔美国人以及新老移民的相异与多样的故事，必须要经过想象的修补，以此建立一门强健的比较文学。建构某种薄弱的历史性‘理论’并用伪心理分析术语来描绘移民的情感世界，已经成为过时的做法了。”④ 在斯皮瓦克眼里，“新比较文学”是一种“去时代化”的历史叙

---

① ［美］佳亚特里·斯皮瓦克：《民族主义与想象》，生安锋译，《文艺研究》2007年第2期，第7页。

② Gayatri C. Spivak，*Death of a Discipline*，p. 81.

③ Gayatri C. Spivak，*Death of a Discipline*，p. 84.

④ Gayatri C. Spivak，*Death of a Discipline*，pp. 84—85.

事，因此阻断了现代性历史的叙事策略与帝国意识形态路线，从而在前历史和前现代化想象中修正历史记录，尤其是“修正比较文学那表面上的欧洲起源的记录”①。在“行星性比较文学”对“全球化比较文学”的置换中，帝国主义的地缘政治和历史主体观念受到了严厉的批判，异质性经验得到了新的表达方式与归属形式，被长期困于“危机论”中的比较文学因此得到了范式重构的可能。

在“行星”概念的话语建构中，一些可资借鉴的第三世界后殖民理论也需要进行概念上的调整与转换。斯皮瓦克选取了两个代表性人物来演示了这种转换：著名的古巴诗人、民族英雄何塞·马蒂（José Martí）和美国泛非运动的创始人杜波依斯（W. E. B. Du Bois）。对于何塞·马蒂，斯皮瓦克进行了理论关键词的转换：从“乡村左翼人文主义”到“大地”再到“行星”。对于杜波依斯，斯皮瓦克转换的是他对泛非洲主义的异质性问题、非裔族群中的阶级问题及民族主义问题的后殖民思考。例如，杜波依斯的“原始人”（the primitive）被斯皮瓦克看作是与“属民”（subaltern）相对应的概念，进而将“原始人”看作是属民文化与历史的行星性想象。这种转换性的、强制性的阅读，实际上就是斯皮瓦克所谓的“远志诗术”（teleopoiesis）②。在《一门学科之死》中，斯皮瓦克表明她曾经删掉了论述何塞·马蒂和杜波依斯的部分，但她后来又保留了下来，因为这些论述可以作为“远志诗术”的范例③。“远志诗术”是斯皮瓦克对德里达《友谊的政治学》中的“téléiopoièse”的翻译。斯皮瓦克重新划分了该词的音节，将字母“o”凸显了出来，使得英译与法语的音节位置相近。其中，“诗术”（poiesis）的概念来自于古希腊语“ποίησις”，其含义为“制作、生成”（to make），现代哲学一般将其理解为“将以前不存在的东西使存在（brings something into being）的活动”④。

---

① Gayatri C. Spivak, *Death of a Discipline*, p. 87.

② Gayatri C. Spivak, *Death of a Discipline*, p. 31. “远志诗术”是笔者对“teleopoiesis”的意译，其中的“志”为笔者所添，引自“诗者，志之所之也”或“在心为志，发言为诗”（《毛诗序》）中的“志”，指某种抱负、心愿，在这里可以表示德里达/斯皮瓦克式的他者化意愿。

③ Gayatri C. Spivak, *Death of a Discipline*, pp. 91—97.

④ Donald E. Polkinghorne. *Practice and the Human Sciences: The Case for a Judgment-Based Practice of Care*, New York: State University of New York Press, 2004, p. 115.

前缀“tele—”（遥远）则是德里达的语词游戏。德里达用“距离”增补了“诗学”的概念，旨在提醒我们，距离无时无刻不影响着诗学，如果我们愿意改变自我与他者之间的想象距离，那么诗学就会变成一种“弥赛亚式的结构”①，反过来重塑我们的集体性观念。对于斯皮瓦克而言，“行星性”其实就表征着能够抵达他者的不可抵达性的距离，它时刻保持着施行语的冲突，所以能够让我们驻留于他者的异质性经验，也即“真正地进入他者”。因此，斯皮瓦克将“远志诗术”当作“新比较文学”的重要阅读方法之一，即以行星化的诗学解读来重构集体性观念，以此重塑我们的行星性归属形式。

四、结　语

斯皮瓦克作为“行星”概念最重要的阐扬者之一，推动了当代文化批评的“行星转向”（planetary turn）。埃利亚斯、莫拉鲁指出：“就像之前其他的批判性‘转向’——后殖民的、后现代的或全球的——这里被观察到的‘转向’与艺术家和批评家对我们这个世界的新推测有关，这种推测似乎正在超越现代性主导的社会学、美学和政治—经济学体系。”② 斯皮瓦克为这一“转向”进行了反全球化的后殖民意涵的延伸，并同时也提出了各种补救措施，如重新评估地方及其语言的思维模式，重塑他异性的伦理关系，改造“比较文学”的研究范式等等。大卫·菲里斯（David Ferris）、艾米丽·艾普特（Emily Apter）、马特·瓦格纳（Matt Waggoner）等人都表示，“一门学科之死”中的“一门学科”不仅指“比较

① Jacques Derrida，*Politics of Friendship*，trans.，George Collins，p. 37.

② Amy J. Elias，Christian Moraru，eds.，*The Planetary Turn：Relationality and Geoaesthetics in the Twenty-First Century*，p. xi.

文学”，它也指向了所有面临着危机话语的晚近人文学科①。可见斯皮瓦克的“行星”在当代具有较为深远的回应能力。

但从目前来看，这种回应仍然不够充分，埃利亚斯和莫拉鲁也指出：“到目前为止，行星性还不够系统，在文化和形式上还没有达到理想效果。因此，它还没有产生一个定义明确的世界文化，也没有形成一个能构成这种地缘文化集团（geocultural conglomerate）的与地方主义（localism）相关的连贯模式。”② 这种理想与现实的差距或许并非偶然，它可能是由于以下问题造成的：首先，作为一个创生期较短的文化概念，“行星”还未引起更多批评家的关注，仍有待更长时间的沉淀和回应；其次，斯皮瓦克晦涩的写作风格使这一概念具有较高的理论难度，也由此引起了不少的歧义和误读，从而使其缺乏广泛的传播力和影响力。再次，“行星”概念本身也存在着突出的内部思想矛盾，它对异质性的过度强调可能会阻碍主体—他者之间认同关系的形成，从而制造更多的交流障碍和文化冲突。因此，“行星转向”这一命题目前看来还处在预测的阶段，它对当今的文化批评究竟能产生多大的影响，仍有待我们的进一步实践与观察。

［作者单位：中国人民大学文学院］

① David Ferris, “Indiscipline”, in Haun Saussy, ed., *Comparative Literature in an Age of Globalization*. Baltimore: Johns Hopkins University Press, 2006, pp. 89—92. Emily Apter, “Afterlife of a Dicipline”, in *Comparative Literature*, Vol. 57, No. 3, 2005, pp. 201—206. Matt Waggoner, “*Death of a Discipline*”, in *Journals for Cultural and Religious Theory*, Vol. 6, No. 2, 2005, pp. 130—141.

② Amy J. Elias, Christian Moraru, eds., *The Planetary Turn: Relationality and Geoaesthetics in the Twenty-First Century*, p. xii.

·文化研究译作·

平等理念与定性探究

□［奥］雷纳·温特/文　肖伟胜/译①

引　论

诺曼·邓津（Norman Denzin）在他的开创性著作《定性宣言：战斗的号令》中呼吁进行定性研究，目的是为参与研究的受试者赋权。最为典型的表现是，他们经常遭受来自晚期资本主义异化和不平等条件下的痛苦。因此，在研究情境中，他们应该有机会去解决自己的问题，反思他们所处的情境，并探索以新的方式来进行重新设计的可能性。邓津热切地呼吁要竭尽全力支持一个由社会正义理想所主导的研究过程。

> 作为世界公民，我们不再被要求只是解释世界，这是传统定性探究的使命。今天，我们的使命是改变世界，以道义的方式改变世界，同时庆祝自由和充分、包容的以及参与式民主。

羞辱性和压抑性的社会关系理应得到认识，并改变其影响。为此目的，对个体而言，处理、表达和履行他们所处的情境就变得很重要，而研究者的任务是去

① 作者：雷纳·温特（Rainer Winter），奥地利克拉根福大学（Klagenfurt University）教授，传媒研究所所长，西南大学文学院客座教授，文化理论家，“Transcript 文化研究”丛书主编。译者：肖伟胜，西南大学文学院教授。此文为作者在中国大学所做的讲演稿。

鼓励他们塑造自己的命运。记住这一点，就不要把研究者误认为是一个这样的专家，即他想把知识传授给那些并不拥有它的人。相反，在与研究者的对话中，研究主体应该通过学习为自己和他人讲述和表演自己的处境来认识自身的处境。如果这种赋权成功了，可能随后会导致他们生活上的改变。不公正的社会生活状况可以受到质疑、批评和改造。

邓津（2010）也看到了定性研究与政治行动主义（也可称为“政治激进主义”）之间的紧密联系：

> 我们的愿望是创建一个道德上负责任的议程，该议程具有如下目标：
>
> 1. 它将受压迫者的声音置于调查的中心。
> 2. 它通过调查来揭示改变和行动主义的场所。
>
>   它用探究和行动主义来帮助人们。
>
>   它通过让决策者听取批评意见并采取行动来影响社会政策。
> 3. 它会影响探究者生活中的变化，从而成为他人改变的榜样。(p. 103)

他强调所有研究的政治特性。定性探究应有助于世界的积极变化，使其变得更加民主和公正。

> 但我们坚定地支持这样一个信念，即受社会想象力启发的批判性质性探究可以使世界变得更美好……批判性学者……致力于创造新的方法，使批判性的质性探究成为自由民主社会运作的中心。(Denzin，2015，p. 41)

自2005年举办以来的质性探究大会（ICQI）也致力于实现这一目标，并为研究者提供了一个重要的论坛，他们将自己的工作与促进社会公正的伦理动机结合起来。如果我们将这次会议与也同样致力于定性探究的柏林方法论研究中心（*Berliner Methodentreffen*）的年度活动相比较，不难发现，同样在柏林，它也为研究路径和方法的多样性提供了一个空间。参与者应该有机会接触和学习这些方法，其主要目标是在他们学习和职业生涯中进行有效和成功的研究。柏林的不同之处在于，通常情况下，人们对研究的政治性质关注太少。在那里社会正义根本不是讨论的主题，而政治激进主义则是一个涉及禁忌的话题。在这一背景下，我想在下述内容中深化和充实在美国厄巴纳—香槟分校（Urbana-Champaign）开始的改革运动的批判性观点。

批判性社会研究的基础和新视角

批判性社会研究以前主要由法兰克福学派、西奥多·阿多诺（Theodor W. Adorno）以及其他人来进行，这与保罗·拉扎斯菲尔德（Paul Lazarsfeld）传统中的管理社会研究有所区别（Adorno，1977，p. 707ff.）。对阿多诺来说，批判是其社会学方法的基本要素，且具有科学价值。他坚决反对马克斯·韦伯（Max Weber）的“价值中立”（对价值主张漠不关心；Adorno，1976，p. xxiii）概念。社会学知识应该使社会变得很美好。在《知识与人类旨趣》（Habermas，1971）一书中，尤根·哈贝马斯（Jürgen Habermas）突出地确立了一种作为人类学常数的解放性认知旨趣。这种见解主要基于保罗·利科（Paul Ricœur）在《弗洛伊德与哲学》（1970）一书中定义的“怀疑解释学”。他指出马克思、尼采和弗洛伊德都是怀疑大师。他们不相信表面现象，想要揭露“真相”。解释工作应该为存在打开新的可能性。对哈贝马斯来说，他认为自己的工作就处在这一传统中，即研究者认识到隐藏着的权力关系和导致痛苦和压迫的无意识结构。他的知识应该帮助那些参与他的研究的人解放他们自己。特别是那些以深度解释学的概念和社会理论导向的方法能够产生解放性的知识。它们表明，我们对社会现实和自身的传统理解是一种虚假意识形式。例如，精神分析学家鼓励他的被分析者去反思他行为背后隐藏的意义。他帮助他理解决定他行为的潜意识动机。无意识强迫力的去除使更大部分自觉意愿的新形式行动成为可能。批判理论家和社会行动者之间的关系也有克服虚假意识这一社会支配症候的目的。

诺曼·邓津和其他同事提出了一种不同的批评方法。遵循保罗·弗莱雷（Paulo Freire）的传统（cf. Freire，1970；Kincheloe & McLaren，2005），对诺曼·邓津来说（2003，2010），这是一个将定性研究导向对话的问题，让研究伙伴为自己说话，同时让其他人通过他们的经验表现来加以思考和关心。很显然，把研究人员变成专家的法兰克福学派模型在这里没有什么助益。大多数不以批判为导向的定性研究人员也认为能够更好地理解被研究对象的生活条件。我认为这种研究人员和研究对象之间的结构性不平等的观点是有问题的，并希望恳求将研究人员和研究对象之间的社会公正以及彻底的平等作为定性探究的核心要素。这也可能对明确和强调他们的政治性质有所裨益。为了这个目的，我将转向法国哲学家雅克·朗西埃（Jacques Rancière）的工作，在定性研究中他在很大程度上被忽视了。然而，他的工作对政治的概念至关重要。在我的发言中，我想邀请大家参加一场对话，我希望在这场对话中可以看到，大家有着令人惊讶的亲切感和富有成效的联系。

雅克·朗西埃工作中的激进平等和政治性

在他工作的各个领域，雅克·朗西埃处理的是社会学研究，特别是皮埃尔·布尔迪厄（Pierre Bourdieu）的工作，并对他进行了强烈的批评。他指责布尔迪厄在《区隔：趣味判断的社会批判》（1984）中所作的实证分析是决定论的、还原的，最后在政治上还是无效的（Rancière，2003）。与路易·阿尔都塞的方法类似，布尔迪厄会预测在幕后秘密工作的社会结构，对于生活在日常刻板生活中的人们来说仍然是不清楚的，只有通过社会学分析才能被发现。因此，特定的社会环境会决定我们的品味以及我们思考、感受和行动的方式。惯习（habitus）是社会形成的，它定义了社会世界及其实践的观念。尽管布尔迪厄（cf. Bourdieu & Wacquant，1992）后来承认，惯习能够做出新的举动，但它仍然会将个人锚定在一种社会地位上，在大多数情况下，他或她将在他们的余生中一直拥有这个地位。布尔迪厄通过实证社会研究的手段，生动地展示了社会不公涉及面的巨大和其广泛的社会影响。他把社会痛苦作为社会不公产生的后果加以描述，对它进行强烈的批评，并呼吁施以政治抵抗（Bourdieu，1999；Bourdieu et al.，2000）。布尔迪厄区分了社会世界的实用知识和科学知识。社会学家利用他的研究会帮助“他人产生他们在不知情的情况下所知道的东西”（Lane，2013，p. 36）。社会不平等和智力不平等有着密切的联系。

对朗西埃来说，尤其要批评布尔迪厄早期工作中的悲观论调、决定论和顺从性。其早期工作没有考虑可能导致重大社会变革的各种形式的抵抗。他的分析描述了一个似乎无处可逃的监禁社会（society of imprisonment）。在这样做的过程中，它们复制并强化了它们所诊断出的政治麻木。朗西埃甚至指责他加剧了社会的不公，因为他的研究成果将成为法国精英教育体系的一部分，并反过来导致社会差距延续的行政后果。

> 对精英主义的批评很快就成为了等级制度的新理由。大学教授分析了郊区学校教师的精英主义方法。这位来自高等教育学院（Écoles des Hautes Études）的教授揭开了次等大学精英主义意识形态的面纱。而国家教育部长则从总体上勇敢地进行了旨在压制其属下的精英主义的改革。（Rancière，2003，p. 18）

布尔迪厄的工作主要有助于统治的社会再生产，当然，这种曲意逢迎已走得太远了，朗西埃仍然指出了一个重要问题，该问题也是法兰克福学派方法上的典型问题。布尔迪厄的社会学提出了一项草案，该草案比人民本身更好地了解人民受压迫的原因。研究者希望将他的知识给予人民，这被认为是他为研究对象说话和思考的理由。这种地位赋予研究者教育特权，并仍然支配着社会关于不平等的辩论，这一点被朗西埃断然拒绝，因为他认为这是不恰当的和自以为是的（cf. Davis，2010，p. 25）。

相反，他自己的哲学方法起源于一种激进的平等观念。当人们在对话中被视为平等的伙伴，在没有专家指导的情况下被认真地看待他们了解世界的能力时，平等就实现了。这一观点与弗莱雷（1970）的批判教育学和诺曼·邓津（2010）的定性宣言相一致，它主要致力于社会正义的目标。接下来，我将使用一种对比方法来详细讨论朗西埃的平等概念，并询问想要在政治上采取行动的定性调查可能会产生什么影响。

朗西埃为杂志《反叛的逻辑》（*Les Révoltes Logiques*，1975—1981）所做的

早期档案工作可以被理解为是一种自下而上视角撰写的历史，类似于爱德华·P.汤普森（1963）在英国从事的研究，该研究成果成了英国文化研究的奠基之作。他以各种工人命运的故事为例，表明他们是如何进行社会等级的抗争，以及如何拒斥不平等的劳动分工形式。在《劳动之夜：19世纪法国的工人之梦》一书中，他描述了19世纪工人阶级知识分子的生活，他们不睡觉来再生产他们的生产力，而是保持头脑清醒，利用晚上的时间进行文学和诗歌活动。他们中的大多数是在没有任何外界影响或进一步指导的情况下开始写作的。他们的智力劳动对既定的劳动分工提出了质疑。工人们拒绝了与他们的社会地位相关的预想期望。他们在从事体力活动的同时，也投身于脑力劳动。

> 龚特（Gauny）的行为，或在《劳动之夜》中所描写的其他工人诗人的行为，尽管他们物质匮乏，但他们都决心表现出他们无功利的审美静观的能力，因此在布尔迪厄的问题域（problematic）中，这些行为是完全不可想象的。（Lane，2013，p. 31）

就像托德·梅（Todd May，2008，p. 38ff.）所说的那样，他们主动宣称平等受到了压制。因此他说，主动平等和被动平等是有区别的，后者是现代国家机构指派给公民的。它创造了作为一种特定行动模式的政治，使传统的政治机制受到质疑。

> 只有当这些机制被一种对它们来说完全陌生的前提所产生的影响阻止时，政治才会发生，如果没有人人平等这一前提，那么所有机制最终都无法发挥作用。（Rancière，1999，p. 17）

但正是他与教育家约瑟夫·雅科托（Joseph Jacotot）的对抗，使朗西埃（1991）更详尽地发展了激进平等的概念。雅科托是一名法语老师，他逃离了波旁王朝的迫害，而流亡到弗兰德斯的鲁汶大学。他不会说弗兰德语，他的学生也不会说法语。于是，他给学生提供了费雷隆（Fénélon）的《特勒玛科斯》（*Télémaque*）的双语版本，让他们一遍又一遍地重复背诵课文。然后他让学生用法语翻译课文。令他吃惊的是，他的大多数学生都写得很流利，且能很好地理解文章，这表明他们能够很好地胜任外语事务。在雅科托看来，这导致了对解释原则的根本怀疑，而这在教育中是分层学习情境的特征。他的经验告诉他，从一开始就认为教师和学生在智力上是平等的更富有意义。不知道要教什么内容的教员给予的教训是，它赐予我们这样的一个观念，即在平等的条件下，知识甚至产生于无知。

与保罗·弗莱雷（Paulo Freire）类似，雅科托的抱负不是把知识从老师传授给学生，而是让他们明白，如果他们认为自己和其他人是平等的，他们在智力上可以取得什么样成就。老师也可能是平等的，虽然如此，不过他体现了一种权威。他会邀请学生“说出他所看到的，他对它的看法，以及他对它的了解”（Rancière，1991，p. 20）。他想帮助确保学生相信他自己的能力，找到并遵循自己的方式（Rancière，1991，p. 91）。与此同时，当谈到他的教学内容时，教师是无知的。他表现得好像所有形式的智力是平等的。这种使通用学习成为可能的初始假设，永远不可能被经验证明或进行推广。我们必须假定这样的平等是可能的，并且存在着它可以被验证这样的环境。

> 就像康德的道德自由理论一样，智力的平等永远不能被经验证明，也不是从经验存在中派生出来的。我们必须预先假定这样的平等是可能的，我们有充分的理由希望它是可验证的，即使是在经验背景下，它也很难以任何确定性来加以证明。（Lewis，2012，p. 79）

在雅科托的教育实验和他提出来的激进平等概念中，朗西埃看到了巨大的政治潜力，我将在定性探究上做进一步评论。在教育关系中，平等需要加以提供、解释和最后验证。如果每个人在智力上都是平等的，那么每一个行动都是可能的。在最后，它取决于人民的意愿和承诺，正如在雅科托的教育实验中，如果他们成功地成为自学者（自学的个体），这样做了，那么就验证了平等的可能性。“事物秩序的破裂”（Rancière，2003，p. 219）的发生会导致解放。它暗示着不认可一个被赋予社会属性地方的自然性。

> 此外，一次断裂使主体性的出现成为可能，或者更准确地说，断裂就是主体性的出现。这样，解放就可以理解为主体化过程……主体化是关于一种——“进入存在”（Biesta，2006）——存在方式的出现，这种存在方式在现有的事物秩序中没有任何位置和地方。（Bingham & Biesta，2010，p. 32f.）

很明显，朗西埃从根本上对制度持怀疑态度，而要让事情发生，他将它建立在人们对自己知识和能力的认识上（cf. Winter，2001）。如果激进的平等付诸行动，那么布尔迪厄作品中极为重要的社会背景就不再具有决定性影响。做、看、说的方式和特定地点之间的任何一致性都可能受到挑战。

> 拒绝将政治主体化视为一种既存的、由社会决定的身份的表达，也就是拒绝从登记在册的物质上的不平等下移到假定这些必然对应智慧能力上的不平等。（Lane，2013，p. 44）

对于朗西埃来说，平等这一前提是思考解放和民主变革的可能性的必要条件。保罗·弗莱雷还考虑到，在教育过程中，教师和学生在智力上是平等的，这一条件需要被要求、解释和验证。

定性调查的政治含义

诺曼·邓津所描述的定性探究也是基于研究者和研究对象的激进平等，而没有明确讨论平等的概念。在反思性对话访谈中，研究者应尽量减少或消除自己作为“专家”的存在感，要试图发起对话，使自己成为访谈讨论的一部分，并为受访者提供表达的可能性。

> 我寻求一种解释性的社会科学，它同时具有自传式民族志性（autoethnographic）、脆弱性、操演性（performative）和批判性……它将文化视为一个复杂的操演过程，试图理解人们在日常生活中如何制定和建构意义。这是对叙事作为一种政治行为的回归：一种社会科学，学会了如何批判性地使用反思性对话进行访谈。这门社会科学以一种赋权方式将自己置入这

> 个世界。它用叙述的语言和故事来塑造表演文本，这一表演文本想象新的世界，在这个世界里，人类可以成为他们想成为的样子，他们之间没有偏见、压制和歧视。(Denzin，2001，p. 43)

不同于精神分析互动的情况，其中分析师是专家，而在反思性对话访谈中，平等，尽管没有明确地表达出来，被认为是一个必要的要求。在我看来，平等的前提是反思性对话访谈的出发点和主要目的。一个独特的人（正在受访者）通过自我叙述阐明了他或她的生活故事，并将自己置入故事的中心。因此，个人不必依赖于接收研究者或专家的陈述。此外，双方都可能陷入生活困境，也可以互相帮助。研究者需要假定平等，即使他可能拥有更多知识，并让他的研究伙伴充分发挥他的潜力来讲述他的生活故事。一个主体化过程发生的条件是，拒绝接受对社会秩序的主导性认同，并发展出另一种思考和做事的方式。质性探究的进度可能会验证平等及其政治潜力。通过定性调查，以减少痛苦量和抵抗主导权力关系为目的，相关当事人可以组成自助团体或成为政治活动分子。

> 定性研究学者有义务去改变世界，从事能够产生积极影响的伦理工作。正视不公正的事实，使历史上的不公正让大家得以看见，他们要积极应对这些挑战，并因此对变革和转型持开放态度。(Denzin，2010，p. 115)

这就是为什么朗西埃把他的激进、积极的平等观念与新的政治观念联系起来的原因（May，2008)。在我看来，它可以让我们更深刻地理解定性调查及其政治意义。

对朗西埃来说，工人知识分子和雅科托的解放教育法证明了，如果平等权利得到积极地使用，那么社会分配的职位是可以放弃的。社会秩序是可渗透的、可变的和偶然的。在朗西埃看来，政治出现在平等质疑、暴露和重新配置基于不平等的社会秩序的情况下。他脱离了对政治的传统理解，传统意义上的政治主要指称官僚机构、公共关系和管理。其目的是产生一种共识，这种共识总是与特定的权力组织、特定的位置、角色和合法性形式的分配有关。朗西埃把这种政治分配模式称为“治安”(police)。

> 治安不是一种社会功能，而是社会的象征性构成。治安的本质既不在镇压，甚至也不在控制活人。其本质在于对感性的某种分配。……治安的本质在于对缺乏无效和增补的感性事物的分割：这里的社会是由一些群体组成的，这些群体与特定的行为方式、从事这些职业的地点，以及与这些职业和这些地方相对应的生活方式相连。(Rancière，2010，p. 36)

他谈到了一种治安秩序，它试图让一切归位，并为每个人指派特定的社会角色。它假定人们有不同的能力，因此在等级制度中占据不同的位置。在朗西埃的措辞中，当治安秩序通过积极主张和确认的平等而受到质疑时，（民主）政治发生了。对他来说，“政治是对边缘化和排斥的治安秩序的歧见”（May，2008，p. 49）。

根据朗西埃的理解，政治是一种一直存在那儿的可能性。在定性调查中，如果受试者阐明了他们的立场，并质疑导致他们痛苦和被指派的从属关系，那么他们会以例如一种自传式民族志表现的方式来积极要求平等，并在研究过程中加以验证它。在这样做的过程中，他们质疑治安秩序并挑战既定身份。此外，社会运动正试图对它进行重新配置。他们试图改变决定事物如何运作的环境。

定性调查是朗西埃政治概念的一个例证，它总是地方性的、偶然的和临时的。与此同时，对那些受其影响，那些要求在平等基础上发展他们自己的知识和行动能力的人来说，这是极其重要的（cf. Winter，2001）。如果我们的研究伙伴发现自己处在社会从属或边缘化地位，那么他们成了“无主之地”，即那些在社区中没有任何份额的部分。治安秩序不承认他们的政治存在。定性调查可以被看作是一种反抗，在这种反抗中他们表明他们有被社会认可的权利。然而，他们仍然假装他们已经属于这里。定性调查应与政治主体化的过程相联系。在某些访谈模式和民族志类型中，这种主体化与争论和叙述紧密相连。表演使主体性的奇观和戏剧形式的生产成为可能。治安的工作包括否认那些需要注意的事情。相反，自传式民族志的表演表明，每一个生命都值得表演，并且可能是对治安秩序的抗议（Denzin，2014）。定性探究作为民主政治的一种形式，通过创造性和戏剧性的表演，为主体的出现创造了条件。

政治的基本行为是其自身空间的配置。它是为了使它的臣民及其运作的世界得以被看见。政治的本质是歧见的表现，如同两个世界合二为一。(Rancière，2010，p. 37)

朗西埃也指出了这样一个事实，即主体化并不一定会导致一个始终如一、同质的身份。一方面，它与拒绝接受治安秩序强加的身份有关。另一方面，它总是标志着一个中间位置。主体位于现有身份之间。在这方面，朗西埃谈到了一种不可能的身份认同，这是他对身份政治持怀疑态度的原因（Rancière after Davis，2010，p. 87f.）。然而，与此同时，他也指出可能会出现新的政治联盟。在这一背景下，定性调查可能有助于主体去认同（disidentification），以及他们被听到和感知的可能性。就定性调查而言，朗西埃是从弱势和边缘群体的角度来看待世界的。

在他后期的作品中，他强调了美学的政治本质，这导致感性的一种新分配（“可感性”）。他可能会创造感知、思考和做事的新方式。

当我们摒弃外表和行为之间的对立，并理解可见事物的分配本身是支配和服从结构的一部分时；当我们意识到看也是一种确认或更改分配的行为，而“解释世界”已经是一种改变它或重新配置它的方式时，解放就开始了。(Rancière，2007，p. 277)

同样，新观点的产生也是定性研究的一个公开目标，在这个目标中他们不断证明他们的政治性质。特别是在表演的情况下，一个积极的、富有成效的(Winter，2010)，或如朗西埃（2007）称呼他的，解放的观众是需要的。同时作为旁观者和参与者，解放的观众参与了正在发生的事情，并以自己的方式解释它。表演可以让我们以不同的方式看待自己和我们在世界中的位置，可能还想要改变我们生活的世界。

对积极平等的需要可以在定性研究中展现出新的视角。我想通过移民的例子来说明这一点。民族—国家的政策和人们的日常认识都是建立在移民和非移民的区别之上的。移民的具体个人和文化特征没有得到认可。相反，人们期望他们应该屈服并融入外国的新文化之中。在这样的背景下，一种批判的移民教育法旨在通过定性调查来克服对移民的错误认识。移民应找到属于自己的声音，并表达他们自己的理解。只有把他们与非移民平等的前提付诸行动，才能克服移民和非移民的对立。移民可以采用行动研究、自传式民族志、表演民族志以及定性访谈或小组讨论等多种形式来表现出他们已经平等的样子，并宣称他们作为自己存在的主体已得到承认。研究者的任务是激励他们与支配着他们生活的移民和非移民的分立做斗争，并表达他们的平等意识。二元分类应该遭废黜。定性调查有助于打破移民的主导观念，并表达他们的声音。通过这样做，使移民成为行政实践对象的民族—国家政策遭到挑战和反对。

诺曼·邓津和雅克·朗西埃的政治观念都受到戏剧的强烈影响。对邓津（2003）来说，最重要的是他期望表演的政治效果，这是他批判教育法的核心。而对朗西埃而言，要求采取行动，就好像已经实现了平等。其结果是民主政治挑战治安秩序，并通过感觉的中断和重新配置，产生了一种新的感性分配。从这个意义上说，朗西埃的美学政治也具有戏剧性。

结　语

我的文章呼吁要强调定性研究的政治性质，并将其不仅与社会正义的理念联系起来，而且也与积极要求的平等联系起来。我已经含蓄地表明，平等已经在研究过程中发挥了重要作用。如果我们明确这一参照，它将给予政治一个新的和更深刻的理解，这种理解将允许我们更准确地说明在晚期资本主义中定性研究的政治意义。

日常性的神秘：德·塞托和文化分析

□［奥］雷纳·温特/文　肖伟胜/译①

导　论

21世纪伊始，日常生活再次成为众多现代批判分析的焦点（Harootunian 200；Highmore 2002；Gardiner/Seigworth 2004；Leistyna 2005）。这是因为，基于日常的贫困、异化和附属体验，在全世界掀起了对新自由主义全球化的抵制。为了替代反霸权价值观和不同的全球化而进行的跨国有组织的斗争，都指向了一种抵抗的世界主义（Winter 2007），这种主义产生于当地的日常语境，是对全球语境的论辩以及对跨地方的联系和联盟的寻求。全球化进程正是在日常的层级上扩展至全世界，它似乎涵盖了一切。自从现代化开始，对当下的体验就在日常生活中被表达出来（Harootunian 2000），并建立起一个内在的空间。

虽然工业资本主义一开始就急于创造所有相类似的关系，而在日常生活中非同步的发展、紧张、冲突和差异却显露了出来，这是因为资本主义的命令和节奏以不同的强度和不同的时刻要求与之相应。按照格奥尔格·西美尔（cf. Simmel,

① 作者：雷纳·温特（Rainer Winter），奥地利克拉根福大学（Klagenfurt University）教授，传媒研究所所长，西南大学文学院客座教授，文化理论家，“Transcript文化研究”丛书主编。译者：肖伟胜，西南大学文学院教授。此文为作者在中国大学所做的讲演稿。

1983）的说法，在城市里，“生活的速度”在加快，神经质的生活处于持续刺激之中，资本主义物质世界的幻景在不受约束地肆意发展，正是在这里，对此时此地的体验变得愈发强烈。日常生活不仅一方面包含即时的、正常的和实际的事物，另一方面也包含偶然的、不稳定的、随机的、意外的和持续的事物。费尔南多·佩索阿（Fernando Pessoa）撰写的《不安之书》就致力于探究它。

在他的形式现象学分析中，格奥尔格·西美尔说明了现代性经验是如何建基于日常世界之上。就像佩索阿或卡夫卡一样，他将注意力集中在（表面上）微不足道的、随机的和普通的事物上，试图在生活的细节和切面中获取一般的和整体的、可能是意义的全部。他的社会学理论遵循美学视角（cf. Frisby 1989，Jung 1990），在社会快照的片段中寻找典型和独特的东西，就像我们在日常意识中遭遇到它们一样。他的社会学印象主义试图理解经验的（特殊的）平常性，但它通过关注“现代的现象学本质”，导致了对现代性一种概括性描述，从而忽略了其独特性。与关联过程的强化、商品的无限制流动和社会客观化的增加形成对比的是，他聚焦于生命的价值，或者更准确地说，是“更多生命”的价值，它超越日常生活，也想成为“更富生命力”的东西（cf. Jung 1990；Lash 2005）①。尽管他的研究精细复杂，至今仍令人印象深刻，但日常生活并没有成为社会学的核心范畴，它也在诸如现象学社会学或象征互动主义中扮演着不可或缺的角色（cf. Adler/Adler/Fontana，1987）。这需要与这样一个事实联系起来，一方面，日常的颇具活力的平庸、肤浅、节奏和自发性逃避甚至完全拒绝抽象的渗透和结论性的系统化（cf. Blanchot 1987）。日常生活的过程性质要求分析性步骤，这是公平对待它的变化和变体。米歇尔·马费索利（Michel Maffesoli，1996）甚至要求一个敏感而笨拙的理由，以便能够理解日常生活的异质性。不应采用“硬”的科学理解和量化方法，而应谨慎地对所研究对象进行可能的解释，并尽可能果断地趋近它（cf Keller，2006：66）。另一方面，它又与 20 世纪社会学的理论发展相联

---

① 维尔纳·荣格（Werner Jung）简要地总结了西美尔晚期作品的这一视角。“生命无限地流动，永恒的发展，然而它总是在人身上显现出来。因为人们谈论的总是人——在生活中占据一个特定位置的、确定的个体——各自处在时间流变中的人。”（1990：156f.）.

系，这些理论发展是基于社会秩序和社会行为的现象，我们将在下面看到，在这些现象中，“日常的秘密”被隐藏或被抑制住了（Harootunian，2000：59ff)。

有趣的是，这种对日常生活的关注与超现实主义、马克思主义、存在主义、国际情境主义和文化研究等智识运动联系在一起。因此，当米歇尔·加德纳（Michel Gardiner）在他的《日常生活批判》（2000：2）一书中指出，在日常生活分析中存在着一种被主流社会学所忽视的“地下的”或反传统，这似乎是有道理的。这一传统的特点是反对抽象的社会理论，这样的理念可以从例如塔尔科特·帕森斯（Talcott Parsons）或路易斯·阿尔都塞（Louis Althusser）那里找到，但在这里遭到了对手的反对（ib：3)。它也拒绝社会行为的一般理论，而去关注“社会互动日常的、非正式的面向”（ib：3)，以及越轨的社交形式（cf. Hörning/Winter，1999)。

由此更进一步，对加德纳来说，从现象学社会学、知识社会学或民族方法学的既定方向来定义这个“传统”很重要，该传统对分析日常生活和质疑宏观社会学的主导地位有着重要的贡献，但坚持信任学术社会科学的元理论和认识论的假定（ib：4)。因此，客观公正、与研究者保持距离和不参与的理想得以维持。尽管对日常知识进行了复杂的分析，但这将导致例如专家和非专业知识之间的分化。此外，他在有关舒茨和他的追随者的章节中批评说，日常生活概念导致一种准自然的、不可改变的行为视野。“因此，日常世界构成了一个包罗万象、循规蹈矩的现实，并通过语言技能和行为规范的习得传给后代。‘日常生活’的概念仍然是一个纯粹描述性或分析性的概念。”（Gardiner，2000：5)

这种方法的形式主义特征阻碍了——尽管有时会有相反的意图——对日常经验的背景方面的理解，同样也阻碍了对社会情境、现象和实践的特殊性和奇异性以及社群化的临时形式的理解。因此加德纳认为，该案例强调在动态（资本主义）现代化的历史背景下对日常生活的分析，以解决其矛盾、模棱两可、冲突线和潜力，并增加行动者（agent）的反身性。正如卡普兰（Kaplan）和罗斯（Ross）(1987：1）所确认的那样，它不仅仅是描述日常经验，而是要转化它们。加德纳在这里引用了波尔纳（Pollner，1991）提出的“激进自反性”概念，通过这种方式，行动者应该更好地理解他们的社会生活条件，并通过有意识地执行行动来改变他们的限制条件。正是在这里，我们发现了对日常生活的实证主义分析和后实证主义分析之间的决定性差异。“因此，对日常生活研究持批判态度的追随者采取了明确的伦理—政治立场，并很强调个人和集体行动的潜在力量来改变现有的社会状况，这一策略对主流社会科学的实践者来说无疑是一种诅咒。”(Gardiner，2000：9）因此，在日常生活的批判传统中，它倾向展示日常生活本身的趋势、潜伏性和乌托邦时刻（Bloch，1978），这些超越了现有的形式，并揭示了赋予转变、差异和他异性的时刻。

只能从这一角度出发，自 20 世纪 80 年代以来米歇尔·德·塞托的作品就主要站在这一角度，日常生活的神秘性才能得以接近。即使他的作品价值只是逐渐被发现，毫无疑问，这位不拘一格和才华横溢的学者在生活和思想上惯常处于边缘（Terdimann，2002：200）且处于边缘的少数派位置上。这使他可能看到不同的富有成效的经验，并成为当今最重要的文化理论家之一。他并没有将权力或社会秩序而是将抵抗和行动的力量置于其文化分析的中心，而这与吉尔·德勒兹和菲利克斯·瓜塔里的作品一样都是在“法国理论”的背景下产生（cf Buchanan，2000)①。

我们还将讨论在文化研究背景下他对日常生活分析所作出的贡献，自 80 年代末以来，关于他的作品就一直存在着激烈的争论。自 50 年代文化研究在英国产生伊始，它的工作重心就放在了日常生活上。当然，这个概念从未加以定义，甚至从未被系统使用过。与之相反的是，文化研究处理的是“日常文化”“通俗文化”或“共同文化”等概念的面向。然而，劳伦斯·格罗斯伯格（Lawrence Grossberg，1997）恰恰将日常的确定为文化研究的中心主题。因此，将《日常生活的发明 1，工艺美术》(*L'invention du quotidien* 1. *Arts de faire*，1980）译成英文后，导致了约翰·费斯克（John Fiske)、米格汉·莫里斯（Meaghan Morris)

① 例如，德·塞托采用的战术（tactic）概念就与德勒兹和瓜塔里的“欲望（désir)”概念在功能上相类似。

和约翰·弗劳（John Frow）等人对其作品的集中强烈关注，借此费斯克首先系统地进入对电视和通俗文化的分析之中（cf. Fiske 1989；Fiske 1993；Winter 2001）。此外，我们将主要参考米歇尔·马费索利（Michel Maffesoli）的日常社会学。

奇异性的科学

德·塞托的一个迷人概念是他的奇点科学，它将他和其他文化研究作品（cf Denzin 1997，1999；Fiske 1999；Grossberg 1999）以及较新的定性社会研究（cf. Denzin/Lincoln 2005）联系起来，它拒绝实证主义的经验论和实在论，因为它们在社会上以建构为导向。为了理解日常现象和实践的奇异性，它们必须与自身所处的当地环境的特殊情况联系在一起。德·塞托极力反对这样一种主流观点，即文化分析的目的是产生适用于每一个例子的一般理论解释。不是使用或包容的逻辑，而是对另类现实敏感的发明逻辑，塑造了他异质性合乎情理的文化分析（Massumi 2002；Highmore 2006：5ff）。一方面，他对历史批判性写作的贡献加强了这一点；另一方面，他的精神分析基础也强化了这一点。

对德·塞托来说，过去是“僵死的”，一去不复返的，不可再生的，只能以不同方式加以重建，这使得历史的书写成为一种哀悼（cf. de Certeau 1991）。他从根本上质疑西方历史写作的客观性要求，这种要求想要展示“它是如何真实存在的”（Leopold von Ranke）。德·塞托提出一个充分的理由，为了承认历史写作的诗性基础和赋予审美材料适当的认识论价值，但又不陷入“一切皆有可能”的相对主义（cf de Certeau 1997：29—90）。历史学家永远不应该把历史研究理解为一个封闭的过程，在这个过程中，对历史文献来说，为了达到对过去看法的巩固和复杂描述，理解的上下文被复制了出来。根据德·塞托看法，在这种有条不紊的多元化中，历史事件的奇点的踪迹也显露出来了，这些奇点是不可化约的且永远不可能完全为人所知（cf Highmore 2006：45）。

弗洛伊德和拉康形塑了他的思想背景，这不仅仅导致了从精神分析学中获得的知识转移到文化领域，就像许多人以前所做的那样，因为这些知识产生于它的普遍有效性。德·塞托坚决反对（像阿多诺那样）这种粗野的做法。因此，在雅克·拉康的传统中，他与超现实主义建立了理论甚至实践上的联盟，从而揭示了词语和意义、“有意义的”与“所指（signifié)”、符号与参考物之间不存在任何稳定的关系。这种“表征的危机”导致注重强调精神分析课题的反解释学特征，这与尤根·哈贝马斯（1968）和阿尔弗洛德·洛伦泽（Alfred Lorenzer，974）的解释相反。这在《梦的解析》(1900）中由詹妮·拉普郎虚（Jean Laplanche，1996）这个例子非常尖锐地提了出来。弗洛伊德指出梦不可能有一个普遍的解释，因为这里不存在一个任何强制性的解释秘匙。梦仍然是令人费解和独异的，它们与一个人的特定生活史有关，像这样的梦永远无法被完美地破译。因此，梦的解释和精神分析的谈话是相当可能的，通过自由联想的方式表达未知，发展其他形式的交流，并保持说话的独特性。因此，分析者的主要功能不是分析病人和发展有效的意义，而是倾听、参与未知的语言结构，并作为一个“扳道员（pointsman)”来行动。这样拉康在德·塞托理论基础上发展出一种精神分析的谈话伦理。在他的研讨班上，精神分析被“还原为它的本质：交谈同样地成为表演和戏剧”（de Certeau 1997：165）。

转移到文化领域，意味着一方面释放未知的过程，另一方面在面对他物相异性，即使是在它狭隘意义上，也要经历和改变。德·塞托的文化分析有赖于对差异的体验和自我分析。他将“自由浮想注意力”或“用第三只耳朵倾听”(Theodor Reik）的方法论原则转移到文化过程上。这一点在他对 1968 年五月风暴的解释中很明显（cf. Dosse 2002，Chp 11)。革命没有发生，交流的乌托邦却发展起来了。消费社会匿名性的增长受到了巨大的质疑。……交流的社会限制被打破，梦想、愿望和幻想被公开表达，社会空间成为一个聚会的场所。语言不再具有再现性，而是变成了具有述行性（performative）和诗意。根据德·塞托的说法，自由联想的理念在 1968 年 5 月的短暂时间里成为了一种文化现实。

日常实践的面向

因此针对日常的神秘的文化分析，其首要目标是揭示其隐藏的维度和潜力，不能创建一种“真的在那儿”或以前是“真实的”事实的描述，也不能创建那些作为朴素实在论而被拒斥的概念，而是要通过生成理论的形成和之前的理解形式来质疑和释放文化的力量，从而达到转化性的描述、图片和解释（cf. Gergen 2002：147ff)。这里举个很好的例子，比如德·塞托的狩猎比喻，他将阅读定义为“偷猎”，或者他这样定义日常生活：“日常生活通过无数方式偷猎他人的财产来创造自身。”（De Certeau 1988. XII）当作家创造自己的空间，从少数人的立场出发，那么他必须找到自己的读者，而读者是旅行者，穿越不属于他们的领地。因此，德·塞托将官方文化（就像历史的书写）视为实践或实际操作的领域，它们在其处置方式上有着特定的位置。另一方面，他的研究希望“在经济框架下定位表征消费的操作类型，并在这些挪用的实践中辨别创造力的指数，当实践不再有自己的语言时，创造力就会蓬勃发展”（De Certeau 1988：XVIf)。日常生活来自非生产者的文化实践，他们的制造加工在消费领域仍然是看不见的：

> 后者是狡猾的，它是分散的，但它悄悄渗透到每一个地方，几乎看不见，因为它不是通过它自己的产品，而是通过由主导经济秩序强加的使用产品的方式表现出来。(De Certeau，1988：XIIf.)

他将日常生活实践定义为不仅是隐藏的、隐蔽的或难以理解的，而且是策略的、异质的（单数和复数)、想象的、狡猾的或顽固的。他的合作者卢斯·吉雅德（Luce Giard，1994：V）是这样描述她的研究小组采用的方法：

> 如何理解实践活动，如何去反对社会学和人类学的分析？我们需要用我们孱弱的力量，不抱任何幻想只用我的热情去忘记一个巨大的建筑工地：定义一种方法，找到一种应用模式，接着描述、比较和对比那些本质上属于地下的、短暂的、脆弱的、间接的活动，为了阐述一门独异的实用科学而进行

简单地寻找摸索。

德·塞托和他的研究小组试图揭示在实践和叙事中所表现出来的日常生活中隐藏的逻辑。因此，它表明具有生产性和创造性的日常实践逃避了传统的科学分析。因此，德·塞托试图以多种多样、诗意的方式来理解它们。

根据德·塞托的说法，日常生活就是遗骸，这些遗骸并没有得到科学地策略性理解。他批评福柯对权力装置（“dispositifs”，即装置）的分析（cf. Foucault，1976），这种分析是基于档案的工作和对文档的分析，认为它优先考虑历史编纂所保留的操作。“因此，一个社会是由组织其规范机构的某些显要实践和无数仍处于次要地位的实践组成的。”（De Certeau，1988：48）那些不能识读的程序被德·塞托称之为策略，它们悄悄穿过纪律之网，在其自身处置中往往没有自己的位置（ib：49）。抵抗性做法不会挑战权力（作为一种规则），但也与权力无关。

通过这些描述，德·塞托产生了一个复杂而微妙的日常实践概念，它不仅质疑了塔尔科特·帕森斯（Talcott Parsons）的大众文化理论或结构功能主义的典型概念，这是一个完全社会化的行动者或文化傀儡的概念，而且也提出了一种可能性，即把日常生活视为辩论和文化斗争的场所，并发展出一种“对文化的论战分析”：

> 就像法律（它的模式之一）一样，文化阐明冲突，并使优势力量或被合法化、被取代或被控制。它在一种紧张的气氛中发展，通常是暴力的，为此它提供了象征性平衡，兼容和妥协的契约，所有这些或多或少都是暂时的。消费的策略，即弱者利用强者的巧妙方式，从而为日常实践增添了政治色彩。（De Certeau，1988：XVII.）

德·塞托/吉雅德/马约尔（Mayol，1994）强调，这不仅关乎想象力和狡诈的程序，还关于自我创造、坚守、不愿改变，以及坚持实践模式或在社区里经验丰富的社交机制，这些机制反对现代化的推进。他们调查的实践被置放到它们独特的、情境化的嵌入中加以描述。它们处在看不见的地方。

> 居住、走动、说话、阅读、购物和烹饪等这些活动似乎都符合战术策略和令人惊奇的特征：在强者建立的秩序中，弱者的聪明伎俩，在他自己的地盘上击败对手的艺术，即猎人的伎俩，机动的，变形的移动，欢快的、诗意的和好战的发现。(De Certeau，1988：40)

因此，在日常实践和文化物品中使用的操作，传达了一种归属感和在地性。德·塞托引用了许多历史和民族学的例子来说明这些实践。于是，他报道了巴西一个国家全体民众一种“相处之道”，这种相处“艺术”在圣徒弗雷·达米奥（Frei Damião）的奇迹故事中表现了出来，在这个故事中，他的对手面临着神圣的惩罚。穷人把自己看成是谦卑的圣人，他们战胜了自己每天都屈服的“强者”。在对奇迹的信仰中，“信徒”表示他们不接受既定的秩序和他们所谓的命运。因此，奇迹故事的话语与基督教传教士强加给该国民众的宗教参照系相连。

> 他们重新使用一套远非他们自己的系统，该系统由其他人构建和传播，他们用对奇迹信仰中的“迷信”、缺陷来标记这种重新使用。民间和宗教当局总是正确地怀疑这种信仰，并对权力和知识等级制度背后的“原因”提出质疑。(De Certeau，1988：17f.)

这种对强制系统的抵制性使用显示了下属群体如何在流行的概念和形式中找到他们自己的方式，并使用它们，以便为自己创建一个嬉戏空间，以及在这种情况下创造乌托邦的参照点。社会表征没有留下任何明显的主导性框架，而是成为了工具，在它们的使用过程中也发生了变化。因此，在它们的帮助下，社会权力关系发生了逆转，弱势群体通过一个想象性空间对抗既定秩序的现实。对伊恩·布坎南（Ian Buchanan，2000：104）来说，德·塞托的文化分析的伦理维度表现在这里：“在德·塞托重述弗雷·达米奥故事中的关键信息是……乌托邦希望的空间和历史致命的绝望空间之间如果一个不向另一个让步，那么它们之间的矛盾就必须尽可能地生产和呈现出来。”

根据德·塞托的说法，游戏、童话故事和神话是超越日常现实控制的空间构成的进一步例证。它们提供了一种“行动模式的全部”（ib：23），它使得在特定的受控情况下的行动艺术成为可能。日常的叛逆行为不仅通过民族学或历史学的例证得以记录，而且它们也返回到西方工业社会。例如，在工作时间做自己的事是一种非常普遍的做法，在法语中被称为“做假发”（*faire de la perruque*）。

> 这位沉溺于做假发的工人被控偷窃材料或将材料变为己用，并为自己的利益使用机器，实际上是从工厂转移时间［……］对于自由的、创造性的和完全不以利润为导向的工作［……］在其他工人的共谋下（他们因此击败了工厂试图灌输给他们的竞争），他成功地“推翻”了在其本土建立的秩序。（De Certeau，1988：25f.）

赋予合法性和合理性地位的既定秩序被运动或“政变”（华丽的行动）的美学所拒斥。这与一种典型的坚韧有关（ib，73），但它并不被认为是可以真正改变的。相反，它是关于在日常生活中打开自由空间，敢于尝试突破和体验不那么重要的逃避。因此，在流行文化中，德·塞托准确地理解了那些既不生产也不拥有文本、图片和物品的人，他们对这些东西富有创意和狡猾地使用。这些获取和再次使用表象和物品的过程是异质性的，对于当权者来说大体上看不见的操作。“消费者”或“被控制的人”是“被低估的生产者”，他们通过“实用主义现实的丛林”和“狡猾地引入不同的利益和欲望”找到了自己的方式。（ib，85）

战略和战术

德·塞托的诗意方法将日常生活变成了一个抵抗的地方，他用不同的方式对此加以描述。一方面，它意味着日常实践可以由愚顽不化、无法无天、固执、倔强或某种惰性形成。它们与建立在集体记忆之上的回忆和感觉有关。在这方面，这些做法被认为具有抵抗力，因为它们没有被现代化、商业化和全球信息、与通讯流的要求和节奏所完全殖民和俘获。因此，不同的时间性（temporalities）在当下发展。德·塞托表明，异质性事物总是且无处不在地抵抗同质化的力量（cf Poster，1997），并生产替代性空间。另一方面，他有时把抵抗理解为颠覆性的和游击性的，这一概念给了约翰·费斯克（John Fiske）最重要的政治理论，该理论强调其解放的面向。

他与德·塞托有着密切的联系，后者曾写过《日常艺术》（*arts of everyday*）一书，以描述日常实践的多样性、任意性（aleatorics）和生产力，这些实践逃避或绕过规则和制度的压制。因此费斯克（Fiske，1989；Winter/ Mikos，2001）的研究发现，一种反叛的创造力可以在电影或电视剧的接受中表现出来。这种创造力与主导的话语秩序背道而驰。特别是在美国，从属群体以不受约束的方式使用“系统”所提供的文化产业的资源。在费斯克看来，这些挪用的形式是策略性的，他将其定义为规训权力的实践，而德·塞托在对福柯有关“规训和惩罚：监狱的诞生”（Foucault，1976）研究的批判性分析中称之为策略。这些都是由规训权力在一个地方定义的实践，它们通过控制和组织创造了政治、经济和科学理性的基础。

> 我把一种策略称为对权力关系的计算（或操纵），一旦一个具有意志和权力的主体（一个企业、一支军队、一个城市、一个科学机构）被孤立起来，这种策略就成为可能。它假设一个可以被划分为它自己的地方。（De Certeau，1988：35f.）

福柯以边沁的圆形监狱为例子来分析策略（1976：251—292），那是一个由监视控制的地方。另一个例子是医生和心理学家的“标准的力量”（power of knowing），他们用自己的知识来定义什么是“正常的”，什么是“反常的”。权力的平衡使这种力量成为可能。在战略组织空间和时间的地方，不管怎样战术也能得到发展。

> 与战略相比［……］战术是由缺少适当位置而决定的一种蓄谋行动［……］战术的空间就是一个他者空间［……］毫无疑问，这里没有任何地方提供了战术上的灵活性，但这种灵活性必须接受当下的机遇，并在奔波移动中抓住任何给定时刻提供给自己的可能性。它必须警惕地利用一些裂隙，这些裂隙是在对私有权力监视中一些特殊关联性所展现的。它在这些裂隙中

窃取。它在里面创造惊喜。它可能是最意想不到的地方。这是一种狡猾的诡计。(De Certeau，1988：37)

策略是在“他者的地方”发展起来的，是在权衡和巧妙地寻找机会，以逃避全景式选项和抓住逃逸线（Gilles Deleuze)。战术是在一个有序的战略领域内的特征，但它们不能非法侵入。依此理论，“普通人”变成了“日常的英雄”（ib：9)，因为他通过他的操作和行动来进行抵抗。这不是由颠覆性内容或（媒体）文本的正式性质产生的，而是通过挪用艺术，将预先确定的空间或文本（即使只是暂时的）转换成它自己的东西（cf. Winter，1995)。在战术漫游中，所制造的不同体验激励着我们并为我们享受这些做准备。这种暂时限定的策略的最好例证就是步行到小镇。与专注于闲逛者的瓦尔特·本雅明（Walter Benjamin）相反，德·塞托对普通的行人感兴趣，这些行人会在他走过的地方停下来与朋友寒暄，他会找到属于自己的空间，这些空间与记忆、感情和神话相连。他们以这种方式戏谑地处理空间的定义划分，使小城成为一个意义的网络，这一意义网络对于小城并不是隐含着的。在这个意义上说，安德烈·布勒东（Andé Breton）必须遵循“徒劳无功的步伐？但是压根就没有啊?”

在流行文化领域也发现了其他策略。因此，德·塞托支持媒体研究，即将媒体产品的文本分析与对其使用和挪用形式的调查相结合。只有这样，我们才能再次洞悉观看者在其他方面看不见的运作和构造。这些敏感的熟练日常实践在某种程度上是史学、大众文化或社会学宏观理论的不成文的他者性（otherness)。

符号界和真实界

根据德·塞托的看法，写作将现实转变为有秩序和限制的文本。它的演进、印刷的发明，以及可使用的视听媒体和网络导致文本离开了教室，本身成为一个由技术、机器和选择汇聚的社会。这个逻辑的、也是帝国主义的符号领域受到来自日常实践的挑战。因此，抵抗通常不能迂回地表达出来。它是实践中嵌入的或潜意识部分。就像拉康一样，德·塞托从超越话语的东西这样的事实出发。在他的分析中，日常生活成为一种潜意识的意义结构，这种意义结构不能被意识到。这种与精神分析的联系，并不存在于内容层面，而是存在于形式层面上，当我们意识到拉康真实界实例的意义时，就变得更清晰了（1987）。

这意味着一个无限的时空领域，该领域不能通过形象或语言来传达或标记。它存在于文本或媒体秩序的边缘，在感官的、身体的体验和实践中，这些都不被象征性地理解和表现。德·塞托重视前语言的、潜意识的经验，而不是思想、语言和知识。抵抗不是在意识层面上发展的；它不像在霍尔（1980）和在费斯克论著中那样反对意识形态结构，而是在真实的层面上，在日常实践中下意识地表达出来。“他们对支配性秩序隐喻化：他们让它在另一个寄存器中发挥作用。”（De Certeau，1988：32）

这种对日常实践的启发性分析，再次聚焦于“弱者”对于优势“体系”的小胜利，但在某些方面冒着风险，就像从德·塞托那里发展而来的文化研究高估了它的社会重要性一样。那么，结构性的权力平衡，其中流行的实践是嵌入式的，这些实践并没有被创造性的消费者行为视作一个规则。像米根·莫里斯（Meaghan Morris，1998）或杰里米·阿赫恩（Jeremy Ahearne，1995）这样的评论家反对德·塞托对日常实践中抵抗的迷恋，这样的指责无论如何被夸大了，由于这种指责是建立在化约主义解读之上，因为德·塞托自己明确拒绝一种在主导和日常之间相对立的二元论。因此，他表明日常实践的主体不应被理解为反文化的或完全的个人主义，而是一种关系性建构。权且做的艺术不是底层阶级或一种被压制的人民文化的自发力量，正如一些拉美研究所表明的，而是西方工业社会处于“边缘的大多数”的表达，这种表达以巧妙的方式透露出嬉戏的地方，在那里他们挪用“奢侈经济”（wasteful economy）的产品。德·塞托提到维托尔德·贡布罗维奇（Witold Gombrowicz），后者在《秩序》（*Cosmos*）中描述了一个小官员，他总是在重复这样一句格言：“如果你没有你所爱的，那你必须爱你所拥有的。”（according de Certeau，1988：31）

最重要的是，米歇尔·马费索利（1979/1998）强调指出抵抗性社会形式没有克服现有的秩序，而是有助于管理和容忍它（cf. Keller，2006）。这种解释与文化研究背景下的乐观解释相矛盾，后者认为微观实践具有政治颠覆性，但它也让它的批评者丧失了信心，当他们认为非政治形式的抵抗可以被忽略时。相反，德·塞托和马费索利令人信服地表明，在后现代监视社会中它们对于"生存"是何等重要。

日常艺术只能在社会权力结构的框架中发展，并依赖于这些，恰如日常概念与知识紧密相连，而知识被制度合法化。日常被主导象征结构所定义，但与之并不完全相同。对文化的军事分析不能孤立地看作"强者"或"弱者"的做法。只有对特定的、上下文定义的权力关系进行分析，才能显示战略或战术的效果。此外，德·塞托本人以及文化研究机构所做的研究表明，即使是获得各种社会资源和能力，也可能是巧妙和抵制使用社会对象的决定性要求（cf. Kellner，2005）。

阐释观点：日常与乌托邦

我们的重构支持伊恩·布坎南（Ian Buchanan，2000）的观点，即对于米歇尔·德·塞托来说，日常生活实践的模态只有在文化运作逻辑的框架内才能得到恰切理解。德·塞托创立了一种新的文化形式，该形式得公正对待日常生活的多元性和异质性。在我看来，对"行动的艺术"的另一种解读是通过对他的异质学概念的关切发展而来，这一概念希望保持他者性（otherness）的特征（cf Ward 2000，Part 1)，但将与他性的关系界定为社会生活的核心元素。异质文化分析的目的旨在看到文化的边缘，理解文化实践的多元性，这些建构意义且应该让他者以他者身份说话，并理解他者的知识。他者性说明了一个秘密，它质疑我们自己和我们的世界观。德·塞托要求的不仅仅是宽容和尊重。我们应该通过他者性和改变自身对来自世界的冲击持开放态度。在这个概念中，对差异的理解是基础，社会知识通过我们社会的边缘成为可能（cf Terdiman，2002：417)。

这种观点也使它更清楚，即每天的实践可以有什么重要性。这种短暂的、叛逆的、潜意识的和快速经过的属于日常神秘的微观实践，在策略的边缘展示了权力的他者性，这些实践逃离了一种概念性整合，能够代表阿多诺意义上的非同一性（1966）。德·塞托清楚地强调，消费资本主义不会导致“弱者”自发的和想象力权力的消失。就像恩斯特·布洛赫（Ernst Bloch）或米歇尔·马费索利一样，他要求我们在此时此地寻找这种匿名创造力和乌托邦超越性的踪迹①。因此，米歇尔·加德纳（Michel Gardiner，2000：178）总结道：“尽管如此，德·塞托坚持认为大众的想象力能够创造和维系一个抵制完全同化或合并的‘乌托邦空间’，在这个空间中，至少在象征意义上正义得到伸张、权力被罢黜。”

莫里斯·布朗肖（Maurice Blanchot）的思想中产生了进一步类似的想法（1987），他将日常定义为人类可能性的无限总和。德·塞托追随着他，当他强调动态和变化时，这就摆脱了身份的辩证思想。在一个既定的社会秩序的框架内，他把社会的不确定性、矛盾和开放的原则与日常生活联系起来。德·塞托与文化研究的相关性也变得清晰起来。由于这种研究反复强调作为日常消费实践的青年和媒体文化（cf Winter，2001），因此，例如以想象性和创造性地绕过主导结构的青年亚文化的拼凑风格，他们公认是在此基础上发展而来。连霍米·巴巴（Homi Bhabha，1994）的分析表明，为了理解混杂身份，它不是反对有助于他们行动能力的殖民话语，而是通过逐渐削弱对它的认同来进行模拟挪用、重新定位和重新登记，从而打开新的可能性。正是在后殖民语境中，“弱者”的策略可以表达他们的文化和社会规范，从而指向另一种存在方式（cf Venn，2006：46）②。

德·塞托的日常概念的乌托邦特性表明，社会和文化的变迁不是被设想为一种激进的突破，而是展现为一种日常实践中的内在潜能。它的发展取决于权力关系的实际配置。德·塞托对“可能的地理学”分析是想指出，在日常社会实践中现实和可能之间存在着张力。因此，他表达了文化研究的中心主题——批评理论的重塑再造。

---

① 法国发展出属于自己的研究传统，该传统被社会生活中的想象性意义所占据（cf Legros et al.，2006）。

② 在这一点上，我们应该首先提到“底层研究”（subaltern studies）的所有作品（cf Guha/Spivak，1988），这些作品指出在南亚历史和社会背景下，被排斥者和从属者的声音被称为“次等人的声音”，它们没有出现在历史的官方文件和档案中。他们对历史研究的解构和有关“下层阶级的历史”的课题（Edward P Thompson）与德·塞托的作品有许多相似之处。

《后学衡》投稿须知

1.《后学衡》为西南大学文学院主办的集刊，每年定期出版两辑。

2. 本刊欢迎中国语言文学、戏剧影视文学相关的研究文章，尤其欢迎利用新材料、探索新理论、提出新观点的专题论文。本刊亦接受研究评述、会议综述、书评、访谈、译文等。中译文章须提供原作者亲笔签名的书面授权书（电子版、纸质版均可），授权书中需写明原文章名及出处。

3. 本刊常设栏目：《学衡》与吴宓研究；文学研究；文化研究；语言文字研究；美学与艺术理论；电影与戏剧；史料钩沉；学术翻译；青年园地；创意写作等。

4. 文章必须未曾在其他正式刊物上发表，每篇字数为7000—15000字。重要选题可不受字数限制。

5. 本刊目前只接受邮箱投稿，投稿邮箱为：houxueheng2017@163.com。请在邮件主题中注明“《后学衡》投稿＋作者单位＋姓名＋文章名”。为保证投稿文章内容无误，投稿时请提供Word和Pdf两种格式的电子文档。来稿请在文末注明作者简介、作者单位、电子邮箱、联系电话、通信地址等信息。

6. 作者须确保投稿文章内容无任何违法、违纪内容，无知识产权争议。遵守学术规范，引文、注释应核对无误。严禁剽窃、抄袭，反对一稿多投。

7. 本刊不收取任何形式的版面费，并按一定标准向作者支付稿费。

8. 本刊已许可中国知网以数字化方式复制、汇编、发行、信息网络传播本刊全文。本刊支付的稿酬已包含中国知网著作权使用费，所有署名作者向本刊提交文章发表之行为视为同意上述声明。如有异议，请在投稿时说明，本刊将按作者说明处理。

9. 本刊实行匿名审稿制，审稿期限为 3 个月。稿件一经采用，寄送样刊两册。未用稿件，恕不退稿，三月内未收到用稿通知，可自行处理。

10. 本刊地址：重庆市北碚区天生路 2 号西南大学文学院《后学衡》编辑部，邮编：400715。

祈盼方家赐稿。

《后学衡》编辑部

图书在版编目（CIP）数据

后学衡. 第四辑 / 王本朝主编. —成都：巴蜀书社，2021.10

ISBN 978-7-5531-1558-0

Ⅰ.①后… Ⅱ.①王… Ⅲ.①学衡派－文集 Ⅳ.①I209.6－53

中国版本图书馆 CIP 数据核字（2021）第 205657 号

后学衡（第四辑）

王本朝 主 编

寇鹏程 张春泉 肖伟胜 副主编

责任编辑	陈亚玲
出 版	巴蜀书社
	成都市槐树街 2 号 邮编 610031
	总编室电话：(028)86259397
网 址	www. bsbook. com
发 行	巴蜀书社
	发行科电话：(028)86259422 86259423
经 销	新华书店
照 排	四川胜翔数码印务设计有限公司
印 刷	成都蜀通印务有限责任公司（028）64715762
版 次	2021 年 10 月第 1 版
印 次	2021 年 10 月第 1 次印刷
成品尺寸	170mm×240mm
印 张	16.25
字 数	320 千
书 号	ISBN 978-7-5531-1558-0
定 价	62.00 元